D.B. Blettenberg · Harte Schnitte

Eine Filmförderung von 20.000 Mark ist so lächerlich wenig, daß man sie nicht ernst nehmen kann. Weshalb der Regisseur Daimler einen Teil davon erst einmal in eine Rolex investiert. Seinem Filmprojekt über den „Lebensborn e.V." schadet das nicht weiter, für den Ärger sorgen übriggebliebene Nazis und deren Hilfstruppen. Ohnehin wandeln sich die Recherchen schon bald zur Suche nach der eigenen Lebensgeschichte, denn als Daimler die Regie entzogen wird, steckt er bereits tiefer in dem Thema, als ihm lieb ist. Von Berlin über Key West, Florida, führen ihn die Recherchen nach Ostafrika, denn alle Spuren weisen dorthin...

D.B.Blettenberg, 1949 geboren, verbrachte einen Großteil seines Lebens in Übersee. Er lebte und arbeitete in Ecuador, Thailand, Nicaragua und Ghana und bereiste zahlreiche Länder Europas, Amerikas, Afrikas, Asiens und des Nahen Ostens. Er wurde mehrfach mit renommierten Thriller-Preisen ausgezeichnet, u.a. mit dem Edgar-Wallace-Preis und 2004 zum dritten Mal mit dem Deutschen Krimi-Preis.

„Mühelos verknüpft Blettenberg drei Kontinente, historisches und gegenwärtiges Erzählen bei seinen Ermittlungen in dem Teil der Vergangenheit, der so schnell nicht vergehen wird."

Die Woche

„Die Provinzialität deutscher Thrillerautoren ist beinahe sprichwörtlich, so daß Blettenberg sich wie eine Orchidee zwischen lauter Gänseblümchen ausnimmt."

Darmstädter Echo

D. B. Blettenberg

Harte Schnitte

PENDRAGON

Quellen der Zitate

GEORGE FORESTIER (Pseudonym): „Ich schreibe mein Herz in den Staub der Straße“, Düsseldorf 1952.
PAUL VON LETTOW-VORBECK: „Heia Safari“, Leipzig 1920.

Unsere Bücher im Internet:
www.pendragon.de

Taschenbuch-Erstausgabe
Veröffentlicht im Pendragon Verlag
Günther Butkus, Bielefeld 2005

Deutsche Ausgabe Pendragon Verlag Bielefeld 2005
Die Ausgabe erscheint in Zusammenarbeit mit
der Michael Meller Literary Agency, München

Umschlaggestaltung: Uta Zeißler
Foto Umschlag: D.B. Blettenberg
Herstellung: Baltus Mediendesign, Bielefeld
ISBN 3-86532-009-0
Printed in Denmark

Für Georg Schmidt

»Wie teuer ist das?« fragte Harry erheitert.
»Ein Buch zu schreiben?«

Robert Stone, *Das zweite Logbuch*

Vorspiele

BERLIN – *Oktober 1990*

Es ist soweit.

Daimler öffnet den Patentverschluß des Armbandes, streift das taiwanesische Duplikat einer Rolex Submariner vom linken Handgelenk und wirft die Uhr in den Abfalleimer an der Ecke Kurfürstendamm und Bleibtreustraße. Dann betritt er den Juwelierladen.

Die Filmförderungsanstalt hat ihm zwanzigtausend Mark für sein neues Projekt bewilligt und die Hälfte der Summe auf sein Konto überwiesen. Es kann losgehen. Auch wenn es beim Zuschuß für das Drehbuch Schwierigkeiten gibt, auch wenn Bedenken zum Thema geäußert werden.

Er hat ein Exposé abgeliefert, das an Harmlosigkeit nicht zu überbieten ist. Nicht einmal die Proporzpriester in der Vergabekommission können etwas gegen dramatisch aufbereitete Vergangenheitsbewältigung mit Lehreffekt haben. Der Entwurf deutet so wenig Gewalt wie möglich an und nähert sich dem Thema auf eine Art, wie sie der Bildungsbürger schätzt: problematisierend, mit einem Schuß sozialpolitischer Verantwortung, den man sich im pädagogischen Freizeitseminar antrainieren kann. Dazu Hauptrollen für schwache Männer und Nebenrollen für starke Frauen.

Doch die Demütigungen haben bereits mit dem Förderungsantrag für das Drehbuch begonnen. Die Richtlinien sehen in besonderen Fällen einen Zuschuß bis zu fünfzigtausend Mark vor. Genau diese Summe hat er beantragt. Das Projekt ist ein Sonderfall! Und trotzdem hat ihn das Gremium mit dem Üblichen abgespeist. Sollen sie sich ins Knie ficken! Er wird das Buch schreiben und Regie führen.

Und die ersten dreitausend Mark werden für eine echte Rolex angelegt. Schlichter Edelstahl. Kein Gold, keine Brillanten.

Er ist ja nicht größenwahnsinnig.

POTSDAM – *Oktober 1990*

Am frühen Nachmittag des 3. Oktober 1990, einem Mittwoch, läßt Siegmund Frost Potsdam hinter sich. Das Ziel, das er ansteuert, liegt jenseits des alten Mauerstreifens. Noch ein Vierteljahr und ein Flug trennen ihn von seinem Traum. Fast wäre er an der zunehmenden Stasi-Hysterie gescheitert, aber seine solide Berufserfahrung hat ihn gerettet. Landmaschinenmechaniker sind gefragt.

Er fährt an einem Kasernenkomplex der Roten Armee vorbei. Die Ziegel der Gebäude sind so rot wie das Herbstlaub an den Chausseebäumen. Frech knattert der Zweitaktmotor in der Stille des neuen Nationalfeiertages, als der Trabant über die Brücke des Friedens rollt. Im Schatten der angerosteten Stahlkonstruktion geht Frost etwas vom Gas, als müsse er das marode Bauwerk und nicht das altersschwache Fahrgestell seines Plastebombers schonen. Eine Panne an der Stadtgrenze ist das letzte, was Frost jetzt gebrauchen kann. Er ist auf dem Weg nach Afrika.

Ganz traut er der neuen Freiheit nicht. Er ist vorsichtig, rechnet immer noch mit unvorhergesehenen Komplikationen. Unterbewußt spielt dabei natürlich auch mit, daß der zementgraue Personenwagen aus volkseigener Produktion schon einem westdeutschen Nostalgiker versprochen ist. Frost sitzt sozusagen auf harten D-Mark. Die sichere Überführung samt Verkauf der Rennpappe sind wichtig für sein jungfräuliches Girokonto bei der Deutschen Bundespost.

Noch vor einem Jahr hätte Frost keine Chance gehabt, wieder ins Ausland zu reisen, schon gar nicht beruflich und ganz bestimmt nicht noch einmal in einer Brigade der FDJ. Die Auslandskader der »Freien Deutschen Jugend« hatten auf handverlesene und politisch zuverlässige Leute gesetzt, und Frost galt nach seinem Einsatz in Angola nicht mehr als der Mustersozialist, mit dem die SED-Funktionäre die Dritte Welt beglückten.

Links spiegelt sich die Herbstsonne auf dem Wasser des Weißen Sees. Wieder auf festem Boden, gibt Frost vorsichtig Gas und fährt zügig weiter. Die Arbeit auf der Baustelle ruht. Der neue Tag der Deutschen Einheit zeichnet sich durch dünnen Verkehr und menschenleere Straßen aus. Der Trabi knattert über die Nedlitzer Nordbrücke und durch Neu-Fahrland. Rechts weist ein Schild zur Heinrich-Heine-Klinik, aber Frost fährt geradeaus die Steigung hoch, läßt Neu-Fahrland hinter sich. Rechts taucht das Wirtshaus am Krampnitzsee auf, links liegt die Einfahrt zu einer weiteren Kaserne der Roten Armee. Eine Gruppe Soldaten mit asiatischen Gesichtern steht neben sechs Militärlastern. Frost jagt den Trabant die leichte Bergstrecke hinauf, als könnten die feindlichen Horden jeden Augenblick die Verfolgung aufnehmen. Noch befindet er sich auf Ostgebiet. Eine ganze Weile sogar, denn der Umweg über Groß-Glienicke nach Kladow läßt sich nicht vermeiden, weil die direkte Strecke über Sakrow nur für Fußgänger und Radfahrer passierbar ist.

Rasselnd nimmt der Trabi die Steigung. Auf der langen, flachen Geraden durch die leicht bewaldete Landschaft klingt der Zweitakter wieder gesünder. Frost mustert das Gehölz. Buschlandschaft. Fast wie in Afrika.

In den letzten Monaten wurde ein Teil der Brigadisten offiziell von der bundesdeutschen Entwicklungshilfe übernommen, und die Eingliederung der DDR-Projekte steht unmittelbar bevor. Siegmund Frost gehört zu den ersten Ossis, die bei den Wessis in die Vorbereitung ziehen. Drei Monate in Kladow. Sprache, Kultur, Entwicklungspolitik. Und dann hinaus in die Welt.

Rechts huscht der Abzweig zum Bullenwinkel vorbei, gleich dahinter eine Bushaltestelle. Kurz darauf ein weiteres Hinweisschild, an dem Frost nach rechts abbiegt und in Richtung Spandau weiterfährt. Auf einer Kopfsteinpflasterpiste, im Schatten knorriger Chausseebäume, umfährt er den Ortskern von Groß-Glienicke, vorbei an verwahrlosten Häusern und verwilderten

Gärten. Vor ihm ein dichter Laubwald, dessen Blätter goldgelb und blutrot leuchten. Der Trabi rollt vom Buckelpflaster auf ein frisch asphaltiertes Straßenstück im ehemaligen Grenzstreifen. Links führt ein Abzweig nach Seeburg. Ein Schild am Straßenrand weist darauf hin, daß sich einen Kilometer entfernt eine Kleintierpension befindet.

Frost steuert seinen Wagen die letzten Meter über das Territorium der ehemaligen DDR und biegt dann nach rechts auf den Ritterfelddamm ab. Auch jetzt noch, ein knappes Jahr nach dem Fall der Mauer, kommt er sich beim Überqueren der offenen Grenze vor, als fahre er in die Freiheit. In West-Berlin fühlt er sich sicherer.

MÜNCHEN – *Januar 1943*

Sie tut es aus Liebe.

Als er ins Zimmer kommt, steht sie am Fenster und beobachtet den immer dichter werdenden Vorhang aus Schneeflocken, die behäbig wie Wattebäusche vom dunklen Himmel taumeln. Der Rasen vor der Villa ist verharscht. Es ist der strengste Winter seit Kriegsbeginn. Das alte Jahr ist alles andere als gut gewesen, und das neue fängt genauso hoffnungslos an.

Sie hört, wie er die Flügeltür vorsichtig zuzieht und zum Bett geht. Er ist ein leiser Mensch. Nicht einmal die Absätze seiner Schaftstiefel machen viel Lärm auf dem Parkettboden. Sie dreht sich um und sieht zu, wie er die Uniformjacke auszieht. Er ist groß und elegant. Ein richtiger Bilderbuchoffizier. Aber zurückhaltend, fast bescheiden, wo seine Kameraden laut und herrisch sind. Er hat Manieren. Während die anderen immer noch von dieser Idee, von ihrer Berufung faseln, zieht er es vor zu schweigen. So auch heute, nach der Vorstellung.

Je schlechter die Lage an der Front, desto unverhohlener die Propagandafilme. Sie haben »Der große König« gesehen.

Schon wieder ein Film über Friedrich den Großen. Diesmal hat Otto Gebühr nicht mehr den volkstümlichen Alten Fritz gespielt. Unter der Regie von Veit Harlan mimt er Friedrich II. als einsamen, auf sich allein gestellten Feldherrn, der dem Rest der Welt seinen Willen aufzwingt. Von Feinden umzingelt, macht der König dem Führer vor, wie gesiegt wird. Aber der Siebenjährige Krieg verlief für Fridericus Rex erfolgreicher als der Kampf um Stalingrad für Adolf Hitler und die 6. Armee. Jeder, der nicht völlig verblendet ist, weiß das. Aber offen am Sieg zu zweifeln ist Wehrkraftzersetzung. Und darauf steht der Tod.

Sie geht einige Schritte auf ihn zu, bleibt stehen und mustert die Narbe über seiner linken Augenbraue.

»Ein entsetzliches Machwerk! Normalerweise mag ich ja wenigstens Gustav Fröhlich ...« Er öffnet den Kragenknopf seines Hemdes und lächelt sie an. »Die Söderbaum bekommt ihre Rollen doch nur noch, weil sie mit dem Herrn Regisseur verheiratet ist.«

Eigentlich gefällt ihr Kristina Söderbaum ganz gut, auch wenn sie im Volksmund wegen ihrer meist tragischen Rollen nur noch die »Reichswasserleiche« genannt wird. Aber es gibt keinen Grund, den Film zu verteidigen. Sie schweigt.

Ihr ist kalt, obwohl es in dem Zimmer warm ist. In der Villa leidet man keine Not. Noch nicht jedenfalls. Es gibt sogar Benzin für die Kraftfahrzeuge. In der Stadt sieht man in letzter Zeit immer häufiger diese Holzgasgeneratoren an den Autos. Normaler Treibstoff ist knapp geworden, wie so vieles. Aber die Villa ist eine Enklave, ein Stück heile Welt inmitten von Elend und Untergang.

Er nimmt sie in die Arme.

Sie ist froh, daß er es ist. Zu ihm hat sie Vertrauen. Sie kennen sich noch nicht lange, und ihre Gespräche leben oft nur von vorsichtigen Umschreibungen und vagen Andeutungen. Und trotzdem ist eine gewisse Sicherheit entstanden, eine Art unausgesprochene Übereinstimmung.

Sie sollen es für eine höhere Sache tun. Aber es gibt keine Ideale mehr, an die man glauben kann. Das einzig Verläßliche sind die Winterkälte und der verfluchte Krieg.

I

Das Drehbuch

1

Die Maschine landete am frühen Abend auf dem Miami International Airport.

Es war bereits dunkel, und außer einem dichten Lichterteppich hatte Daimler beim Landeanflug nichts erkennen können. Er ließ sich Zeit beim Aussteigen. Kein Grund zur Eile. Er wollte im Flughafenhotel übernachten. Der Colonel hatte ihm bei ihrem letzten Telefonat empfohlen, gleich nach Ankunft in der Hotelbar ein paar Bier zu kippen und sich aufs Ohr zu hauen. Das beste Mittel gegen die Zeitverschiebung. Er wollte Daimler am Montagmorgen gegen zehn Uhr abholen und mit ihm nach Key West fahren. Norman Delano Miller hatte am Wochenende geschäftlich in Miami Beach zu tun. Er war Literaturagent und Immobilienmakler. Außerdem war Miller – und deshalb hieß er für Daimler nur »der Colonel« – am Ende des Zweiten Weltkrieges als Oberst der US-Army in Deutschland gewesen.

Die Magnetbahn brachte die Passagiere zur Paß- und Zollkontrolle im Hauptgebäude. Als Daimler nach einer halben Stunde Schlangestehen den Schalter ins Blickfeld bekam, stellte er fest, daß er sich die falsche Position ausgesucht hatte. Die Dame von der Einwanderungsbehörde war die Hardcore-Besetzung der Rolle. Sie quälte die »Neger« aus der Dritten Welt. Jeder dritte Besucher aus Lateinamerika, Mann oder Frau, wurde hochnotpeinlich durch den erkennungsdienstlichen Wolf gedreht und anschließend von einem Uniformierten weggeführt. Endlich war Daimler an der Reihe. Die Frau am Schalter sah aus wie ein Marlene-Dietrich-Mutant, der mit allerlei kosmetischen Wunderwaffen von fünfzig auf dreißig geschminkt war. Das Design ihres Titaniumschmucks war so gediegen wie das Stachelhalsband eines Kampfhundes.

Nachdem sie den Einreisestempel in den Paß geknallt hatte, fuhr Daimler mit der Rolltreppe eine Etage tiefer, fand seinen Koffer und stellte erfreut fest, daß es beim Zoll liberaler zuging.

Er geriet an einen afro-amerikanischen Beamten, der den Paß nur flüchtig musterte und Daimler anlächelte.

»Where are you from, Sir?« fragte der Mann vom Zoll. *»East or West Germany?«*

»West«, antwortete Daimler wie aus der Pistole geschossen und merkte im selben Moment, daß der Schwarze ihn aufs Glatteis gelockt hatte.

»Gotcha!« Der Beamte grinste breit und bedeutete Daimler mit einer lässigen Handbewegung, daß er ohne Kontrolle passieren durfte.

Zimmer 454 im Hotel MIA war großzügig geschnitten, modern eingerichtet und perfekt schallisoliert. Die Metallvögel draußen auf dem Flugfeld mochten noch so donnern, bei Daimler kam nicht einmal ein Flüstern an. Das Hotelmanagement schien stolz darauf zu sein. *Completely Soundproof!* stand auf jedem Prospekt.

Daimler verzichtete darauf, den Koffer auszupacken. Er kramte nur den Toilettenbeutel und frische Kleidung hervor und duschte ausgiebig. Dann fuhr er mit dem Aufzug in den siebten Stock. Das »Top of the Port«-Restaurant mußte trotz Panoramaaussicht auf Daimlers Besuch verzichten. Er war satt wie ein Baby. Die Stewardessen hatten ihn gründlich gefüttert. Aber er war durstig und hatte die Worte des Colonel im Ohr. Also bestieg er die rundverglaste Kabine des Außenaufzugs, der weiter ins achte Stockwerk hinauffuhr, und steuerte die Bar unter dem Glaskuppeldach an. Der große Raum mit den Rattanmöbeln war fast leer. Nur zwei Paare saßen im Halbdunkel. Auf einer Großleinwand war ein Baseballspiel zu sehen. Daimler hockte sich an eine Ecke der weitläufigen Theke, winkte einen der Barkeeper im »Innenhof« heran und bat um ein Bier.

»Heineken, Becks, Budweiser, Amstel, Corona…«

»Amstel«, unterbrach Daimler den Vortrag. Es war immer noch Sonntag, und er hatte Geburtstag. Es war ihm gelungen, auch seinen sechsundvierzigsten ohne Heckmeck hinter sich zu bringen. Er haßte es, das Älterwerden zu feiern. Ein Bier zu später Stunde schien ihm angemessen. In seinem Geburtsland war sowieso schon Montag.

Der Keeper brachte das Bier.

Daimler trank auf Milena und seine Grundsätze. Sie war wie immer beleidigt gewesen. Erstens, weil sie ihn nicht zum Flughafen hatte begleiten dürfen. Zweitens, weil er es an seinem Geburtstag vorgezogen hatte, alleine und ungestört durch die Luft zu gleiten. Er freute sich auf den Colonel. Die Einzelheiten, die nur ein Beteiligter vermitteln konnte, waren für die Atmosphäre des Films unverzichtbar. Auf das Detail kam es an. Der Blickwinkel eines Ausländers war wichtig. Daimler hatte den Film zwar schon grob im Kopf, aber er wußte, daß die Geschichte sich im Laufe des Schreibens und der weiteren Recherchen noch einige Male ändern würde. Das war seine Arbeitstechnik. Er konnte nicht warten, bis er alles zusammengesucht hatte, um das Drehbuch dann in einem Rutsch herunterzuschreiben. Er war darauf angewiesen, daß die Inspiration beim Schreiben kam. Es mochte unökonomisch sein, den Stoff immer wieder der präziser werdenden Recherche anpassen zu müssen, aber es war die sicherste Methode, um nicht in reiner Dokumentation zu erstarren.

Daimler bestellte noch ein Bier und dachte an die kalten Tage in Berlin.

Er haßt Berlin.

Statistiker schätzen, daß in jeder Großstadt der Welt genauso viele Ratten wie Menschen leben. In Berlin ist das Verhältnis zwei zu eins.

Er sitzt im Zahnarztstuhl. Der Blick durchs Fenster wird nicht durch Vorhänge behindert. Er mustert das Gemäuer auf der gegenüberliegenden Seite des Kaiserdamms. Die Häuserfront verschwimmt zu einer einzigen Ansammlung von Kreuzen. Es sind nur Fensterkreuze. Aber es sieht aus wie ein Soldatenfriedhof.

Als er fünf Minuten später auf den Gehsteig tritt und mit der Zungenspitze die neue Füllung abtastet, sieht er noch einmal nach oben. Von hier unten wirkt die Fassade nur noch frisch renoviert und friedlich. Er schüttelt den Kopf. Alles in Ordnung. Ticket gekauft. Visum beantragt. Termine gemacht. Er hebt den linken Arm und schiebt das Handgelenk aus dem Jackenärmel. Exakt vierzehn Uhr. Jahrelang hatte er behauptet, die Fälschung sei nicht vom Original zu unterscheiden. Jetzt muß er zugeben, daß man Klasse eben doch nicht kopieren kann.

Der Herbstwind fegt die ersten trockenen Blätter über den Asphalt. Daimler schlägt den Kragen seines Lederblousons hoch und sprintet über den Damm auf den Mittelstreifen. Der alte Peugeot rostet geduldig in den nächsten Winter. Der grüne Lack ist stumpf. Daimler nennt das Gefährt liebevoll seinen »Laubfrosch«. Er steigt ein, läßt den Motor an und rangiert rückwärts auf die Fahrbahn. Nachdem er sich im Verkehrsfluß eingeordnet hat, schaltet er das Autoradio ein. Die Stimme eines Nachrichtensprechers dröhnt aus den Lautsprechern. Daimler dreht den Ton leiser und schiebt die Musikkassette in den Rekorder. Die ersten Töne der *Florida Suite* von Frederick Delius wirken wie Valium. Daimler entspannt sich und steuert mit exakt fünfzig Kilometern pro Stunde die Auffahrt zur Stadtautobahn an. Nicht einmal das Blitzen einer Lichthupe im Innenspiegel bringt ihn aus der Ruhe. Er hält sich an die Straßenverkehrsordnung, und die Gehetzten der Großstadt reagieren aggressiv. Adrenalingeschädigte, nichts weiter. Er quittiert ihre Hektik mit einem Lächeln und steigert die Geschwindigkeit auf die erlaubten achtzig Kilometer pro Stunde, während er sich auf der Autobahn in Richtung Süden einfädelt. Auch die Musik schwillt an, nimmt Tempo auf – »Daybreak«, erster Teil.

Das Band gehört zu Daimlers Recherchesammlung. Er läßt sich einstimmen, testet das Material auf Soundtrack-Qualitäten. Für die teutonischen Phasen des Films hat er Sibelius und Grieg vorgemerkt. Allzu Eindeutiges, wie Wagner, kommt nicht in Frage. Das Thema an sich ist heikel genug. Nur nicht überziehen! Skandinavische Klänge sind möglicherweise auch noch zu gewagt. Bei Delius mischen sich die nordischen Elemente immerhin mit britischen, französischen und amerikanischen. Das paßt zu der Interpretation des Stoffes, die Daimler vorschwebt. Der Kern des Dramas eingeordnet in einen multikulturellen, kosmopolitischen Rahmen. So hat er es zumindest im Expose für das Förderungsgremium ausgedrückt. Er selbst denkt an radikale Schläge in den Unterleib der Betroffenheitskasper. Seine übliche Handschrift. Was hatte er den Journalisten in die Feder diktiert, nachdem er den Bundesfilmpreis für seinen ersten und bislang einzigen abendfüllenden Spielfilm erhalten hatte? *Ich wollte dem Zuschauer eins in die Fresse hauen.* Vielleicht war das ein bißchen überzogen gewesen. Immerhin hatten die Kritiker ihn schon im Vorfeld mit Lob überhäuft. Man gab sich der Illusion hin, ihm irgendwo zwischen Claude Chabrol, Wim Wenders und Woody Allen ein Plätzchen zuweisen zu können, wo man das Talent im Auge behalten konnte, um es je nach Bedarf zu maßregeln oder zu loben. Er hat die Entschuldigung, mit der man »Die beinharte Tänzerin« allenthalben in Schutz nahm, noch gut im Ohr. *Der realistische Film hat ja heutzutage weltweit etwas an Härte zugelegt.* Allein der Titel des prämierten Streifens trug zur allgemeinen Verunsicherung bei. Nun, die Welt wurde von Tag zu Tag grausamer.

Er lauscht und summt mit dem Orchester durch die getragenen Passagen. Delius hat die Suite, deren Originalpartitur den Untertitel »Tropical Scenes for Orchestra« trägt, mit vierundzwanzig Jahren komponiert. Jugendliche Geniestreiche anderer Künstler machen Daimler hilflos. Er fühlt sich wie ein Fossil, das bislang nichts Wesentliches geschaffen hat. Normalerweise sieht er sich als dynamischen und sehr jung gebliebenen Mann in den Vierzigern. Angesichts eines derartigen Werkes muß er sich eingestehen, daß er langsam, aber sicher auf die Fünfzig zugeht. Doch die Musik gefällt ihm so gut, daß er den kurzen Depressionsschub schnell überwindet. Er gibt etwas mehr Gas und driftet mit »By the River«, dem zweiten Teil, in die Abfahrt Detmolder Straße.

Es zieht ihn zum Schreibtisch.

Zu Hause steht er eine Weile im Wintergarten und sieht durch die Scheiben und das Herbstlaub der Fliederbüsche in den Garten der gegenüberliegenden Villa. Auf dem Spielplatz des Frauenhauses tobt ein Dutzend Kinder herum. Zwei Mädchen zerren sich an den Haaren. Eine der Mütter erscheint auf dem Balkon, beugt sich über die Brüstung und versucht den Streit durch laute Zurufe zu schlichten. Durch die Glasscheiben dringen die Kommandos der Frau und das Kreischen der Kinder nur sehr leise zu Daimler.

Er geht zum Schreibtisch, schaltet den Computer ein, lädt seinen Text und starrt auf den Bildschirm. Lediglich der Titel und sein eigener Name flimmern ihm entgegen. Beim letzten Versuch hat er in einem Anfall kreativer Energie die Datei eröffnet, ist dann aber nicht über längere Grübeleien hinaus gekommen. Diesmal wittert Daimler den Einstieg. Zwei, drei Minuten lang hockt er regungslos vor dem Gerät. Dann hackt er im Zweifingersuchsystem auf die Tastatur ein.

AUFBLENDE

WEISSER TEXT AUF SCHWARZEM HINTERGRUND:

»Frühling 1945«

Dazu das Geräusch energischer Schritte. Mehrere Stiefelpaare auf Parkettfußboden. Sie kommen näher. Das Geräusch schwillt an, wird laut, und wir schneiden hart auf:

KINDERSPIELZIMMER – INNEN/TAG

Die Schrittgeräusche brechen abrupt ab, und durch die aufgestoßene Flügeltür einer Altbauwohnung sehen wir auf EIN DUTZEND KLEINKINDER, Jungen und Mädchen, die auf einer buntkarierten Decke auf dem Fußboden sitzen, krabbeln oder auf dem Bauch liegen und sich mit einfachem Holzspielzeug beschäftigen. Keines der Kinder ist älter als zwei Jahre. Alle haben hell- bis dunkelblonde Haare. Einige der Kinder sehen neugierig auf und lächeln freundlich.

NAH AUF: DREI SCHWARZE US-SOLDATEN, die Kampfanzüge und Stahlhelme tragen und verblüffte Gesichter machen.

1. SOLDAT (ungläubig) Jesus Christ...

Die Männer verharren wie angewurzelt in der Türöffnung und starren auf die Kinder.

NAH AUF: Die Kinder, die jetzt unbekümmert weiterspielen und dabei freudig brabbeln und krähen.

TITELVORSPANN LÄUFT AB

2

Das Telefon unterbricht ihn. Nach dem ersten lauten Klingeln schaltet sich mit einem Knacken der Anrufbeantworter ein, und seine Stimme leiert in blechernem Automatenton die Ansage herunter. Er ist fest entschlossen, nicht abzuheben. Er will arbeiten. Die Maschine ist sein Beschützer.

Der Signalton erklingt, und Milenas Honigstimme sickert aus dem Lautsprecher. »Ich weiß, daß du da bist, mein Lieber. Sicher arbeitest du wieder fleißig ...«

Ganz recht, denkt Daimler, ich versuche es zumindest.

»... aber ich habe Sehnsucht nach dir, und ich möchte dich sehen.«

Weiß der Teufel, wie sie es immer wieder schafft, diese scheppernde Barriere mit Erotik zu durchbrechen. Es ist, als ob sie ihn anfaßt.

»Ich würde dir natürlich die übliche halbe Stunde einräumen, damit du die Seite noch zu Ende schreiben kannst...«

Er hebt ab. »Komm sofort.«

»Ich fliege.« Mit einem Krachen legt sie den Hörer auf.

Daimler speichert den Text auf Festplatte, zieht eine Diskettenkopie und schaltet den Computer aus. Danach geht er ins Schlafzimmer und schließt das angekippte Fenster. Milena ist immer sehr laut. Anfangs haben sie regelrechte Hinterhofkonzerte für die Nachbarn gegeben. Aber wer keine Eintrittskarte löst, hat auch kein Recht auf Unterhaltung. Außerdem ist Daimler zu Ohren gekommen, daß sich eine ältere Mieterin beim Kontaktbereichsbeamten beschwert hat. Da unten würden Kinder gefoltert, soll sie angeblich behauptet haben.

Der späte Nachmittag ist Milenas bevorzugte Stunde. Wenn im Büro alles problemlos läuft, setzt sie sich gerne ein, zwei Stunden ab. Am Abend ist sie meist zu Arbeitsessen und Gremienarbeit unterwegs, um Geld für ihre Produktionen zu sichern. Und danach kommt ihr Ehemann zu seinem Recht. Arnulf Kranich arbeitet meist ebenfalls bis spät in die Nacht. Er ist stellvertretender Chefredakteur von *Transpolit,* einem Kulturmagazin, das für zehn Mark pro Heft literarische Reportagen, trockene Prosatexte und süffisante Kritiken bringt, die unter den subventionierten Kulturschaffenden der ganzen Republik wie Weissagungen aufgenommen werden. Bis vor sechs Monaten ging das Ehepaar Kranich seiner Karriere auch räumlich getrennt nach. Daimler empfand diesen Zustand als unkompliziert und sehr angenehm. Während Milena in Berlin Kinofilme und Fernsehspiele produzierte, redigierte Arnulf in München Kultur. Leider hatte sich *Transpolit* nach dem Fall der Mauer auf Traditionen besonnen und die Redaktion in die Hauptstadt verlegt. Seitdem beglückwünschen sich die Mitarbeiter in jeder Ausgabe aufs neue zu diesem Schritt.

Im Wohnzimmer schiebt Daimler die CD mit der *Florida Suite* in das Abspielgerät und hört sich noch einmal den dritten Teil an, »Sunset – Near the Plantation«. Kommt gut. Als er in der Küche eine Flasche Weißwein entkorkt, klingelt es. Er öffnet die Wohnungstür. Vor ihm steht einer der Junkies, die für gewöhnlich an der U-Bahnstation um die Ecke herumlungern. Irgendein Mitbewohner muß aus Bequemlichkeit die Haustür mit der Fußmatte blockiert haben. Der Junkie ist höchstens fünfzehn. Er trägt eine Mischung aus Rocker- und Skinheadmontur. Der Dreck unter den Fingernägeln der Hand, die er Daimler entgegenstreckt, ist so schwarz wie die Ringe unter seinen Augen.

»Haste ma 'ne Mark, Meister?«

Daimler knallt die Tür zu. Es hat seine Nachteile, im Erdgeschoß zu wohnen.

Es klingelt wieder.

Daimler reißt die Tür auf, und bevor der Junge seinen Spruch erneut ablassen kann, packt Daimler ihn an den Aufschlägen der Lederjacke, zerrt ihn auf den Gang, stolpert mit ihm die sieben Treppenstufen zur Haustür hinunter und schubst ihn auf den Gehsteig. Während er wütend die Kokosfasermatte wegtritt und die Tür so hart ins Schloß knallt, daß beinahe die Glasscheiben aus der Fassung fliegen, sieht er, wie der Junkie ihm den Finger zeigt. »Wichser«, murmelt Daimler und schließt die Wohnungstür.

In der Küche gießt er sich ein Glas Wein ein. Ein paar Minuten später hat er den Vorfall vergessen. Als es erneut klingelt, hört er sich gerade den vierten Teil an, »At Night«. Er stellt sein Glas ab, geht zur Tür und öffnet.

Sie ist eine Schönheit. Schulterlange blonde Mähne, tiefblaue Augen, Stupsnase, dazu der sinnlichste Mund in Osteuropa. Die Figur ist knabenhaft. Winzige Brüste und ein kleiner

Hintern. Ihre Beine sind eine Sache für sich. Milena ist die einzige Frau, bei der Daimler unablässig an Beine denkt, wenn er mit ihr fickt.

»Hallo!« Sie trägt ein schwarzes Kostüm, stockkonservativ, aber mit sehr kurzem Rock.

»Komm rein.« Er lächelt.

Sie betritt die Diele und lehnt sich mit der Schulter an die Wand.

Er schließt die Wohnungstür und riecht ihr Parfüm. Es ist schwer, wie eine Droge.

»Ach – hören wir heute Klassik?« fragt sie und verzieht spöttisch die Lippen.

»Frederick Delius, achtzehnhundertzweiundsechzig bis neunzehnhundertvierunddreißig.« Er küßt sie.

Sie läßt die Handtasche fallen und greift an.

Beim dritten Bier spürte Daimler die Müdigkeit. Er zeichnete die Rechnung ab und verließ die Bar. Durch die Glasscheiben betrachtete er das tonlose nächtliche Treiben auf dem Airport. Er hielt sich in einer perfekt abgeschotteten Wabe auf. Nur Aircondition. Er fuhr nach unten und ging schlafen.

Drei Stunden später war er wieder hellwach. Der Jetlag machte ihm zu schaffen. Er versuchte wieder einzuschlafen. Es gelang ihm nicht. Mit der Fernbedienung suchte er die Fernsehkanäle ab. Nach zehn Minuten entschloß er sich, etwas Sinnvolleres zu tun. Er holte die alte Monica Electric aus dem Koffer und baute sie auf dem Schreibtisch auf. Das olivgrüne Plastikgehäuse war mit angetrocknetem Korrekturlack bekleckert. Daimler besaß zwei Modelle, die er auf Reisen benutzte. Dieses hier hatte er auf hundertzehn Volt umfrisieren lassen.

Milena versuchte ihm seit geraumer Zeit einen Laptop einzureden. Aber er fuhr ja auch noch seinen alten Peugeot und nicht den neuen Saab, den sie mit Hinweis auf die fürstlichen Erstsendungs- und Wiederholungshonorare für seine TV-

Arbeiten und die – wie sie sich ausdrückte – überbezahlten Werbespots als standesgemäß ansah. Er hatte ihr (wie immer und aus stetem Trotz) die Schlüssel für den Laubfrosch hinterlassen. Sie würde den Wagen natürlich nicht benutzen, selbst wenn ihr nagelneuer Volvo, dessen Eleganz und Zuverlässigkeit zu unterstreichen sie nicht müde wurde, mit einem Totalschaden liegenbleiben sollte. Nein, Daimler hatte nicht vor, sich von moderner Technik abhängig zu machen. Es reichte, wenn zu Hause ein Computer herumstand. Und den hatte er auch nur wegen der Fernsehdrehbücher angeschafft. Er warf einen schuldbewußten Blick auf die Uhr an seinem Handgelenk. Eine Ausnahme von der Regel, und die hatte er sich verdient.

Er setzte den Adapter auf den Stecker und schloß die Schreibmaschine an. Dann holte er Papier und eine Kladde mit Notizen aus dem Koffer und begann zu arbeiten.

TANKSTELLE, BOGENHAUSEN (IM FRÜHLING) –
AUSSEN/TAG

Ein sonniger Tag. Von der gegenüberliegenden Straßenseite ist durch den vorbeifließenden Verkehr eine ESSO-Tankstelle an der Ismaninger Straße in München, Stadtteil Bogenhausen, zu sehen. Sie liegt in/vor einem mehrstöckigen Gebäude, an das sich rechts das Grundstück einer Villa anschließt.

Ein TANKWART kommt auf den Hof und stellt eine Plastikkanne neben eine Zapfsäule.

GANTER kommt zu Fuß ins Bild. Er trägt einen Trenchcoat. Seine blonden Haare sind strähnig und lang. Er geht auf den Tankwart zu und spricht mit ihm. Der Tankwart nickt zustimmend und deutet die Straße hinauf. Ganter bedankt sich und geht weiter auf das Eingangstor der Villa zu.

VILLA IN BOGENHAUSEN (IM FRÜHLING) –
AUSSEN/TAG

Durch das offenstehende Schmiedeeisentor ist ein parkähnlicher Garten mit mächtigen, von Efeu überwucherten Bäumen zu sehen. Auf dem Rasen blühen in Gruppen weiße Maiglöckchen. An den kiesbestreuten Gehwegen stehen dunkelgrüne Bänke. SPAZIERGÄNGER sind unterwegs. DREI KINDER spielen mit einem DACKEL Fangen.

Im Zentrum der Anlage ist eine alleinstehende Villa mit sandgelben Mauern und zinnoberroten Dachziegeln zu sehen. Alle Fensterrahmen und die schmiedeeisernen Gitter im Erdgeschoß sind dunkelgrün gestrichen. Die Villa hat mehrere Stockwerke und Erker. Vor einer Veranda befindet sich ein runder Springbrunnen im Garten.

GANTER taucht vor dem Tor auf und studiert sorgfältig das Schild neben dem Eingang:

Ismaninger Str. 95.
Finanzgericht München
Außenstelle Ismaninger Straße

Ganter geht durch das Tor auf die Villa zu. Vor zwei weiteren Hinweisschildern auf dem Parkgelände bleibt er stehen und studiert zunächst ebenso sorgfältig das obere:

Bürgermeistergarten
Öffnungszeiten 1. April – 30. September
An Werktagen 6.00 – 20.00 Uhr
An Sonn- und Feiertagen 8.00 – 20.00 Uhr
1. Oktober – 31. März
An Werktagen 6.00 – 19.00 Uhr
An Sonn- und Feiertagen 8.00 – 19.00 Uhr
Landeshauptstadt München

Baureferat Gartenbau

Ganter verzieht abfällig lächelnd das Gesicht und mustert mit einer leichten Drehung des Kopfes:

DIE VILLA

Aus dem OFF: Kindergeschrei und Hundebellen

NAH AUF: Die Kinder, die mit dem Dackel über den Parkweg tollen

NAH AUF: Ganters schmerzlich-nachdenkliche Miene

Ganter reißt sich los und rettet sich in die Betrachtung des unteren Schildes:

Nur Hauptwege geräumt und gesandet.
Verlassen dieser Wege auf eigene Gefahr!
Landeshauptstadt München Stadtgärtendirektion

Wir schneiden hart auf:

VILLA IN BOGENHAUSEN (IM WINTER) –
AUSSEN/NACHT

Aus der Perspektive des obersten Stockwerks des Gebäudes, in dem nach dem Krieg die Tankstelle eingerichtet wurde, sehen wir die Villa siebenundvierzig Jahre früher, in einer frostklaren Nacht. Im Park liegt tiefer Schnee. Nur die Zufahrt ist geräumt. Das Licht des Vollmondes leuchtet die Szene gut aus. Am Tor zur Straße stehen ZWEI SS-WACHEN in Wintermontur mit Schmeißer-Maschinenpistolen. Ihr Atem bildet Wölkchen in der Luft, während sie das Tor aufreißen, um einer schwarzen Mercedes-Limousine, deren Scheinwerfer wegen der Fliegerangriffe bis auf zwei schmale Lichtbalken verdunkelt sind, den Weg frei zu machen. Der Wagen schießt von der Straße auf das Gelände der Villa, fährt vor das Gebäude und kommt knirschend zum Stehen.

FÜNF SCHÄFERHUNDE tauchen aus dem Halbdunkel des Parks auf und hecheln um den Wagen. Die Türen gehen auf, und ein FAHRER und ZWEI SS-OFFIZIERE in langen Ledermänteln steigen aus. Sie tragen Schaftstiefel, Schirmmützen und Handschuhe.

NAH AUF: Die Schäferhunde, die freudig winseln und mit dem Schwanz wedeln, und die Offiziere, die sich zu den Hunden hinabbeugen, ihnen auf den Rücken klopfen und spielerisch an ihrem Fell zerren.

I. OFFIZIER (herrisch) Aus, Hasso!

Der Hund springt an dem Mann hoch, und der krault dem Hund liebevoll die Ohren.

1. OFFIZIER (energisch) Ist ja gut, Hasso. Aus!

Der Hund läßt von dem Mann ab. Über der Eingangstür der Villa leuchtet eine Lampe auf, und die Tür wird geöffnet. Der Hund läuft mit wedelndem Schwanz zur Tür.

2. OFFIZIER (zum Fahrer) Feierabend, Egon! Ab in die Küche! Da isses warm.

FAHRER (zackig) Jawoll, Herr Standartenführer !

In der hellerleuchteten Öffnung der Haustür erscheint eine hochgewachsene BLONDINE mit einer Stola um die Schultern. Hasso steigt an ihr hoch, und sie tätschelt ihm den Kopf.

BLONDINE (freudig) Schön, daß ihr noch kommt.

Die beiden Offiziere gehen auf den Eingang zu, gefolgt von den anderen vier Hunden. Der Fahrer steigt wieder ein und fährt die Limousine hinter die Villa.

1. OFFIZIER (umarmt die Frau) Da sind wir wieder.

2. OFFIZIER (höflich) Gnädige Frau …

BLONDINE (zittert vor Kälte) Kommt rein! (zu Hasso) Du bleibst draußen!

Die beiden Männer und die Frau gehen ins Haus. Die Tür fällt ins Schloß. Hasso bleibt auf den Treppenstufen sitzen und heult den Vollmond an.

SCHNITT

Daimler stand auf, ging zum Thermostat und stellte die Temperatur der Klimaanlage höher. Er schob den Vorhang am Fenster zur Seite und sah hinaus auf das in der Nacht liegende Betongebirge des Flughafens.

Da draußen mußte es warm sein.

3

Der Colonel hatte seinen Sohn geschickt.

Anfangs war Daimler enttäuscht gewesen. Nach dem ganzen Schriftwechsel und den Telefonaten hatte er sich so auf das morgendliche Treffen mit dem alten Herrn gefreut, daß es ihm wie Verrat vorkam, als ein schlanker Mann zwischen vierzig und fünfzig im Hotel erschien, sich als Miller junior vorstellte und den Senior entschuldigte.

»Vater vergißt oft, wie alt er ist«, erklärte Bob Miller. »Er übernimmt sich gelegentlich. Ich habe ihn am Samstag wieder nach Hause geschickt und die Geschäfte alleine abgewickelt. Aber er freut sich schon auf die Begegnung mit Ihnen und hat mich gebeten, Sie ja heil über die Keys zu bringen.«

Jetzt, nach vier Stunden gemeinsamer Fahrt, bedauerte Daimler die Stellvertreterregelung nicht mehr. Bob war ein angenehmer Gesprächspartner. Während das offene LeBaron-Kabrio mit konstant fünfundfünfzig Meilen über eine endlose Kette aus Brücken und Inseln dahinglitt, erfuhr Daimler vom Sohn des Colonel mehr über Südflorida, als ihm irgendein gedruckter Reiseführer hätte vermitteln können. Es war angenehm warm. Das Meer leuchtete grün, und der Himmel strahlte blau.

Daimler atmete durch, blinzelte durch die Sonnenbrille zu den Palmen und war froh, daß er dem heimischen Neurosenkäfig entronnen war. Er hatte oft genug am Gitter gerüttelt. Wie an jenem Abend im »Boheme«.

Als er das Restaurant gegen acht Uhr betritt, hat er dieses leichte Gefühl im Unterleib, das den Rest des Abends zum Nachspiel degradiert.

An der Bar sitzt Arnulf Kranich mit einer Kupferroten im Hosenanzug. Die Dame hat das, was man vor den ersten Reaktorunfällen gemeinhin als Atombusen bezeichnete.

»Mein Lieber«, ruft Kranich und streicht sich die schütteren Haare aus der Stirn. »Schön, dich zu sehen. Wie geht es dir?« Er hält Daimler die Hand hin.

Es ist immer eine Qual zuzudrücken. Man hat das Gefühl, einen Pizzateig zu kneten. »Ganz gut, Arnie, ganz gut.«

»Das ist Sabeth Goldschmiedt. Sie schreibt eine Reportage über das Elsaß für uns. Vor allem Essen und trockener Weißwein.«

Sabeth mustert Daimler.

»Brauchst du nicht was über Florida, Arnie?« Gelegentlich

bessert Daimler seine Einkünfte durch Beiträge für *Transpolit* auf.

»Ach ja, Milena erwähnte, daß du uns vorübergehend verläßt, um dein Wahnsinnsprojekt zu verfolgen.« Kranich lächelt. »Was schwebt dir denn vor?«

»Normalerweise Hemingway, aber für dich würde ich natürlich auch Tennessee Williams in Erwägung ziehen.«

Die Kupferrote sieht an die Decke.

»Ich nehme dich beim Wort, Joe. Wenn überhaupt, dann über den Dramatiker. Wenn du über Hochseeangeln schreiben willst, mußt du es an jemand anderen verkaufen.«

»In Ordnung.« Daimler schlägt Kranich auf die Schulter. Sechstausend Mark sind ihm sicher. »Wie geht es Milena?«

»Gestreßt, wie immer. Du kennst sie doch.«

Der Blonde hinter der Bar sagt etwas zu Kranich.

»Unser Tisch ist frei. Du entschuldigst uns ...« Arnulf reicht seiner Begleiterin die Hand.

»Laßt es euch schmecken.« Daimler übernimmt den frei gewordenen Hocker, bestellt sich ein Pils und sieht dem Paar nach. Arnulf Kranich ist noch keine vierzig Jahre alt. Aber mit seinem Kugelbauch, den Hängeschultern und den müden Bewegungen wirkt er wie ein Sechzigjähriger. Männer wie Arnie sollten keine blonden Energiebündel von Anfang Dreißig heiraten, denkt Daimler. Die Autorin des Feinkostartikels paßt da schon besser.

Daimler sieht sich die Gäste an. Die Stammbesetzung ist anwesend. Die Rockröhre aus Ostberlin mit ihrem Westberliner Hofstaat. Der Komiker mit dem Pferdegesicht, umgeben von seinen Fernsehredakteuren. Die Resttruppen des Fassbinder-Clans. Die Liedermacherin, die alleine an ihrem Tisch sitzt und ein Buch liest.

Ottokar, der weißhaarige Ober, geht seinem Geschäft mit der freundlichen, aber kühlen Routine nach, die er sich im »Café Hawelka« erworben hat. Aus seinen Wiener Jahren muß auch die Vorliebe für teures Schuhwerk stammen, denn er gleitet nur auf Rahmengenähten von Tisch zu Tisch. Im Erker über dem Kurfürstendamm sitzt Vico von Tempelruh unter einem Gummibaum. Der Produzent bewirtet zwei Jungfilmer und hört sich geduldig deren Ideen an. Er grüßt Daimler mit einem matten Lächeln.

Daimler respektiert von Tempelruh. Es ist unwahrscheinlich, daß sie je einen Film zusammen machen werden. Aber der Mann verfügt über alle Eigenschaften, die man im bundesdeutschen Filmgeschäft benötigt, um Geld aufzutreiben und kontinuierlich produzieren zu können. Vico strahlt absolute Vertrauenswürdigkeit aus. An den Seidenhalstüchern, den guten Manieren, der sanften Stimme und der hohen Stirn alleine kann das nicht liegen. Er ist die Idealbesetzung eines Mannes aus altem Geldadel. Fernsehredakteure, die nicht wissen, wie sie ihre Haushalte ausschöpfen sollen, vertrauen ihm großzügige Summen für Vorabendserien an. Bankdirektoren ringen sich zu progressiven Taten durch und stürzen sich ins Abenteuer anspruchsvoller und sehr künstlerischer Spielfilmproduktionen mit echten Hollywoodstars, die Tempelruh gelegentlich mit werbewirksamem Wagemut anheuert. Und immer wieder produziert er kleine und sehr fortschrittliche Fernsehspiele mit deutscher Thematik, gibt dabei Jungregisseuren und unentdeckten Darstellern eine Chance. Er bringt die TV-Produkte für begrenzte Zeiträume in Off-Kinos und hat sich damit einen Ruf als gestandener Filmproduzent erworben, der sich in Talkshows und Szene-Magazinen regelmäßig zum Zustand des deutschen Kinos äußert. Alle scheinen Vico zu lieben. Er hat kaum Feinde.

Das kann Joachim »Joe« Daimler beim besten Willen nicht von sich behaupten. Er gilt als überheblich, was jedoch in einem Land, in dem bescheidene Ansätze zu einem gesunden Selbstbewußtsein schon mit Arroganz verwechselt werden, nicht viel bedeutet. Aber er hat auch den einen oder anderen Fernsehredakteur beleidigt. So was ist bedenklich. Damit hat er die Fördergremien gegen sich. Aber immerhin ist er Bundesfilmpreisträger. Er hat bewiesen, daß er einen großen Spielfilm inszenieren kann, ohne selbst das Drehbuch zu schreiben. Er hat bei einer Auftragsproduktion Regie geführt, schnörkellos und professionell, und er ist nicht nur mit Rekordzuschauerzahlen, sondern auch mit Kritikerlob belohnt worden. Die damit verbundenen Filmförderungsmittel gewähren Milenas Produktionsfirma beim nächsten Projekt einen größeren finanziellen Spielraum. Den Clan der sogenannten Autorenfilmer hat er dadurch bis aufs Blut gereizt. Joe Daimler ist der »Amerikaner«. Die Kulturschickeria behandelt ihn wie einen Paria, so als hätte er ein halbes Dutzend Romane von Mickey Spillane verfilmt.

Daimler versucht, seinen eigenen Weg zu gehen. Er kann alleine sein, er braucht die Herde nicht. Das ist an sich schon anmaßend genug. Er hat sich mit Fernsehthrillern und Werbespots für die Japaner über Wasser gehalten. Und oft genug hat er Drehbücher geschrieben, die dann von anderen inszeniert wurden. Jetzt, wo er zumindest Licht am Ende des Tunnels sieht, wo ihm für die Realisation einer deutschen Geschichte Fördermittel und englisches Geld winken, da heißt es: Daimler bereitet einen Kriegsfilm vor.

Die Hetzkampagne läuft. Milde Kritiker stellen ihn als Möchtegern-Adepten von Sam Peckinpah, Don Siegel und Samuel Fuller hin. Böswillige, die absichtlich unter die Gürtellinie zielen, bezeichnen ihn bereits als »Rambo« Daimler. Sogar die Tatsache, daß er noch vor der Preisvergabe einen Zuschuß für ein eigenes Drehbuch zu seinem nächsten Film beantragt hat, legt man ihm negativ aus. »Endlich hat er's begriffen«, flüstert man sich zu. »Vielleicht will er doch noch ein richtiger Filmemacher werden.«

Daimler bestellt sich noch ein Pils. Er wird es ihnen zeigen. Sollen sie denken, was sie wollen. Lediglich wegen Milena macht er sich Sorgen. Ihr setzen die Spekulationen deutlich zu. Sie weiß nur zu gut, wo die Belastungsgrenze für ihre kleine Firma liegt.

Blausturm betritt das Lokal, sieht Daimler und steuert ihn an wie eine Rettungsboje auf hoher See. Blacky Blausturm trägt sein Colorado-Outfit: ausgebleichte Jeans, Jacke wie Hose, weißes Fruit-of-the-Loom-T-Shirt unter einem beigen Westernhemd aus Cord mit Perlmuttknöpfen. Dazu Stiefel aus Alligatorleder. Mit den strähnigen, semmelgelben Haaren und dem schlecht rasierten Gesicht sieht er aus wie Nick Nolte nach einer Entziehungskur. Aber Blausturm trennen rund zwanzig Zentimeter und dreißig Kilo von seinem heißgeliebten Vorbild. Außerdem ist er Schriftsteller und wie immer auf Koks.

»Herrgott, Joe. Gut, daß ich dich treffe. Alles Scheiße«, verkündet er, bevor sich Daimler nach seinem Befinden erkundigen kann.

»Was macht der Roman?« Die Arbeit daran geht mittlerweile ins fünfte Jahr, und irgend jemand muß Blacky an die Kandare nehmen, damit er das Werk irgendwann zu Ende bringt.

»Streu kein Salz in meine offenen Wunden.« Blausturm reißt in gespielter Verzweiflung die Arme hoch. »Der Verlag will, daß ich in Klagenfurt auftrete. Aber ich lese nicht aus unvollendeten Manuskripten. Was meinst du? Das geht doch nicht.« Er schüttelt den Kopf. »Aber mein Lektor drängt.«

Daimler vermutet, daß der Lektor erneut nach dem Abgabetermin gefragt und an die zwanzigtausend Mark Vorschuß erinnert hat. »Klagenfurt ist unter deinem Niveau, Blacky.«

Der Schriftsteller sieht den Regisseur dankbar an. »Leiste mir Gesellschaft. Ich habe einen Tisch reserviert. Muß was beißen.«

Es scheint unumgänglich. Daimler seufzt. Er bringt es nicht übers Herz, Blausturm mit seinen Depressionen allein zu lassen. »Okay.« Er nimmt sein Bierglas.

Blacky verhandelt bereits mit dem Ober. Sie sitzen neben der Liedermacherin, direkt bei der Bar.

»Klagenfurt ...« stöhnt Blausturm.

»Vergiß es!« Daimler studiert die Speisekarte.

Es hätte noch ein netter Abend werden können.

Daimler trank sein fünftes Pils, als Dr. Albrecht am Tisch erschien, sich unaufgefordert auf den freien Stuhl setzte und einen Pernot bestellte. Auch das hätte noch gutgehen können. Aber Blausturm war gerade eingefallen, daß er ein Drehbuch geschrieben hatte. Er fummelte in diversen Hemd- und Hosentaschen herum und zog schließlich einen zusammengefalteten Brief ans Licht.

»Na, meine Guten…« Dr. Albrecht musterte die leeren Teller. Er trug einen dunkelblauen Blazer über einem weißen Polohemd. Dazu Jeans. Die weißen Socken steckten in schwarzen Slippern mit Lederquasten. Der Mann war rosig und wohlgenährt, nicht fett, aber ein Hauch Babyspeck umhüllte ihn wie Zuckerguß. Die braunen Haare waren halblang. Die rote Hornbrille hatte runde Gläser.

»Bei deinen Einschaltquoten würde ich um Erlaubnis fragen, bevor ich mich setze.« Für Daimler war Adalbert Albrecht die Sorte Redakteur, die er zutiefst verabscheute. Irgendein seniler Abteilungsleiter Fernsehspiel hatte diesem promovierten Opportunisten die Verantwortung für den Bereich »Spannung im Fernsehfilm« übertragen. Seitdem war Gähnen angesagt. Albrecht hatte null Ahnung von Dramaturgie. Seine Sekretärin, die ihn anscheinend beriet, hatte ein paar Krimis von Agatha Christie gelesen. Wann immer er konnte, mischte er sich in die Drehbücher junger Nachwuchsautoren ein, fungierte schließlich als Co-Autor und kassierte mit. Er konnte eine Totale nicht von einer Nahaufnahme unterscheiden, hatte keine Ahnung, was ein Plot-Point war, und wenn er »Anschluß« hörte, dachte er allenfalls an sein Telefon – aber er hatte genug Macht, um die Zuschauer zu quälen. Nicht umsonst hießen die Sender Anstalten.

»Hoho! Herr Daimler reitet wieder auf seinem hohen Roß über die Prärie und schießt scharf.« Albrecht versuchte zu lächeln. Heraus kam eine Art Wetterleuchten, wie es einem Verwaltungsmandarin übers Gesicht zuckt, wenn er den Alltagsärger mit Gedanken an Abfindungen, Vergünstigungen und Pensionsansprüche verdrängt.

Inzwischen hatte Blausturm den Brief aufgefaltet. »Meine Herren, der Mitteilungsbescheid der FFA.«

Daimler ahnte, was kam. Blacky Blausturm hatte vor einem Jahr den üblichen Zuschuß für die Entwicklung eines Drehbuchs zu einem Thriller ergattert. Eine banale Geschichte über einen europäischen Koksdealer. Das Zeug kam aus Kolumbien über das Baskenland nach Frankreich und Deutschland. Das stimmte zwar, aber Blausturm hatte auch Urlaub in San Sebastian gemacht. Dort war er auf diese Idee gekommen, die so dünn war, daß Daimler ihm beratend zur Seite stehen mußte. Eine Zeitlang hatte Blacky sogar an Untertitel in baskischer Sprache gedacht. Daimler hatte ihm diese »Authentizität« wieder ausreden können. Für einen Thriller war der Stoff absolut tot. Nichts funktionierte, nichts ging ab. Aber bei den Filmförderern war Europa angesagt. Blausturm hatte sein Geld bekommen und sogar die selbstgesetzte Abgabefrist von sechs Monaten problemlos eingehalten.

»Willst du mir eine Fernsehbeteiligung aufschwatzen?« Albrecht gluckste selbstgefällig. Er war der Herr der Kohle. Er war der Chef für Spannung. Er konnte die Bittsteller kommen lassen. Kriechen war empfehlenswert.

Aber Blausturm hatte anderes im Sinn. Er war wütend. Das konnte man schon bei den ersten Worten hören. »Betrifft: Abnahme des fertiggestellten Drehbuches P D 73/90 – Der Baske. Sehr geehrter Herr Blausturm, die Unterkommission Drehbuch der Vergabekommission der Filmförderungsanstalt hat das oben angeführte Drehbuch entsprechend Paragraph 51 Absatz 1 Filmförderungsgesetz geprüft. Sie hat es abgenommen, da es dem eingereichten Treatment inhaltlich entspricht…«

»Ich ahne Böses«, brummte Daimler.

»Ich hätte mich nie auf diese Drehbuchschreiberei einlassen sollen«, klagte Blacky. »Das ist nichts für einen anständigen Romancier.« Er räusperte sich und las weiter. »Die Kommission ist allerdings der Meinung, daß das Drehbuch nicht die bei der Förderung des Exposés erwartete Qualität aufweist. Die

Geschichte wird nicht psychologisch entwickelt, sondern recht simpel und zu brutal erzählt...«

»Die alte Leier. Die verwechseln einfach verständlich mit simpel und hart mit brutal. Aber wen wundert das noch?« Daimler fixierte Albrecht.

»Auch die Konzentration auf den Basken als Helden der Story ist dramaturgisch nicht geklärt«, fuhr Blausturm unbeirrt fort. »Darüber hinaus äußert die Kommission Bedenken hinsichtlich der ökonomischen Realisierbarkeit des Stoffes...«

»Also das ist nun wirklich Schwachsinn«, schaltete sich Dr. Albrecht ein. »Das hätten die Penner doch schon bei Vorlage des Treatments monieren können, bevor sie die Förderung zusagen. Wozu lassen sie die Produktionsfirma sonst mitzeichnen?« Er schüttelte den Kopf.

Daimler grinste. »Ist ja mal ein Punkt, in dem wir uns einig sind.«

Albrecht ignorierte den Einwurf. »Lies weiter«, forderte er Blausturm auf.

»Aus den genannten Gründen weist die Kommission ausdrücklich darauf hin, daß die Drehbuchabnahme die Vergabekommission hinsichtlich eines eventuell auf der Grundlage dieses Drehbuches vorgelegten Projektfilmförderungsantrages nicht präjudiziert.«

»Das reicht. Damit kannst du dir die Förderungsmittel für den Film abschminken. Der alte Fehler. Ihr Autoren verwechselt Blut und Hiebe mit Spannung.« Albrecht trank einen Schluck Pernot. »Aber der Thrill hat nichts mit dem Kill zu tun ...« Er wartete einige Sekunden auf Zustimmung oder Beifall, erntete aber nur unterdrückten Zorn. »Subtilere Erzählstrategien, Blacky, das ist vonnöten. Psychologische Hintergründe entwickeln. Der Horror kann auch ohne Ballereien und Prügeleien dramatisiert werden.«

»Schenk dir den Scheiß, Albrecht.« Daimler flüsterte fast. »Du hast doch keinen Schimmer von so was.«

»Hoho«, rief Dr. Albrecht. »Willst du mich beleidigen?«

Wieder dieses Mandarinlächeln. »Na ja, ich bin es gewohnt, mißverstanden zu werden.« Er gönnte sich noch einen Schluck Pernot. »Aber ohne Adalbert Albrecht kein Geld!« Er sah Blausturm streng an. »Erst recht nicht bei einem derart vernichtenden Bescheid.«

»Ihr Kulturbürokraten seid nichts anderes als feige Schwätzer«, sagte Daimler.

»Ich muß mich von dir nicht beleidigen lassen.«

»Du kannst froh sein, daß ich dir nicht in die Fresse haue.« Daimler sah auf die Tischdecke und versuchte seinen Zorn zu unterdrücken. Er hatte gute Lust, Albrecht die Zähne zu demolieren.

»Schlag doch zu, wenn es dich erleichtert.« Albrechts rötliche Gesichtshaut kündete von erhöhtem Blutdruck. »Na komm schon, Cowboy, tob dich aus …«

Daimler stieß zu. Mit der offenen Hand traf er Albrecht vor der Brust. Der ging rücklings zu Boden und schlug hart mit dem Kopf auf.

4

Als Bob an der Southard Street, im Zentrum von Key West, vor einer Ampel warten mußte, musterte Daimler die Holzhäuser in den subtropischen Gärten.

»Hier, Joe, bewegen wir uns auf heiligem Territorium.« Bob Miller deutete durch die Windschutzscheibe auf die Kreuzung. »Ungefähr dort muß eine der schönsten Episoden unserer regionalen Literaturproduktion stattgefunden haben. *33 Grad im Schatten* von Thomas McGuane.«

Der Amerikaner hob bedeutungsvoll die Arme und schlug sich dann auf die Oberschenkel. »Alle reden von Hemingway. Ich liebe McGuane. Besonders diesen Roman. Und ganz besonders die Passage, in der Nichol Dance, die Hauptfigur, mit seinem Kabrio in die Stadt einfährt. Kein Plastikauto wie das hier…« Er schlug mit der rechten Hand auf das Lenkrad des Chryslers. »Nein, der gute Nichol Dance hat ein richtiges Schmuckstück unterm Hintern, einen Ford Fairlane.«

Die Ampel sprang auf Grün. Bob nahm den Fuß vom Bremspedal und überließ der Automatik den Rest.

»Also, der Held unseres Romans hat die ganze lange US One hinter sich gebracht, genau dieselbe Strecke, die wir die letzten Stunden gefahren sind. Dance hatte schon unterwegs Probleme mit den Bremsen – und hier auf der Southard fängt eine der Trommeln Feuer. Der kostbare Fairlane geht sofort in Flammen auf. Gummi, Öl, alles brennt und qualmt, und auch die persönlichen Utensilien unseres Helden werden mit diesem Schmuckstück von Auto vernichtet. Darunter ein Motorola-TV und eine Schachtel Armeemunition, Kaliber .45. Die Patronen gehören zu einem bizarren Colt vom Typ Bisley. Die mexikanischen Elfenbeingriffschalen sind mit Intarsien verziert, Adler, die Schlangen töten. Nichol Dance bleibt nichts weiter übrig, als zuzusehen, wie sein Kabrio zu Asche wird. Die Munition explodiert. Der Fernseher endet in einer Implosion. Dance hat Tränen in den Augen. Aber den Colt kann er retten, denn die Waffe steckt im Hosenbund unter dem weiten Sporthemd, das mit Palmblättern bedruckt ist.«

Bob lachte leise. »Unser Held hat fast alles verloren, aber er ist absolut frei.« Er musterte Daimler kurz. Dann blickte er wieder auf die Fahrbahn und wartete auf eine Reaktion.

»Tolle Geschichte.«

»Grandios! Das müssen Sie verfilmen. Stimmt doch, daß Sie Regisseur sind? Hat Vater jedenfalls behauptet.«

»Es stimmt. Aber der Roman ist schon verfilmt. McGuane hat sogar selbst Regie geführt. Peter Fonda und Harry Dean Stanton waren dabei. Warren Oates hat diesen Nichol Dance gespielt. Aber an die Kabrio-Szene kann ich mich nicht erinnern.«

»Nie gesehen. Aber ich gehe auch nicht oft ins Kino. Lese lieber Bücher. Ich hoffe. Sie sind nicht beleidigt.«

»Warum sollte ich? Sie haben den Film nicht gesehen. Ich habe das Buch nicht gelesen.«

Sie hielten vor einem hellblauen Holzhaus in einer ruhigen Wohngegend.

»Vater hat dieses Objekt aus unserer Sammlung für Sie zurechtmachen lassen. Betten müßten frisch bezogen sein. Kühlschrank ist mit dem Notwendigsten aufgefüllt. Wir dachten, daß es bequemer ist als ein Hotelzimmer und Ihr Spesenkonto entlastet.« Bob grinste. »Sehen Sie den roten Pick-up da drüben?« Er deutete auf die andere Straßenseite.

Daimler nickte.

»Können Sie benutzen. Firmenwagen.« Bob stieg aus.

»Sehr großzügig.«

»Sie sind unser Gast, Joe. Im Moment interessiert sich sowieso kein Käufer für die Hütte. Kommen Sie, steigen Sie schon aus.« Er zerrte den Koffer aus dem Fond.

Daimler folgte ihm durch den dicht bewachsenen Garten auf die Veranda. Große Fächerpalmen spendeten Schatten. Er stieß gegen die Rückenlehne eines Schaukelstuhles. Das Möbelstück wippte träge in der Mittagshitze und kam sofort wieder zur Ruhe. Er streifte eine Hängepflanze und duckte sich vorsichtshalber, bevor er das Haus betrat.

Bob setzte den Koffer ab und schaltete den Deckenventilator ein. Die Blätter setzten sich wie in Zeitlupe in Bewegung. Sekundenlang sah es so aus, als rührten sie Sirup.

»Aircondition gibt es natürlich auch. Schlafzimmer, Bad und ein Studio, in dem Sie arbeiten können, sind oben. Angeblich hat Tennessee Williams kurze Zeit in diesem Haus gewohnt, bevor er sein eigenes an der Duncan Street kaufte. Soll hier wie im Rausch ein Bühnenstück geschrieben haben. Sie können sich also inspirieren lassen.«

Bob ging zum Fernseher, testete einige Kanäle und schaltete das Gerät wieder aus. »Das Hausmädchen kommt jeden Tag. Sie kümmert sich auch um die Wäsche. Eine Kubanerin. Conchita. Sie können ihr selber sagen, um welche Uhrzeit es Ihnen am besten paßt. Sie richtet sich ganz nach Ihrem Rhythmus.«

»Eigentlich bin ich gekommen, um zu arbeiten. Aber Sie machen daraus einen Urlaub. Sie sind wirklich sehr gastfreundlich.«

»Keine Ursache.« Bob sah auf seine Armbanduhr. »Fast drei. Ich lasse Sie jetzt in Ruhe. Sie wollen sicher auspacken, sich ein bißchen einrichten und duschen. Holen Sie die Siesta nach.« Er ging zur Tür. »Stadtplan, Wagenschlüssel und Visitenkarten mit unseren Privatnummern und denen vom Office liegen neben dem Telefon – falls Sie was brauchen. Ich hole Sie gegen sechs zum Sundowner ab. Vater legt großen Wert auf den ersten Drink am frühen Abend.« Er winkte zum Abschied und ging.

Daimler blieb einen Augenblick stehen und lauschte in die Stille. Er fühlte sich matt und zufrieden. Selbst der Schweiß, der ihm über Nacken und Brust lief, war angenehm.

Draußen schlug die Wagentür ins Schloß.

Colonel Norman Delano Miller war ein beeindruckender Mann. Er war nicht sehr groß, aber kompakt wie ein Mittelgewichtsboxer. Aus dem Halsausschnitt seines kurzärmeligen, weitgeschnittenen Baumwollhemdes wucherte ein Büschel grauer Haare, das sich stilvoll vom dunkelblauen Stoff abhob. Die Unterarme zierte ebenfalls ein dichter grauer Haarteppich. Die Augenbrauen waren tiefschwarz und sahen wie Miniaturausgaben des wuchtigen Schnauzbartes aus, der unter der fleischigen Nase hing. Der kahle Schädel glänzte. Die hellbraunen Augen musterten Daimler eine Weile. Dann hellte ein Lächeln die Miene des Colonel auf, und er streckte dem Besucher die Hand entgegen.

»Willkommen, Joachim!« Die Baßstimme unterstrich die natürliche Autorität, die der alte Mann ausstrahlte. Er betonte den deutschen Vornamen. Er sagte *Joe-ächim.*

Daimler schüttelte ihm die Hand. Der Gegendruck deutete an, daß dem Alten so leicht kein Wellengang das Ruder aus der Hand schlagen konnte. Nur die Zähne und die Haut verrieten, daß Norman Miller achtzig Jahre auf dem Buckel hatte. »Freut mich, Sie endlich persönlich kennenzulernen, Colonel.«

»Nennen Sie mich einfach Norman, Joachim. Es ist lange her, daß ich Schulterklappen trug, und mit den Orden spielen mittlerweile meine Enkel.« Er sah seinen Sohn an. »Nicht wahr, Robert?«

»Ich habe zwei Jungen und ein Mädchen«, sagte Bob Miller nicht ohne Stolz zu Daimler.

Daimler nickte und schwieg. Soviel Virilität gab ihm das Gefühl, ein kranker Außenseiter zu sein.

Sie standen in der Lobby des »Casa Marina Hotel«. Die Hallendecke mit den vier schweren Querbalken wurde von acht quadratischen Säulen getragen. Sie waren, wie der lackierte Fußboden unter den Teppichen, aus dunklem Holz. Sieben Ventilatoren hielten die klimatisierte Luft in Bewegung. An den Wänden hingen handgeschmiedete Eisenlaternen. Alles war sehr wuchtig und stilvoll. Nur das Feuer im Kamin hing am Stromnetz. Daimlers Blick wanderte durch die Fenster über die Veranda in den Garten und zum Meer.

»Zeit für einen Drink.« Der Colonel übernahm die Führung zur Bar. Im Vorbeigehen winkte er noch einmal seinen Geschäftspartnern zu, die er an einem Tisch zurückgelassen hatte, als sein Sohn mit dem Deutschen aufgetaucht war.

Daimler musterte die Gruppe, die zwischen den Stehlampen mit den eierschalenfarbenen Schirmen in elfenbeingetönten Korbsesseln mit zartgrünen Sitzpolstern saß und freundlich zurückwinkte. Es mußten die Innenarchitekten der Häuser sein, die Miller senior und junior für teures Geld verkauften. Bislang hatte Daimler in Verbindung mit dem Colonel nur an Khaki- und Olivtöne gedacht. Man macht sich seine Bilder. Auch den Colonel selbst hatte er sich anders vorgestellt. Nachdem er Bob kennengelernt hatte, war Daimler davon ausgegangen, daß er sich auf einen skandinavischen Typ mit großer, knorriger Statur einzustellen hatte. Aber zwischen Vater und Sohn gab es nicht die geringste Ähnlichkeit.

In der Bar waren weitere fünfzehn Deckenventilatoren in Aktion. Der Barkeeper erkannte die Millers, lächelte und griff unaufgefordert nach den vertrauten Flaschen.

»Was darf's für Sie sein, Joachim?« Der Colonel hievte sich auf einen Barhocker.

»Was trinken Sie?«

»Mein Sohn und ich lassen uns um diese Uhrzeit von Jimmy immer Wodka-Martinis rühren.«

»Dann nehme ich auch einen.« Daimler setzte sich.

»Jimmy, der Gentleman hier nimmt dasselbe.«

Der Barkeeper nickte. »In Ordnung, Sir.«

Bob blieb neben seinem Vater und Daimler stehen und stützte sich mit einer Hand am Tresen ab.

Eine Combo spielte Bossa Nova. Die Musiker waren schwarz. Die Sängerin war weiß. Sie trug eine bestickte afrikanische Kappe und anthrazitfarbene Pumps. Nur der unterste Jackenknopf ihres perlgrauen Seidenanzuges war geschlossen. Daimler hatte freien Blick auf den roten Bodystocking und die vollen Brüste. Die Frau hatte eine rauhe Bluesstimme, aber ihre Haut war durchscheinend und schrie förmlich nach einer Bluttransfusion.

Der Barkeeper servierte die Martinis.

Der Colonel prostete Daimler zu. »Nochmals willkommen. Ich hoffe, Sie haben genug Zeit mitgebracht.«

»Sie kommen rechtzeitig zum Fantasy Fest«, stellte Bob fest. »In ein paar Tagen geht es richtig los.« Er bemerkte Daimlers fragenden Blick. »Eine Art Karneval mit Festen und Maskeraden, der seit elf Jahren um diese Zeit stattfindet. Eine ganze Woche, in der Key West ausflippt und im Kostüm arbeitet und feiert. Dieses Jahr heißt das Motto ›Caribbean Fantasies‹.«

Er lachte. »Sie sollten sich rechtzeitig überlegen, als was Sie auftreten wollen.«

Sie tranken.

»Sie müssen sich das so ähnlich wie den Mardi Gras in New Orleans vorstellen«, ergänzte der Colonel.

Bob stellte sein Glas auf den Tresen. »So, ich lasse Sie jetzt mit Vater alleine, Joe. Die Familie ruft.« Er schlug Daimler auf die Schulter und machte sich davon.

Der Colonel sah seinem Sohn nachdenklich hinterher. »Sie müssen entschuldigen, wenn er Sie wie einen Touristen behandelt. Aber auf den Keys benehmen sich die Leute immer wie in den Ferien. Auch wenn sie arbeiten. Das ist einer der Gründe, warum ich mich vor rund dreißig Jahren von New York City verabschiedet habe.« Er trank. »Gefällt Ihnen das Haus?«

»Sehr. Ich bin Ihnen zu Dank verpflichtet.«

»Häuser und Manuskripte habe ich im Überfluß. Leider sind auch immer etliche unverkäufliche Objekte dabei. Oftmals nicht die schlechtesten.«

»Wie kommt es zu dieser eigenartigen Kombination? Immobilien und Literatur.«

»Noch zwei Martinis«, sagte Miller zu Jimmy.

Daimler konnte das Muster aus roten Äderchen und groben Poren auf der Nase des Colonel erkennen.

Miller strich sich träge über die Glatze. »Ursprünglich bin ich ein Büchermann aus Manhattan. Ich habe das gelernt. War im Verlagswesen. Hatte eine steile Karriere vor mir. Dann kam der Krieg. Er hat unser aller Leben auf die eine oder andere Art verändert. Mich hat er zwar nicht aus der Bahn geworfen, aber als ich aus Europa zurückkam, fühlte ich mich in der Hierarchie nicht mehr wohl. Ich tat das Naheliegende und machte mich selbständig. Meine guten Kontakte halfen mir, mich als Literaturagent zu etablieren. Das Angenehme war, daß ich dabei letztendlich sehr viel mehr Geld verdiente, als es mir im Verlag möglich gewesen wäre.« Er lächelte.

Jimmy servierte die zweite Runde. Die beiden Männer tranken einen Schluck. Während die Sängerin an der Bar Platz nahm und sich einen Drink servieren ließ, schnorchelte der Saxophonist der Combo durch ein Stück von Stan Getz.

»Dann kam ich zum ersten Mal hier runter auf die Keys«, fuhr der Colonel fort. »Eigentlich nur, um einen meiner Autoren zu betreuen und Kontakt zu einigen neuen Talenten aufzunehmen. Es gefiel mir so gut, daß ich regelmäßig wiederkam. Schließlich entschloß ich mich, ganz nach Key West zu ziehen.« Er blinzelte Daimler zu. »Wird im Filmgeschäft in Berlin nicht anders sein, denke ich. Wenn man eine Branche lange genug kennt, wenn man ein sogenannter Insider ist, dann wird die Welt, in der man sich bewegt, eng und klein und mit der Zeit auch sehr öde und langweilig. Restaurants, in denen man sich immer wieder mit denselben *wichtigen* Gestalten zur Arbeit trifft und vom Personal wie ein unleidiges Baby behandelt wird. Einladungen in Galerien und mondäne Wohnungen an der Park Avenue. Lauter Marmorgrabmäler. Es ging mir auf die Nerven, und ich entschloß mich, etwas weniger Geld zu scheffeln und mich dafür in einer Umgebung aufzuhalten, die mehr mit dem natürlichen Leben zu tun hat. Ich habe es nie bereut.«

Daimler wartete auf eine Erklärung, wie es zu der Immobilien-Connection gekommen war. Doch der Amerikaner ließ ihn zappeln.

»Für einen Makler muß Ostdeutschland ja das Paradies sein. Ich stelle mir vor, daß es nicht wenige Traumobjekte gibt«, sagte der Colonel und bat dann, ihn einen Augenblick zu entschuldigen.

»Ohne Zweifel«, rief Daimler ihm nach. »Da können Sie noch komplette Schlösser verhökern.«

5

»Bist du verrückt?« fragt Milena.

»Nach dir immer.« Daimler versucht, sie in die Arme zu nehmen.

Eine steile und sehr strenge Falte erscheint auf ihrer Stirn. »Laß die Mätzchen!« Sie tritt einen Schritt zur Seite, läßt ihn ins Leere laufen und spaziert über den Rasen neben dem Gehweg auf das Hauptgebäude mit der schwarzweißen Fachwerkfassade zu.

»Worum geht es denn?« Daimler folgt ihr in einigen Metern Abstand.

»Wie ich höre, hast du Albrecht zusammengeschlagen.«

»Das ist aber etwas übertrieben. Er ist vom Stuhl gefallen.«

Milena bleibt stehen und sieht ihn ernst an.

»Blacky ist mein Zeuge.«

»Da bist du ja wieder in bester Gesellschaft aufgetreten.«

»Wie du weißt, bemühe ich mich redlich, in Kneipen auszurasten, die nicht zu deinen Stammlokalen gehören.« Er versucht es mit einem Lächeln. »Wer hat denn gepetzt?«

»Vico von Tempelruh.«

Daimler nickt. Arnulf Kranich hat anscheinend gute Gründe, seiner Frau den Vorfall im »Boheme« zu verschweigen. Vielleicht wegen der Kupferroten. Soweit er sich erinnern kann, waren beide noch anwesend, als es zur Sache ging.

Milena hängt sich bei Daimler ein, und sie spazieren weiter.

»Ich will einen Kinderfilm mit Albrecht machen – also laß ihn in Ruhe.«

»Seit wann ist *Doktor* Albrecht für Kinderfilme zuständig?«

»Ich kenne meine Sender eben. Ich habe es auf der letzten Sitzung des Filmrates erfahren. Adalbert wird in Kürze die Redaktion wechseln. Man ist mit seinen Einschaltquoten nicht zufrieden.«

»Endlich mal eine gute Nachricht. Der deutsche Fernsehthriller hat wieder eine Zukunft. Wer hätte das zu hoffen gewagt? Ich muß sofort Blacky anrufen. Die armen Kinder. Das Sandmännchen von Adalbert Albrecht! Die Folter für unsere Kleinen im Vorabendprogramm.«

»Purist.«

Daimler schweigt.

Milena läßt es auf sich beruhen. Sinnlos, die Diskussion wieder aufzunehmen. Sie hat nicht vor, sich die beiden Tage auf Cecilienhof zu verderben. Es ist ihre Idee gewesen, das Hochzeitszimmer zu reservieren, um die »Wiedervereinigung« im angemessenen Rahmen zu feiern. Arnulf ist bis zum Sonntag auf der Frankfurter Buchmesse. Sie liebt den englischen Landhausstil des Hotels, das im Neuen Garten, einem riesigen Landschaftspark, liegt und modernsten Komfort bietet. Es sind nur wenige Kilometer vom Zentrum Berlins nach Potsdam, aber sie fühlt sich wie in einer anderen Welt. Der romantische Park. Das riesige Knusperhaus von Residenz mit den altmodischen Kaminen über den rötlichgelben Dachziegeln. Von den nahe gelegenen Seen sickert feuchte Luft zwischen die Bäume und legt einen Schleier über Laub und Gras.

»Den ganzen lieben langen Tag der deutschen Einheit hast du es geschafft, nicht vom Geschäft zu reden«, mault Daimler, »und jetzt, kurz vor unserer denkwürdigen Nacht in diesem Hochzeitszimmer, mußt du damit anfangen.«

»Ob sie denkwürdig wird, wollen wir erst mal abwarten … Aber du hast recht. Wir sollten abschalten. Also kein Wort mehr über die Produktion.« Sie küßt ihn auf die Wange. Er hat sich tapfer gehalten. Das ganze Touristenprogramm. Gleich nach der Ankunft Besichtigung des Konferenzraumes, in dem Stalin, Churchill und Truman nach Ende des Zweiten Weltkrieges das Potsdamer Abkommen zwischen den alliierten Siegermächten unterzeichnet haben. Ein monumentaler Rundtisch auf rotem Teppich inmitten holzgetäfelter Wände und unter einem hohen Giebeldach mit rustikalem Gebälk. Danach haben sie sich Schloß Sanssouci vorgenommen. Jetzt sind sie rechtschaffen müde und hungrig. »Ich freue mich auf das Abendessen«, sagt sie, als sie auf den Eingang zugehen.

»Und ich auf die Nacht in diesem rustikalen Doppelbett, das du so fürsorglich gebucht hast.« Er hält ihr die Tür auf.

Milena mustert ihren Liebhaber. Er wirkt klein und schmal. Die Wildlederstiefel, die ewige Jeans und die Windjacke lassen ihn wie einen altgewordenen Jungen aussehen. Die langen dunkelbraunen Haare, der angegraute Dreitagebart und die runden Brillengläser tun das Ihre dazu. »Du wirst ein Sakko anziehen müssen, wenn wir hier standesgemäß tafeln wollen«, raunt sie ihm zu, als sie an ihm vorbei durch die Tür geht.

»Madame hätten sich etwas Germanischeres in Uniform mitbringen sollen, um in der Laube des Kronprinzen zu turteln.«

Sie steuern den Empfangstisch an.

»Preußisch«, korrigiert Milena mit einem Flüstern. »Preußisch.«

Spät in der Nacht träumte sie.

Sie sah den Alten Fritz im offenen Sarg. Er trug eine Wehrmachtsuniform und einen Dreispitz. Der Sarg war mitten in einem Eisenbahnwaggon mit Lianen festgezurrt. Sechs Amazonasindianer, mit Blasrohren bewaffnet, hielten Ehrenwache. Durch die offene Waggontür war Tannenwald zu sehen. Der gelbweiße Rauch der Lokomotive hing wie ein Schal in der Landschaft, und über dem Rattern des Zuges konnte man das Heulen und Bellen der Schäferhunde hören, die im Rudel den Bahndamm entlanghetzten. Der Zug wurde langsamer und fuhr in einen Bahnhof ein. *Potsdam* stand in schwarzer Frakturschrift auf einer weißen Tafel. Auf dem Bahnsteig war eine Kompanie der Nationalen Volksarmee angetreten und präsentierte das Gewehr. Eine Kapelle der Bundesmarine spielte Marschmusik. Ein großer Mann mit weißen Haaren wartete hinter einem Rednerpult. Er trug einen Stresemann. Die Zivilbevölkerung winkte und schwenkte Nationalfähnchen. Inmitten der Menschen tollte bellend ein Rudel italienischer Windhunde herum. Plötzlich tauchten die Schäferhunde auf und griffen die Windspiele an. Bevor der Tumult seinen Höhepunkt erreichte, nahm der Zug wieder Fahrt auf. Die Waggontür glitt mit einem dumpfen Schlag ins Schloß, und dem König verrutschte die Perücke über dem mumifizierten Gesicht. Die Indianer waren verschwunden. Statt dessen tanzte eine Schar blonder Kinder um den Sarg. Sie sangen »Schwarzbraun ist die Haselnuß«.

Das Pfeifen der Lokomotive riß Milena aus dem Schlaf. Sie tastete nach Daimler.

Er war wach und nahm ihre Hand. »Schlecht geschlafen?«

»Ekelhaft«, flüsterte sie. »Ich habe von deinem Film geträumt.«

»Von meinem Film? Ist doch nicht schlecht. Wenn du dich genau erinnerst, brauch ich es nur noch aufzuschreiben – und schon haben wir das Drehbuch beisammen.« Er lachte leise.

»Sie haben Friedrich den Großen im Zug nach Potsdam überführt. Ich konnte ihn ganz deutlich erkennen.«

»Der liegt doch irgendwo in Süddeutschland.«

»Wer weiß wie lange. Außerdem ist der Zug dann doch weitergefahren, ohne anzuhalten.«

»Lenin«, sagte Daimler. »Du verwechselst das mit dem plombierten Zug, mit dem Lenin von der Schweiz durch Deutschland nach Rußland fuhr.«

»Es war der Alte Fritz!«

»Seit wann mache ich einen Film über den ollen Fritz? Wenn ich noch einen Beweis brauche, daß du nicht mal meine Treatments richtig liest, dann habe ich ihn jetzt.«

»Da waren die Kinder …«

»Ich nehme an, du hast das Exposé geträumt, das du mit Doktor Albrecht verwirklichen willst.« Daimler packte sie, zog sie über sich und biß ihr ins Ohrläppchen.

Sie küßte ihn. »Wie findest du mein Cecilien-Outfit?«

»Es ist ein ganzes Nachthemd – und verdammt lang.« Er zerrte den Stoff nach oben.

Sie knabberte an seiner Unterlippe. »Ich weiß nicht, ob ich nach diesem ganzen Terror kann.«

Er schwieg.

»Da waren auch Soldaten, Wind- und Schäferhunde …«

»Ach?«

»Und Indianer.«

»Indianer?«

»Ja, Indianer mit Blasrohren…«

Vielleicht sollte ich Milena ein Kind machen, dachte Daimler.

Er stand im Wintergarten und sah den Kleinen auf dem

Spielplatz des Frauenhauses zu. Eigentlich hatte er packen wollen. Aber mit einem Mal waren ihm die Reise und die weitere Recherche an seinem Thema absurd erschienen, und er hatte das leise Kreischen der Kinder gehört.

Die Kinder waren das Leben.

Er fühlte sich wie in einer Konservendose.

»Ich weiß nicht, wie du das machst«, pflegte Milena zu sagen, »aber du bist der einzige Mann, den ich kenne, der einen Gummi überzieht, ohne daß man es merkt.«

Ehre, wem Ehre gebührt. Joe Daimler, der perfekte Aids-Warrior. Ein bißchen kinderscheu, aber gesundheitspolitisch und erotisch-emotional sauber. Begründung: die Endlagerung von Spermien im Latexreservoir als Vorsorge gegen Bindungen, Verpflichtungen und andere Viren. Kontrolle. Egozentrische Präventivmaßnahme. Joe Daimler hatte keine Kinder zu erziehen und zu ernähren. Joe Daimler machte sich allenfalls Sorgen, wie viele nullkommasiebener Flaschen Wein und nullkommadreier Gläser Pils er seiner Leber zumuten konnte. Joe Daimler gebar Filme.

Die Kinder johlten hinter einer Katze her. Das Tier spurtete über den Sandkasten, bevor die Verfolger seinen Schwanz in die Finger bekamen.

Daimler ging ins Wohnzimmer, warf einen gelangweilten Blick in seinen halbgepackten Koffer, setzte sich an den Schreibtisch und rettete sich in die Arbeit.

BESTRAHLUNGSRAUM – INNEN/TAG

In einem kahlen Raum mit weißen Wänden sitzen SECHS KLEINE JUNGS im Alter von zwei bis vier Jahren. Vier sitzen auf winzigen weißen Holzstühlen. Zwei hocken daneben auf dem Fußboden. Alle sind nackt, haben weiße Handtücher untergelegt und tragen dunkle Schutzbrillen, die wie altmodische Motorradbrillen aussehen.

Hinter der Gruppe steht eine KINDERSCHWESTER. Sie trägt einen weißen Kittel und eine weiße Haube. Sie hält einen SÄUGLING im Arm, der strampelt und kräht. Schwester und Säugling tragen ebenfalls Schutzbrillen.

An einer Wand hängt eine große Stoppuhr, daneben hängen weitere Schutzbrillen an Haken. Im Rücken und vor der Gruppe sind in rund zwei Meter Entfernung rechteckige Bestrahlungsschirme aufgestellt und an Kabel angeschlossen. Die Abmessungen der Lampen entsprechen in etwa einem modernen Fernseher mit Großbildschirm. Sie sind an Stativen montiert und höhenverstellbar.

TEXTEINBLENDUNG:

»Steinhöring / Bayern, Sommer 1943«

Die Kinder zappeln und werden unruhig.

KINDERSCHWESTER (besänftigend) Ruhe, Kinder, es ist gleich soweit. (lächelt) Gleich geht die große, helle Sonne auf. Nur Geduld!

Einer der Jungs quengelt und versucht sich die Brille vom Gesicht zu ziehen.

KINDERSCHWESTER (streng) Bernhard, Finger weg, laß die Brille auf! (liebevoller) Sonst macht dich die liebe Sonne blind.

Die beiden Lampen blitzen plötzlich auf und tauchen den Raum in künstliches Licht. Durch die Strahlen ist die Gruppe nur noch schemenhaft (wie auf einem Negativ) zu erkennen.

NAH AUF: Den Säugling an der Brust der Kinderschwester. Die »kosmetischen« Strahlen lassen seinen Kopf wie einen kleinen Totenschädel aussehen.

6

Colonel Miller kratzte sich an der Nase.

»Ich hatte mich natürlich an einen gewissen Lebensstil gewöhnt, und ich hatte Verpflichtungen. Bevor mein Kontostand endgültig in den Keller ging, überredete mich einer meiner Autoren, ins Immobiliengeschäft einzusteigen. Er hatte selbst nebenberuflich damit begonnen, um als Schriftsteller leben zu können. Es funktionierte gut. Er schrieb am Vormittag, kümmerte sich über Mittag um Grundstücke und Häuser, erledigte nachmittags seine Post und gab sich am Abend dem Alkohol hin. Angenehmes Arrangement. Er hatte keine finanziellen Sorgen mehr. Zeitweise mußte ich ihn ermahnen, über dem Geldmachen das Schreiben nicht zu vergessen.«

Miller strich sich mit der rechten Hand über den Schnurrbart.

»Wir haben das Problem schließlich so gelöst, daß er mich ins Geschäft brachte, wir es gemeinsam ausbauten und er sich dann wieder mit voller Kraft auf ein neues Buch stürzte. Der Roman wurde ein Bestseller und brachte uns beiden eine Menge Geld ein. Er hat seitdem drei weitere Bestseller geschrieben, und ich habe meinen Sohn ins Geschäft geholt, damit ich mit meinem Autor in Ruhe die Tantiemen versaufen kann.« Er lachte, hustete und kippte den Rest Martini.

Daimler starrte in sein Glas und dachte an die enorme Summe von zwanzigtausend Mark Zuschuß für sein Drehbuch.

Der Colonel orderte die dritte Runde Martini. Er schien zu ahnen, was Daimler betrübte. »Schade, daß Sie einen Film drehen und keinen Roman schreiben. Ein Buch zu diesem Thema hätte gute Chancen auf dem hiesigen Markt. Wollen Sie es nicht versuchen? Wir könnten einen routinierten Co-Autor verpflichten, der sich mit Prosa auskennt.«

»Der Film macht mir genug Sorgen. Erst muß ich das Drehbuch schreiben.«

»Also, wenn es sein muß, können wir auch das Drehbuch mit Fotografien rausbringen«, lockte Miller. »Ich könnte Ihnen dafür einen ordentlichen Vorschuß besorgen und je nach dem, wie sich das Filmprojekt entwickelt, groß abschließen.«

Daimler dachte an Milena und die wacklige Finanzierung. »Das wäre schon eher möglich.«

»Es eilt ja nicht.«

Jimmy brachte die Drinks. Die Sängerin warf Daimler einen interessierten Blick zu. Der Alkohol schien ihre Blutzirkulation anzuregen. Ein frischer Schimmer Rosa überzog ihre Haut.

»Jedenfalls hätten Sie mich ohne meine Agentenvergangenheit in New York nicht kennengelernt, Joachim.«

Daimler nickte. Er erinnerte sich an jenen Abend in Cannes, am Rande der Filmfestspiele, als er unter beträchtlichem Alkoholeinfluß einem Filmemacher aus Greenwich Village von seinem neuen Projekt erzählt hatte. Carlos Libre, so hieß die Hoffnung der Latino-Filmavantgarde aus New York, war ein Fan von Joe Daimler. Der Kubaner hatte »Die beinharte Tänzerin« in einem Off-Kino im Village mit englischen Untertiteln gesehen. Das preisgekrönte Werk war dort immerhin sechzehn Wochen lang gelaufen. Libre hörte sich in Cannes Daimlers neue Story an, und als er zwei Monate später bei einer Premiere in Manhattan einem älteren und anerkannten jüdischen Regisseur über den Weg lief und diesem – um sich seiner Verbindungen zu europäischen Filmemachern zu brüsten – von Daimlers heißem Projekt erzählte, erwähnte jener Regieveteran zum ersten Mal den Namen Norman Delano Miller. Drei Tage später rief Libre in Berlin an und klingelte Daimler um sechs Uhr morgens aus dem Schlaf. Daimlers mürrische Stimmung verflog schnell, als Carlos Libre leicht angetrunken berichtete, daß er einen der US-Offiziere geortet habe, die mehr über die Adoption besagter Kinder erzählen könnten. Daimler erinnerte sich, daß er einen schweren Kater noch nie schneller überwunden hatte. Die Nachricht elektrisierte ihn förmlich. Nur wenige Wochen später hatte der Brief-, Fax- und Telefonkontakt mit dem Colonel begonnen.

»Es war sehr leichtsinnig von Ihnen, so vorzugehen«, sagte Miller.

»Wieso?«

»Sie haben einem schwarzen Exilkubaner eine brisante Geschichte erzählt, der sie prompt einem Regisseur weitererzählt, der zufällig Jude ist. Bestenfalls eine Sackgasse. Schlimmstenfalls hätte es erheblichen Widerstand gegen Ihr Vorhaben geben können. Sie waren sehr naiv, Joachim.« Der Colonel strich sich über den Schädel.

Daimler bemerkte, daß Colonel Miller drei schwere Goldringe mit kostbaren Steinen an Zeige-, Mittel- und Ringfinger trug. »Ich hatte schon immer ein Talent, mir selbst Knüppel in den Weg zu schmeißen«, räumte er ein.

»In diesem Fall haben Sie Glück gehabt.« Norman Delano Miller nippte an seinem Wodka-Martini. »Ich war Soldat, und ich habe gegen die Nazis gekämpft. Ich bin Jude, ich bin der Künstlerszene eng verbunden, und der angegraute Regisseur, dem dieser schwatzhafte Latino Ihre Geschichte über die deutsche Herrenrasse erzählt hat, ist zufälligerweise einer meiner besten Freunde.«

Daimler trank einen großen Schluck Martini und sah in das Dekolleté der Bossa-Nova-Sängerin. Die Stimme des Gitarristen klang brüchig, als die Combo sich an einem Stück von João Gilberto versuchte.

»Es gibt Dinge, die kommen aus dem Bauch und nicht aus dem Hirn, und das ist gut so«, hörte Daimler den Colonel sagen. »Leonard Bernstein hat es einmal sehr treffend formuliert: *Es muß nicht durch die Zensur des Gehirns, bevor es das Herz erreichen kann. Ein Fis muß nicht im Geiste abgewogen werden; es ist ein Volltreffer und deshalb um so kraftvoller.*«

Die Sängerin ließ sich von Jimmy einen frischen Drink geben und stellte Daimler mit einem Schlafzimmerblick auf die Probe.

Der Colonel schüttelte nachdenklich den Kopf und zwinkerte Daimler zu. »Sie haben da einen Sturzflug mit einer Punktlandung beendet, Joachim. Riskantes Unternehmen. Aber wie Sie wissen, zählt bei uns in den USA nur der Erfolg.«

Beim alljährlichen Verlegerempfang im »Frankfurter Hof« gesellt sich Arnulf Kranich zum vertrauten Clan aus München.

Berlin ist Thema Nummer eins. Die Buchmesse bringt sie alle wieder zusammen: die Mutigen, die bereits in der östlichen Metropole arbeiten und mit Frontberichterstatterglänzen in den Augen von den Unbeholfenheiten der Ossis erzählen, und die Vorsichtigen, die Zögerer aus der Isarstadt, die sich schon wie Zurückgebliebene vorkommen, von der Angst vor weiteren Fluchtbewegungen des Großkapitals überschattet. Selbst die Gastgeber vom Main müssen sich oft genug Drohungen anhören. Es gibt auch noch Leipzig!

»Unter den Linden ... Arnulf, mein Gott, wie romantisch.« Claudia von Rachhoff lacht. »Ein wahrhaft historischer Standort für eine Redaktion.« Sie nippt am Champagner. Als Chefredakteurin von *La Belle* hat sie die Fluchtbewegungen in Richtung Moskau ignoriert. Für ein modernes Frauenmagazin der gehobenen Art ist die Nähe zu Rom, Mailand und Paris gesünder.

»Es ist natürlich alles noch etwas behelfsmäßig«, räumt Kranich ein und mustert die Glitzermontur, die seine Kollegin um die studiogebräunten Schultern drapiert hat. Auf dem Alexanderplatz würde der Fummel aus der Leopoldstraße allenfalls als Faschingsverkleidung durchgehen. »Aber es hat was. Man kommt wieder in Bewegung.« Er selbst trägt jetzt mehr Tweed.

»Daran zweifle ich keine Sekunde. Seit Sie in Berlin sind, strahlt *Transpolit* eine Art frischer Kälte aus, finde ich. Einen Hauch Sibirien.« Sie faßt sich mit der Hand an die Stirn. »Wie heißt doch gleich dieses Werk von Martin Heidegger?« Sie sieht Kranich an, als müsse er das auf jeden Fall wissen. »Richtig! *Die Mechanik des Geistes.*« Sie läßt die Hand wieder sinken.

»Walther Rathenau.« Kranich trinkt etwas Champagner und versucht die Sticheleien zu ignorieren. Nichts als purer Neid. Reine Frustration. Er kennt das zur Genüge. Und er ist stolz auf sich, daß er München hinter sich gelassen hat, um sich einer neuen Herausforderung zu stellen. Er liegt im Trend der Zeit. Sollen sie ihre Bitterkeit im »Schumann's« ersäufen und sich vom Föhn foltern lassen. Für ihn ist das endgültig vorbei. Einfach finito.

»Sie nehmen mir das doch nicht übel?« Die Rachhoff zeigt ihr Porzellanlächeln.

»Warum sollte ich, meine Liebe, warum sollte ich ...«

Die Rachhoff kommt etwas näher und sagt mit gedämpfter Stimme: »Man munkelt, daß Ihre Frau eine sehr gewagte Produktion im Auge hat. Joe Daimler soll angeblich Regie führen. Ein sehr heikles Thema, wenn ich das richtig verstanden habe.«

»Nun, um ehrlich zu sein, ich weiß nicht allzuviel darüber.« Kranich beobachtet die herumstehenden Gäste über die Schulter seiner Kollegin. Alle reden und trinken. Small talk und Alkohol. Lügen und Drogen. Klatsch und Suff. Vollkommen richtig, daß er Sabeth nicht mitgenommen hat. Die Rachhoff würde beim geringsten Verdacht sofort in ihrem Hochglanzblatt darüber berichten.

»Es gibt bereits einige Unruhe in den Medien...«

»Medien?« Er trinkt einen Schluck und zieht die Schultern hoch. »Sie meinen sicher die üblichen konservativen, um nicht zu sagen *reaktionären* Kreise.«

Die Rachhoff knabbert am Rand ihres Glases. »Es gibt Rechtsradikale, die Herrn Daimlers Schnüffeleien sehr argwöhnisch beobachten. Seine Kontakte in die Vereinigten Staaten beunruhigen sogar die Parteiführung. Man hat Angst vor unangenehmen Enthüllungen ...«

»Enthüllungen? Was soll denn dabei aufgedeckt werden? Die Filmrecherchen dürften nichts ans Tageslicht bringen, was nicht sowieso bekannt ist. Und im übrigen sind diese Faschisten doch stolz auf ihre Geschichte. Ich habe nicht den

Eindruck, daß man sich in diesen Kreisen für eine einschlägige Herkunft schämen würde.«

»Richtig. Aber finanzkräftige Sponsoren der Bewegung, die Wert auf Anonymität legen, könnten nervös werden, wenn ihr Name im falschen Geburtenregister auftaucht. Eine Menge Spendengelder steht auf dem Spiel. Und man kann über Daimler denken, was man will – aber er hat es mit seiner Arbeit immerhin in die führenden Blätter gebracht.«

»Ist das nicht ein bißchen weit hergeholt, meine liebe Claudia?«

»Ich denke da besonders an einen gutgewachsenen Industriellen im richtigen Alter, der sehr blond ist…«

»Wenn das alles so konkret ist, schlage ich vor, daß *La Belle* einen Beitrag zum Enthüllungsjournalismus liefert. Soviel ich weiß, gibt es bislang noch nicht einmal ein Drehbuch. Also, was sollen die Spekulationen?«

»Ich sehe schon, Arnulf… Sie wollen einfach nicht.« Die Rachhoff stürzt mit einer energischen Bewegung den restlichen Champagner hinunter, reicht dem Kellner das leere Glas und läßt sich ein volles geben.

Ganz recht, denkt Kranich. Da ist nichts zu machen. Was ihre Filmvorhaben angeht, kann Milena mit seinem Desinteresse, aber auch mit seiner Verschwiegenheit rechnen. In der Beziehung ist er absolut loyal.

7

Durch die Palmfächer konnte Daimler die weißen Grabsteine und Mausoleen sehen.

Vielleicht war das der Grund, weshalb sich bislang kein Käufer für das Haus gefunden hatte. Obwohl die Anlage mit den hellen Steinmauern und den üppigen Pflanzen eher sanfte Ästhetik als Trauer ausstrahlte. Dieser Friedhof in den Subtropen hatte so gar nichts von den nebelkalten Feldern Osteuropas an sich, die Daimler mit der letzten Ruhe verband. Der Himmel über den Gräbern von Key West strahlte blau und verhieß Wiederauferstehung. Daimler setzte sich hin und schrieb.

WOHNUNG ERWIN MARDOCHEI – INNEN/TAG

Eine bäuerliche Wohnküche mit rustikalen Möbeln. Durch das Fenster fällt Sonnenlicht in den Raum. Von draußen sind Traktorengeräusche und das Bellen eines Hundes zu hören.

GANTER sitzt im Trenchcoat auf der Sitzbank am Küchentisch und mustert MARDOCHEI, einen schmächtigen alten Mann um die Siebzig, der mitten in der Küche steht. Mardochei trägt ein kariertes Hemd, Bundhosen, einen Lodenjanker und Gummistiefel. Sein Körper ist vom Alter gebeugt, aber trotzdem macht er einen zähen und sehr lebendigen Eindruck.

GANTER (behutsam) Sie haben also damals im Garten der Villa gearbeitet?

MARDOCHEI (müde) So ist es. (geht zum Tisch und setzt sich Ganter gegenüber) Sie haben uns aus Dachau geholt und zum Arbeitseinsatz gebracht. Wir haben die Gärtner- und Handwerksarbeiten verrichtet. Der Hausmeister, den sie in der Villa hatten, war unfähig. Vielleicht war er auch nur faul. Wir haben jedenfalls die Heizung repariert, den Müll abgekarrt, die Hecken geschnitten, Schnee geschippt, was Sie wollen. Egal welche Dreckarbeit, wir haben sie gemacht. (sieht Ganter anklagend an) Wir KZ-Häftlinge waren ja nur die Untermenschen.

Mardochei bricht erschöpft ab und sieht mit leerem Blick durchs Fenster nach draußen.

GANTER (leise) Was haben Sie beobachtet, als Sie in der Villa arbeiteten, Herr Mardochei?

MARDOCHEI (anklagend) Ins Haus haben wir nie gedurft. Nicht mal bei den schweren Bombenangriffen dreiundvierzig und vierundvierzig. Die SS-Leute haben sich mit den Frauen im Keller in Sicherheit gebracht. Wir mußten draußen im Park bleiben. Viele von uns sind umgekommen, (fixiert Ganter) Aber was bedeutet das schon, ob man im Konzentrationslager oder im Garten einer Villa stirbt?

GANTER (vorsichtig) Sie haben, Gott sei Dank, überlebt, Herr Mardochei.

MARDOCHEI (sarkastisch) Gott? Was hat der damit zu tun?

Beide Männer schweigen einen Moment, und von draußen ist das Läuten von Almglocken zu hören.

MARDOCHEI (Blick durchs Fenster) Eigentlich muß ich mich um meine Viecher kümmern, Herr Ganter, (bösartig) Ich habe auch einen Zuchtbullen. (sieht Ganter müde an). Tut mir leid.

GANTER (säuerlich) Sie haben jedes Recht, bitter zu sein, Herr Mardochei. Jedes Recht...

MARDOCHEI (fast versöhnlich) Es waren schöne Frauen dabei. Alle blond. Die Männer waren alle von der SS. Alles hohe Dienstgrade. Am schlimmsten waren die Wachhunde. (wieder aggressiver) So ist das, Herr Ganter. Wir waren die Untermenschen! Und deshalb ist aus einem städtischen Intellektuellen wie mir ein Bauer im Ober bayrischen geworden.

Mardochei lächelt bitter, steht plötzlich auf und geht gebeugt, aber zielstrebig zu einer Kommode. Er zieht eine Schublade auf und nimmt eine Broschüre heraus. Er kommt zum Tisch zurück, blättert, findet die gesuchte Seite und setzt sich. Ganter sieht ihm stumm zu.

MARDOCHEI (ironisch) Nicht daß Sie denken, ich bewahre so was im Küchenschrank auf, aber ich habe mich auf Ihren Besuch vorbereitet.

Mardochei tastet nach einer Brille in der Brusttasche seines Jankers, zieht sie hervor, setzt sie auf und fährt suchend mit einem Finger über die aufgeschlagene Seite.

MARDOCHEI (konzentriert) Hier: (liest vor) »Der Untermensch, jene biologisch scheinbar völlig gleichgeartete Naturschöpfung mit Händen, Füßen und einer Art Gehirn, mit Augen und Mund, ist doch eine ganz andere, eine furchtbare Kreatur. Ist nur ein Entwurf zum Menschen hin, mit menschenähnlichen Gesichtszügen, geistig, seelisch jedoch tieferstehend als jedes Tier...«

Von draußen dringt erneut das Glockenläuten und Hundebellen in die Küche. Die beiden Männer sehen sich einen Moment lang ruhig an.

MARDOCHEI »Im Inneren dieses Wesens herrscht ein grausames Chaos wilder, hemmungsloser Leidenschaften, namenloser Zerstörungswille, primitivste Begierde, unverhüllteste Gemeinheit. Untermensch, sonst nichts, (sieht Ganter fest in die Augen) Denn es ist nicht alles gleich, was Menschenantlitz trägt. Wehe dem, der das vergißt!«

Mardochei schlägt die Broschüre mit einer energischen Bewegung zu. Ganter sieht stumpf auf die Tischplatte und schweigt. Er ist grau im Gesicht.

GANTER (leise) Woher haben Sie das?

MARDOCHEI (steht auf) Für die Bürger des Großdeutschen Reiches. Vom Rasse- und Siedlungshauptamt. Unter dem Titel: »Der Untermensch«. (geht zur Kommode) Wurde in fast vier Millionen Exemplaren verteilt, damit Irrtümer bei der richtigen Auswahl der Staatsbürger ausgeschlossen werden konnten.

Mardochei öffnet die Schublade, wirft die Broschüre hinein und schließt die Schublade. Er kommt zum Tisch zurück und setzt sich. Ganter sieht schweigend zu.

MARDOCHEI Zusätzlich vierzehn Übersetzungen. Unter anderem in Tschechisch, Ungarisch, Bulgarisch, Holländisch, Dänisch, Französisch, Griechisch …

Vor der Tür zum Hof bellt ein Hund. Mardochei steht auf, geht zur Tür und öffnet sie. Ganter sieht sichtlich angespannt zu. Er befürchtet das Schlimmste. Ein großer LABRADOR kommt in die Küche und wedelt freundlich mit dem Schwanz. Ganter entspannt sich.

SCHNITT

Die Haustür fiel ins Schloß. Daimler stand auf und ging zur Treppe.

»Hallo, ich bin es, Conchita.«

Er hörte, wie die Kubanerin sich am Kühlschrank zu schaffen machte. Als er den unteren Treppenabsatz erreichte, stand sie in der Diele. Sie hielt ein dunkelrotes Tuch mit den Zähnen fest, während sie mit einer Hand die Afromähne raffte und mit der anderen zusammenhielt. Dann nahm sie das Tuch aus dem Mund und schlang es wie ein Schweißband unter den Haaren um den Kopf. Dabei tanzte der Saum ihres T-Shirts gefährlich nahe am unteren Ansatz ihrer Brüste herum. Daimler hatte den Eindruck, daß nur die Nippel das Hemd am Höherrutschen hinderten.

Während Conchita das Tuch verknotete, strahlte sie Daimler an. Sie mußte um die Zwanzig sein. Ihre langen Beine steckten in engen Jeans. An den nackten Füßen trug sie weiße Tennisschuhe. Die rotlackierten Fingernägel machten nicht den Eindruck, als könnten sie gröbere Hausarbeit überstehen.

»Ich bin Joe.« Daimler starrte auf ihren Nabel. Diese Insel hatte es in sich. Die Friedhöfe sahen wie Tropengärten aus, in denen Bildhauer ausstellten, und die Putzfrauen kamen schön und sexy wie Popsängerinnen daher.

»Sie sind also der Filmregisseur.« Conchita verschwand wieder in der Küche, um den Inhalt einer Einkaufstüte auf Kühlschrank und Regale zu verteilen. »Eier, Speck, Toastbrot, Tomaten, Salat, Dosenbohnen, Ketchup, Kaffee, Milch – ich habe Ihnen erst mal das Nötigste besorgt.«

»Bob hat schon was besorgen lassen.«

Sie hielt einen Moment inne, drehte sich um und sah ihn nachsichtig an. »Was Männer sich so unter Haushaltsführung vorstellen.« Sie packte weiter aus. Dann schlug sie die Kühlschranktür zu und hielt ihm kurz einen Kassenbon unter die Augen. »Die Rechnung.« Sie klemmte den Bon unter einen Magneten an der Kühlschranktür. »Wir sammeln das hier, und Sie zahlen es mir einmal die Woche zurück. Einverstanden? Ich bin Jurastudentin und jobbe nur, weil ich das Geld für ein paar neue Möbel brauche. Wäre mir peinlich, wenn Sie mir Haushaltsgeld gäben.«

Daimler nickte, schluckte und steckte sein Geld wieder in die Hosentasche.

Conchita grinste. Sie musterte ihn von oben bis unten und sagte: »Sie gefallen mir. Ich glaube, wir kommen gut miteinander aus. Auch wenn Sie in einem sehr gefährlichen Alter für Frauen wie mich sind.«

Daimler stützte sich mit der Schulter am Türrahmen ab. Er fühlte sich wie ein Stück Speck in der Bratpfanne.

»Gehen Sie ruhig wieder arbeiten. Ich habe die Schreibmaschine gehört, als ich reinkam. Ich kümmere mich hier schon um alles. Ich werde auf das Radio verzichten, damit Sie in Ruhe nachdenken können.«

Daimler schlich benommen die Treppe hoch. Daß er eine Erektion hatte, machte ihm Sorgen. Er würde sich die erotischen Szenen des Drehbuchs für die Stunden aufheben müssen, in denen Conchita außer Haus war. Was hatte Bob gesagt? »Sie können ihr selbst sagen, um welche Uhrzeit es Ihnen paßt. Sie richtet sich ganz nach Ihrem Rhythmus.« Leicht gesagt. Die junge Frau machte nicht den Eindruck, als ob sie sich das Ruder aus der Hand nehmen ließ.

Man wird sehen, dachte Daimler, setzte sich an seine Monica Electric und sah auf den Friedhof. So leicht ließ er sich nicht vergraulen.

8

»Liebe Milena«, sagte Adalbert Albrecht nachdrücklich, »ich muß dir abraten, diesen Film zu produzieren.«

»Das sagst du doch nur, weil du Joe nicht ausstehen kannst. Laß seinen Film mal meine Sorge sein. Belaste dich nicht damit, Adalbert. Denk einfach an den schönen Kinderfilm, den wir zusammen machen werden.« Sie schenkte ihm ein Lächeln, mit dem sie normalerweise mindestens zweihunderttausend Mark lockermachte. Hundertfünfzigtausend hatte Dr. Albrecht schon zugesagt. Aber sie wollte mehr. Deshalb hatte sie sich in Schale geworfen und beim gemeinsamen Arbeitsessen im »Folie« eine große Portion ihres Charmes investiert.

»Du kannst dich doch nicht ernsthaft der allgemeinen Kritik verschließen.«

»Adalbert!«

»Schon gut, schon gut. Aber es wird dir schaden.«

Der Kellner brachte die Rechnung. Albrecht machte aus Höflichkeit einen halbherzigen Versuch zu zahlen, aber die Produzentin legte Wert darauf, daß sie die Gastgeberin war. Der Redakteur ließ dies als ihm genehme Spielart weiblicher Emanzipation durchgehen.

»Was du *allgemeine Kritik* nennst, ist nichts anderes als wilde Spekulation, gewürzt mit dem üblichen Quantum Neid der Kollegen. Der billige und durchsichtige Versuch, die Projekte der Konkurrenz per Rufmord zu hintertreiben. Um dann das Geld für eigene Vorhaben abzukassieren«, stellte Milena Kranich gelassen fest. »Machen wir uns doch nichts vor.«

»Es geht um Inhalte!«

»Ich denke, wir sollen mehr deutsche Themen aufgreifen? Das verlangt ihr Fernsehmenschen doch ständig.«

»Natürlich. Aber es gibt Grenzen, es gibt Empfindlichkeiten, es gibt...«

»...feigen Opportunismus allenthalben.«

Adalbert Albrecht räusperte sich pikiert und rückte seine rote Hornbrille gerade.

Milena Kranich sah auf die Uhr. »Wo bleibt Arnulf denn? Er hat versprochen, mich abzuholen.«

Albrechts Miene verdüsterte sich. Er hatte sich einen anschließenden Barbesuch, ein paar Drinks und die Erörterung privaterer Themen erhofft.

Als das Ehepaar Kranich eine halbe Stunde später nach Hause fuhr, berichtete Milena ihrem Mann über das Gespräch mit dem Fernsehredakteur.

»Dieser Schleimer hetzt doch gegen alle Daimler-Projekte«, brummte Arnulf. »Das ist doch Prinzip bei ihm.«

Die Scheibenwischer des Volvo hatten Mühe mit dem Herbstregen.

»Ich hasse Männer, die weiße Socken tragen.«

»Tut Joe das nicht auch?« Er bog von der Kantstraße auf die

Joachimstaler Straße ab und hielt vor der roten Ampel am Kurfürstendamm.

»Soweit ich weiß, trägt er immer Stiefel«, antwortete Milena vorsichtig. In letzter Zeit verstärkte sich bei ihr das Gefühl, daß ihr Mann etwas witterte.

Die Ampel sprang auf Grün. »Du schläfst doch mit ihm.« Arnulf gab Gas.

Milena schwieg.

Arnulf schaltete die Scheibenwischer eine Stufe schneller. »Oder nicht?«

»Und warum stellst du mir diese Frage ausgerechnet jetzt?« Sie biß sich auf die Unterlippe, spürte, wie sie zornig wurde.

»Weil er weg ist. Und weil wir die Chance nutzen sollten, uns auszusprechen.« Er sah sie kurz an und konzentrierte sich dann wieder auf die nasse Fahrbahn.

»Ist das ein Comebackversuch?« Es klang spitzer als beabsichtigt.

Er schwieg eine Weile. Dann sagte er: »Du weißt, daß ich ihn als Künstler schätze...«

Sie ging nicht darauf ein.

»Was dieser Albrecht da über die allgemeine Kritik an eurem Filmprojekt quasselt, ist natürlich nicht ganz von der Hand zu weisen.«

»Ach, auf einmal doch?« Sie merkte, wie ihr vor Wut eine Träne über die Wange lief.

»Ich habe Ähnliches auf der Buchmesse gehört. Die Rachhoff brachte es beim Verlegerempfang ins Gespräch.«

Sie war fest entschlossen, ihr Taschentuch in der Handtasche zu lassen. »Ich denke, du hast mit der Mafia aus München gebrochen.«

»Die Meinung der Kreise, in denen Claudia von Rachhoff verkehrt, ist ernster zu nehmen als Albrechts Nörgeleien.« Er fuhr mit überhöhter Geschwindigkeit die Bundesallee entlang.

Sie stellte beruhigt fest, daß es bei einer Träne blieb. Sie entschloß sich anzugreifen. »Du erzählst mir die ganze Zeit von der

Rachhoff…« leitete sie ihren Vorstoß mit sachlicher Stimme ein.

»Ja, und…« Die Ampel an der nächsten Kreuzung sprang von Grün auf Gelb, und er nahm den Fuß vom Gas.

»Aber davon, daß du mit dieser Sabeth vögelst, erzählst du nichts«, brachte sie es zu Ende.

Er wurde etwas kleiner im Sitz, gab wie aus Trotz wieder Gas und fuhr mit zusammengepreßten Lippen bei Rot über die Kreuzung.

»Paß doch bitte auf!« Sie kuschelte sich tiefer in den Sitz und leckte sich den salzigen Geschmack von den Lippen. So einfach ist das nicht, mein Lieber, dachte sie.

9

Das Geschäft, so hätte es der Colonel ausgedrückt, lief gut.

Daimler fühlte sich mittlerweile heimisch in Key West und arbeitete eifrig am Drehbuch. Er traf sich jeden zweiten Abend mit Colonel Miller und saugte dessen Erfahrungen auf wie ein Schwamm. Weil er Conchita aus dem Weg gehen wollte, vermied er es, sich am späten Vormittag im Haus aufzuhalten. Er ahnte, daß er ihren Reizen im Ernstfall nicht gewachsen war.

Daimler liebte die Insel. Das Nebeneinander der Hemingway-Fans und der Tennessee-Williams-Adepten gebar eine einzigartige Atmosphäre der Toleranz.

Als er in seinem roten Pick-up unterwegs zu seinem bevorzugten Zeitungsladen die Duval Street entlangzockelte und die Truman Avenue kreuzte, sah er auf dem Balkon eines Holzhauses einen offenen Sarg, aus dem ein Gerippe hing. Fantasy-Fest! Er parkte, stieg aus und kaufte die *International Herald Tribune*, den *Rolling Stone* und eine vier Tage alte Ausgabe der *Süddeutschen Zeitung*. Den *Miami Herald* ließ Conchita täglich auf dem Küchentisch liegen.

Die Frau an der Kasse war als Domina verkleidet. Sie legte

die Peitsche beiseite, tippte die einzelnen Beträge ein und gab Wechselgeld heraus. Ein dralles Flußpferd, das man in eine Zwangsjacke gesteckt hatte. Die Ballonbrüste wurden von dem schwarzen Lederkorsett zusammengequetscht. Die Frau warnte Daimler vor den Fliegen in Südflorida, die angeblich Enzephalitis übertrugen. Daimler konnte mit dem Begriff nichts anfangen. Nach längerer Diskussion kam er zu dem Schluß, daß es sich um eine Art Gehirnentzündung handeln mußte.

Als er aus dem Zeitungsladen kam, sprach ihn der Fahrer des stadtbekannten rosa Taxis an. »Gestern nachmittag hat Richie Havens ein Konzert am Strand des ›Pier House‹ gegeben, Kraut. Du hattest die einmalige Chance, einer Legende zu begegnen.« Der Taxifahrer gab Gas. Die überdimensionalen Reifen drehten durch. »Key West ist Woodstock!« brüllte er.

Daimler fuhr die Whitehead Street entlang, vorbei an Hemingways Haus und dem Postamt. Seit zwei Tagen hingen bleigraue Wolken über der Insel und erinnerten an die Regenzeit. Bislang war noch kein Tropfen gefallen. Der Filter vor der Sonne bedrückte ihn nicht weiter. Die Nebensaison hatte ihre Vorteile. Weniger Touristen. Vor allem weniger Landsleute. Vielleicht war es einen Tick zu heiß und stickig. Vielleicht wirkte der Friedhof ohne das helle Licht einen Hauch trübsinniger.

Als Daimler das Maklerbüro betrat, winkte Bob Miller mit einem Blatt Papier. »Da kommt gerade ein Fax für Sie durch, Joe. Aus Berlin. Hier ist die erste Seite.«

Daimler begrüßte Bob mit einem Lächeln und las Milenas steile, nach rechts geneigte Handschrift.

Mein Lieber, hörst Du eigentlich irgendwann auch mal Deinen Anrufbeantworter ab? Es ist fünf Tage her, daß Du angerufen hast. Du scheinst mich nicht zu vermissen. Hier der neueste Schwachsinn aus der Heimat. Dreht Ihr jetzt alle durch? Das hast Du doch mit Blacky gemeinsam ausgeheckt. Ich liebe Dich trotzdem und vermisse Dich sehr. Kuß! Milena.

»Blacky«, sagte Daimler leise zu sich selbst. Der Typ war nicht abzuschütteln.

Blacky Blausturm sieht die Welt wie Lyonel Feininger.

Als er aus dem dunklen Tunnel auftaucht und ins helle Licht der Hauptebene am Flughafen Tegel fährt, nimmt er nur Rechtecke mit scharfen Kanten, Kreise und Linien wahr. Die geparkten Autos, das Gebäude, die Menschen, lauter strenge geometrische Formen. Der Stoff ist verdammt gut. Blausturm hat sich zu Hause die letzte Ration reingezogen. Er fühlt sich großartig. Konzentriert. Zielstrebig. Entscheidungsfreudig. Er ist hier, um Nachschub abzuholen. Er hat ein Treffen mit seinem Dealer. Die Maschine aus Frankfurt soll in dreißig Minuten landen. Unterwegs hat er die Kassette seines Diktiergerätes mit putzgeiler Prosa vollgequasselt. Die Eingebungen sind ihm nur so zugeflogen, während er mit hundertzwanzig über die Stadtautobahn rauschte. Ein guter Tag. Ein herrlicher Tag. Brandenburgisches Kaiserwetter. Der Herbst mit seinem matten Licht und den blassen Farben inspiriert ihn.

Blausturm schneidet einen Mercedesfahrer und nimmt ihm den Parkplatz weg. Fast fährt er die Parkuhr um. Als er aussteigt, hupt der Verlierer und schimpft durch das offene Seitenfenster.

Blausturm lächelt und zeigt dem Mann den Vogel.

»Arschloch! Nimm die Sonnenbrille ab!« Der Mercedes schießt mit quietschenden Reifen davon.

Blausturm wirft eine Mark in die Parkuhr und stapft auf die Flugsteige zu. Er trägt schwarze Stiefel mit extrem hohen Absätzen und silbernen Beschlägen, dazu schwarze Jeans und eine pelzgefütterte Fliegerjacke. Ihm ist kalt. Der Winter lauert. Der automatische Öffnungsmechanismus der Schiebetür ist zu langsam für Blausturms Energie. Fast knallt er mit der Nase gegen die Glasscheibe. Er nimmt die verspiegelte Sonnenbrille ab, geht zu einem der Monitore und informiert sich, an welchem Flugsteig die Maschine aus Frankfurt erwartet wird. Dann setzt er die Brille wieder auf und marschiert durch die Menschenmassen. Plötzlich sieht er Daimler, der sich von einem Schalter löst, sein Ticket einsteckt und die Cafeteria ansteuert. »Hallo, Joe!«

Daimler dreht sich um und wartet. Eine Spur Resignation im Gesicht. So als habe ihn kurz vor der erfolgreichen Flucht ein Grenzer abgefangen. »Was machst du denn hier?«

»Das frage ich dich. Wohin geht's denn?« Blausturm mustert Daimlers Khakikleidung und die kurzen Haare.

»Nach Miami. Habe gerade eingecheckt.«

»Deshalb der Kommißschnitt? Du siehst aus, als ob du die Hauptrolle in einem Ledernackenfilm übernehmen willst. Kommt ja grauenhaft.« Blausturm schüttelt den Kopf. »Sich einfach so verpissen. Ohne ein Wort.«

»Und du?« Daimler starrt in die verspiegelten Gläser. Blacky grinst. »Nachschub.«

»Ach, dein Dealer?« Daimler spürt, daß Blausturm unter Strom steht. »Komm, trink einen Kaffee mit, dann kommst du wieder zu dir.«

Sie gehen zur Selbstbedienungstheke.

Als sie am Tisch sitzen, öffnet Blausturm den Reißverschluß seiner Jacke und greift suchend in die Innentasche.

»Ist dir nicht zu heiß?«

Blausturm ignoriert die Anspielung auf seinen Zustand und bringt ein zusammengefaltetes Blatt Papier ans Neonlicht.

»Nein, nicht schon wieder«, stöhnt Daimler. »Das hast du mir schon vorgelesen. Im ›Boheme‹. Erinnerst du dich?«

»Ich bin ja nicht blöd.« Blausturm hat wieder das debile Grinsen im Gesicht. »Ich bin voll konzentriert, Partner. Das hier ist meine Antwort an die Scheißköppe.«

Es sieht ganz nach einer literarischen Lesung aus. »Gib her, ich kann selber lesen.« Es ist reine Notwehr.

Blausturm ist nicht begeistert, aber er verzichtet auf seinen Auftritt.

Daimler liest.

Liebe Anstalt,

Dank für den Bescheid. Das schafft Klarheit. Aus Ihrer ganz eigenwilligen Sicht der Dinge hat sich offenbar meine Vorhaut unter dem Hammer jenes Revolvers verklemmt, den Sie so sehr auf der Leinwand fürchten.

Ich ahne die Sachzwänge, denen Sie unterliegen. Ich sehe den Proporzpriester förmlich vor mir, wie er nach heimlichem Samenerguß meinen einfachen Text verwirft. Sie umkleiden das mit der Wortschöpfung »simpel«. Nun gut, in den Provinzen, aus denen ich komme, ist ein Simpel ein törichter Mensch. Töricht mag ich in der Tat gewesen sein, als ich einen Stoff der Hard-boiled-Schule zur Förderung bei Ihnen einreichte. Trotzdem war ich guter Hoffnung (um mit Rücksicht auf jenen Priester nicht »schwanger« zu sagen), daß man nach der – in den letzten Jahren doch recht eindeutigen wie auch konstruktiven – Kritik in den deutschen Medien Ihrerseits begriffen haben könnte, daß möglicherweise doch einfache (will heißen: klare, leicht verständliche und somit nicht überfrachtete) Plots, wenn sie denn nur kreativ und ästhetisch inszeniert würden, ein paar Karten mehr an der Kinokasse verkaufen könnten.

Weit gefehlt! muß ich mir selbst zurufen. Sie haben nicht den deutschen Regisseur im Auge, der sich nach einem soliden Drehbuch sehnt, das er durch seinen Eigenbeitrag aufwerten kann. Nein, Sie hängen jenen Filmemachern nach, die weder die Schreibe noch die Kameraführung, geschweige denn den Schnitt drauf haben, aber ganz sicher den Bonus einstreichen können, Ihnen einmal ursächlicherweise zu Ihrem abwägenden Job verholfen zu haben. Den Gedanken, für die solide Abrundung einer handwerklichen Teamarbeit einen Profi für die Actionszenen aus den USA einfliegen zu lassen, verstehen Sie als ehrenrührig. Nur so kann ich Ihre ökonomischen Bedenken gegen die Realisierung des Stoffes interpretieren.

Wie konnte ich in bodenloser Vermessenheit so leichtgläubig sein und darauf zählen, daß es Ihnen um die Förderung des deutschen Films geht? Was Sie darunter verstehen, ist offensichtlich etwas anderes als das, was ich mir sehr oft für Geld ansehe: Unterhaltung mit Anspruch. Geld im übrigen, von dessen prozentualen Abgaben Sie Ihre Borniertheit ableiten. Ich entrichte den Obolus gerne.

Manchmal enttäuscht, meist angeregt, aber immer voller Respekt vor den Leuten, die offensichtlich etwas gewagt haben. Ich gebe zu, daß dies meistens nichts mit Ihrer Anstalt zu tun hat.

Abblende.

Ihr Nachwuchsdrehbuchautor
Blacky Blausturm

Daimler gibt Blacky den Brief zurück.

»Na?«

»Ein bißchen geschwollen, aber nicht ohne einen Kern Wahrheit. Einiges könnte von mir sein. ›Proporzpriester‹ zum Beispiel.«

»Na ja, wir haben ja oft über das Thema gesprochen«, erwidert Blausturm.

»Mit dem genügsamen Prototyp von Regisseur, der deine Drehbücher als Auftragsarbeiten abspult, mußt du mich im Auge haben.« Daimler lächelt. Dagegen gibt es nichts einzuwenden, wenn die Bücher gut sind. Aber Blackys Munition ist leider nicht für eine Offensive geeignet.

»Hast du den Brief schon abgeschickt?« fragt Daimler.

»Ich denke an einen offenen Brief.«

»Ich hoffe, daß ihn jemand abdruckt.«

»Ich habe da meine Verbindungen.« Blausturm macht sich sichtlich selbst Mut.

»Wenn du in der Filmbranche so eindeutig Stellung beziehst, mein Lieber, dann ist aber auch in Sachen Literatur Klagenfurt gegessen. Entweder oder.« Daimler trinkt den letzten Schluck Kaffee. »Du solltest lieber an deinem Roman arbeiten. Ich fahre auch nicht zum Vergnügen nach Florida, Mann. Recherche.«

Über den Lautsprecher wird die Ankunft der Maschine aus Frankfurt bekanntgegeben.

»Ich muß los.« Blausturm springt auf. »Mein Tank steht auf Reserve.«

Daimler bleibt sitzen und hebt die Hand zum Abschiedsgruß. »Verpaß den Schneemann nicht.«

Blacky beugt sich zu Daimler herunter. »Er hat das Zeug im Laptop«, flüstert er ihm ins Ohr.

»Teures Handgepäck.«

Blacky Blausturm verschwindet in der Menge.

Drei Minuten später wird Daimlers Flug aufgerufen.

10

Daimler sah zu, wie sich die zweite Seite der Nachricht aus dem Gerät schob.

»Hit?« Miller reichte das Blatt weiter.

»Ein Berliner Stadtmagazin.«

Es war die Titelseite der neuesten Ausgabe. Blacky Blausturm grinste Daimler entgegen. Er mußte bei der Aufnahme unter Strom gestanden haben. Seine Gesichtszüge waren entgleist. Soweit Daimler sich erinnern konnte, war es das erste Mal, daß Blacky es geschafft hatte, eine Titelseite zu zieren. Der unverhoffte Erfolg mußte ihn zu einer Überdosis Pulver verführt haben. Die roten Lettern der Schlagzeile machten Daimler sofort klar, was Milenas Unmut erregte. DREHBUCHSCHREIBEN IN DEUTSCHLAND. DIE IGNORIERTEN NACHWUCHSAUTOREN. Darunter in schwungvollem Gelb: *Sind Blausturm & Co die verkannte Hoffnung des deutschen Kino- und Fernsehfilms?* Daimler stöhnte leise. Blackys offener Brief. Er wußte jetzt schon, was auf der dritten Seite stand, die das Faxgerät gerade ausspuckte.

Es kamen noch zwei weitere Seiten an. Blacky und diverse Schriftstellerkollegen. Porträts, Interviews und auf einer halben Seite, exklusiv und schwarz eingerahmt, Blackys Antwort an seine Förderer. Daimler ersparte sich die Einzelheiten und las nur den Aufmacher. *Seit Jahren klagen Redakteure, Dramaturgen und Produzenten regelmäßig über den Mangel an guten Drehbüchern. Aber ist dieses Lamento wirklich berechtigt? Was wird gefördert? Was wird geduldet? Was wird unterdrückt?*

»Ärger?« fragte Bob.

Daimler schüttelte den Kopf. »Nein – nicht für mich.« Er grinste. »Meine Produzentin macht sich Sorgen, ob es mir hier gutgeht.«

»Wie läuft die Arbeit?«

»Bestens.« Daimler sah auf die Uhr. Conchita mußte mittlerweile mit der Hausarbeit fertig sein. Sie kam auch samstags, obwohl er ihr gesagt hatte, das sei nicht nötig. *»I need the money«,* hatte sie schlicht festgestellt. Das sah er ein. Vielleicht sollte er Milena anrufen, damit sie ein bißchen Dampf ablassen konnte. Er ging zum Fenster und sah auf die Pier hinaus. Die Millers hatten ihr Büro in einer prächtigen Holzvilla. Ein frischer Wind kräuselte die See und zerrte an den Palmwedeln. Einige Sonnenstrahlen stachen durch die Wolkendecke und zauberten smaragdgrüne Streifen aufs schwarzblaue Salzwasser. Auf den Pollern der Anlegestelle saßen zwei Pelikane und pflegten mit den Schnäbeln ihr Gefieder.

»Ich muß rüber nach Shark Key«, entschuldigte sich Bob. »Wenn Sie Lust haben, können Sie mitkommen – Häuser besichtigen.«

»Danke. Ich glaube, ich versuche noch ein wenig zu arbeiten.« Daimler folgte Miller nach draußen.

»Vater erwartet Sie heute abend zum üblichen Treffen. Jeden zweiten Tag Geschichtsunterricht.« Bob Miller lachte. »Ich habe den Alten lange nicht mehr so interessiert und diszipliniert gesehen.«

Als Daimler den Pick-up parkte und auf das Haus zuging, überlegte er, ob er erst seinen Anrufbeantworter abhören oder es gleich bei Milena versuchen sollte. Er entschied sich für die Maschine. Auf dem Küchentisch lag der *Herald.* Er nahm sich eine Büchse Bier aus dem Kühlschrank, ging nach oben und holte die Fernbedienung aus dem Koffer. Er schaltete sie ein, hielt den winzigen Lautsprecher ans Ohr und tippte seinen dreistelligen Zahlencode ein, um die Batteriespannung zu überprüfen. Die Tonfolge klang für Daimlers Empfinden etwas zu schlapp, um den Atlantik zu überwinden.

Die Verbindung kam sofort zustande, und während er seiner eigenen Roboterstimme lauschte, befiel ihn wieder dieser Zwang, die 4 zu drücken und die Raumüberwachung zu aktivieren. Er hatte oft damit kokettiert, während seiner Abwesenheit zu überprüfen, was in seiner Wohnung vorging. Er hatte es nie getan. Der Gedanke, einen Einbrecher in seinem Allerheiligsten herumtrampeln zu hören, das Knistern von Flammen oder das Rauschen von Wasser zu vernehmen, erschreckte ihn. Aber wer, zum Teufel, sollte exakt zum Zeitpunkt seines Anrufes in der verschlossenen Wohnung Geräusche produzieren? Und was konnte er schon gegen einen Brand oder einen Rohrbruch tun, außer hilflos zu lauschen? Gar nichts. Der ganze Raumkontrollschnickschnack war schließlich nur zum Babysitten erfunden worden. Und er hatte keine Kinder.

Die Ansage verstummte, und der Piepton erklang. Daimler drückte den Code, um die Nachrichten abzurufen. Das Signal war stark genug, denn nur wenige Sekunden später hatte er Milenas Stimme im Ohr. *»Mein Lieber, falls du diese ekelhafte Maschine überhaupt noch abhörst, sei lieb gegrüßt und darauf hingewiesen, daß mir ein Anruf pro Woche nicht genügt, um deine Abwesenheit emotional zu verkraften. Mein Finger kann mich nur bedingt trösten. Also melde dich gefälligst! Die Prinzessin küßt dich.«* Es rauschte und rasselte in der Leitung. Aber selbst auf diese Distanz setzte sich ihre erotische Honigstimme gegen die atmosphärischen Störungen durch. Er dachte an ihre Beine.

Das Piepsen holte Daimler in die Wirklichkeit zurück. Dann krachte es kurz, so als habe jemand den Hörer fallen lassen. Es krachte erneut, und Blackys Stimme keuchte über den Ozean. *»Tag, Alter! Mensch, Joe, wenn du an der Schreibmaschine hängst und zuhörst, nimm mal ab. Hab' da ein Problem.«* Husten hallte durch die Leitung, und ein Piepsen mahnte Daimler, den Quittungston nicht zu vergessen. Er drückte die 4, um weiterhören zu können. Noch ein unterdrückter Huster. *»Da fällt mir ein,* *du bist ja in Amerika. Scheiße. Nix für ungut. So wichtig ist es nun auch wieder nicht. Bis dann. Der Blacky war's.«*

Daimler grinste.

Wieder das Piepsen.

Dann eine harte und sehr metallische Stimme, die schon mit dem ersten Wort einen bösartigen Tonfall anschlug. *»Hallo, Politfilmer, das Ding soll wohl dein Leibwächter sein. Könnte sein, daß das nicht ausreicht. Schlag dir dein Nestbeschmutzerfilmchen aus dem Kopf! Sonst gibt's was auf die Birne. Könnte sein, daß du danach Hakenkreuze siehst, du Wichser. Also, Finger weg von Adolf und seinen Errungenschaften. Wir brauchen keine kommunistischen Lehrfilme darüber, wie es wirklich war. Kapiert?«* Ein fieses Kichern sickerte Daimler ins Ohr. *»Es sei denn, du machst einen netten Dokumentarfilm über die Bedeutung der Reichsautobahn…«* Wieder das Kichern. Dann wurde der Hörer auf die Gabel geknallt. Vier Pieptöne zeigten das Ende der Aufzeichnungen an.

Daimler legte auf.

Er versuchte die Drohung zu verdrängen. Irgendein Radikaler vom rechten Flügel ließ die Muskeln spielen. Damit muß man rechnen, wenn man heikle Themen anpackt, sagte er sich. Am liebsten hätte er sich zur Seelenmassage noch mal Milenas Stimme vorgespielt. Sie hatte ihn zwar auch verwarnt – aber in weitaus liebevollerem Tonfall. Was war Blackys Problem? Sicher wieder irgendeine Belanglosigkeit. Es war eine blöde Idee gewesen, sich den ganzen Salat überhaupt anzuhören. Er hatte weiß Gott Wichtigeres zu tun. Er war in Amerika. Der deutsche Alltag interessierte ihn momentan nicht. Und Milena wollte er auch nur anrufen, wenn ihm danach war, und nicht, wenn sie Druck machte.

Er stieg die Treppe hoch, setzte sich an den Schreibtisch und brütete vor sich hin. Er hatte vor, der Unverschämtheit mit einigen brillanten Drehbuchseiten zu begegnen. Aber es kam nichts. Es ärgerte ihn, daß er offenbar doch Wirkung zeigte. Faschistisches Pack! Er musterte die Grabsteine. Die Wolkendecke war aufgerissen, und die Sonne brachte den Marmor zum Strahlen. Die Palmwedel standen reglos in der Luft. Daimler schwitzte.

Er konnte mit seiner Wut nicht alleine sein. Er mußte unter Menschen. Wildentschlossen stand er auf, stieß den Stuhl zurück, polterte die Treppe hinunter und stürmte aus dem Haus. Während er auf den Pick-up zulief, pulte er den Wagenschlüssel aus der Jeanstasche und dachte: Mitten ins dickste Getümmel. Nur ablenken!

11

»Das Nashorn« lag im Stadtteil Steglitz.

Im Schankraum hing der säuerliche Geruch von Schweiß und Bier. Gegen diesen Gestank wirkten die Nikotinwolken, die wie Nebelbänke unter den Lampen waberten, fast wie ein Raumspray.

Steglitz hatte den zweifelhaften Ruf, eine Berliner Hochburg der NSDAP gewesen zu sein, und die Männergesellschaft, die Tische und Tresen der Kneipe besetzt hielt, sorgte dafür, daß diese Tradition nicht in Vergessenheit geriet. Gut viereinhalb Jahrzehnte nach Hitlers Tod wurden die uniformen Braunhemden zwar durch olivgrüne Bomberjacken und buntkarierte Holzfällerhemden aus Flanell ersetzt, und statt der streng gescheitelten und militärisch kurzen Haarschnitte sah man poliert glänzende Glatz- oder Stoppelköpfe – aber in den Hirnen gor dasselbe alte Gift.

An einem runden Ecktisch waren nur zwei der sechs Stühle besetzt. Vier Mitglieder der Gesprächsrunde, die das nächste Treffen deutscher und österreichischer Neonazis in Langen besprach, hatten sich zum Pinkeln abgemeldet. Die rituellen Bierexzesse, die allen Treffen eigen waren, forderten auch die arischste Männerblase bis zur Belastungsgrenze.

»Langen ist ein mieses Kaff«, nölte der jüngere der beiden

Männer. Er war Anfang Zwanzig und trug ein weißes Hemd mit schmaler, schwarzer Krawatte. Seine strohblonden Haare waren fast konfirmandenhaft gekämmt. An seinem rechten Ohrläppchen baumelte ein Diamant mit silberner Fassung. Die Bomberjacke hing über der Stuhllehne in seinem Rücken.

»Für manche Kameraden ist nicht Berlin, sondern Langen die heimliche Hauptstadt der Bewegung.« Der Mann, der dies mit sarkastischer Gelassenheit anmerkte, war fast doppelt so alt wie sein Gegenüber. Sein grauer C&A-Anzug schimmerte billig wie Polyester. Das weiße Buchhalterhemd hatte einen Graustich. Der ordentlich geknotete und phantasielos gemusterte Schlips war etwas zu breit. Die braunen Haare waren unauffällig mittellang geschnitten. Nur die grauen Augen glänzten hart und voller Autorität, und der Oberlippenbart im Führerstil zerstörte die ansonsten perfekte Tarnung.

»Laß das nicht die Kameraden aus München hören«, flachste der Jüngere.

»Hast du dem Typ die Nachricht hinterlassen?« fragte der Mann im grauen Anzug.

»Nachricht?«

»Na, die Warnung.«

»Klar, schon heute mittag. Ich hasse diese Maschinen.«

»Hat er auch so eine schöne Ansage wie wir?«

»Nee, der Typ gibt sich geschäftsmäßig. Aber die Tonlage scheppert gewaltig. Klingt, als ob er vom Mars aus redet.«

Ein Kellner brachte die nächste Runde Faßbier.

»Chip!« klärte der Ältere den Jüngeren auf.

»Was?«

»Die Ansage. Ist auf einen Chip gesprochen. Entstellt die Stimme. Hört sich metallisch an. Deshalb arbeiten wir ja auch mit Bandaufzeichnung. Kommt einfach besser rüber. Viel natürlicher.« Der Mann mit den grauen Augen grinste, und sein rechteckiger Oberlippenbart verzog sich zu einer Raute. Er hatte die Ansage genau im Kopf: *Sie sind mit dem Büro der Germanischen Aktionsfront verbunden. Wir sind momentan im Einsatz, rufen aber zurück. Sprechen Sie nach der Maschinengewehrsalve.* Dann der knappe Feuerstoß. Wenn der Anrufer das richtige Codewort hinterließ, wurde der Kontakt hergestellt. »Was hast du ihm erzählt?«

»Hab' ihn nur ein bißchen angerempelt. Einfaches Vorchecking. So wie der Chef gesagt hat.«

»In deiner Sportpalasttonlage?«

»Exakt.«

»Ich finde das kindisch.«

»Wieso?«

»Na, diese Anmache per Telefon. Wir sollten uns den Typ persönlich greifen und ihn richtig aufmischen. Ein paar Zähne hier, ein paar Knochen da, eine Rippe zum Nachtisch...«

»Kommt schon noch«, stellte der Blonde fast fröhlich fest.

»Hoffentlich«, sagte der ältere Mann und sah zu, wie sich einer der Kameraden, die vom Klo zurückkamen, am Hosenschlitz rumfummelte. »Stell dir vor, der Typ kommt hier rein, und wir nehmen ihn uns vor...«

12

Bei »Sloppy Joe's« schob sich Daimler zwischen frisch gegrillten Touristen bis zur Theke durch und bestellte ein Bier.

Er verweigerte den Pappbecher und bestand auf einem Glas. Er bekam einen Keramikkrug. Auf der Bühne bearbeitete ein Hillbilly-Facharbeiter seine Zwölfsaitige und entlockte der Mundharmonika Klagelaute, die Daimler tiefer in die Depression trieben. Er hielt mit Bier dagegen und musterte die Gäste. Es war verblüffend, wie viele Männer sich für Hemingway hielten. Daimler hatte noch nie eine vergleichbare Ansammlung grauweißer Vollbärte gesehen. Großspurige Gesten waren in Papas ehemaliger Stammbar so selbstverständlich wie das Aus- und Einatmen. Alkohol wurde vernichtet.

Es hätte ein ordentliches Nachmittagsbesäufnis werden können. Die Bar war brechend voll. Die Verstärkeranlage sorgte dafür, daß die Musik sich gegen das gesprochene Wort durchsetzte. Und trotzdem war Daimlers Lage ausweglos. Er war von Germanen umzingelt. Nach dem zweiten Bier konnte er seine Muttersprache nicht mehr ausblenden. Die Wiedervereinigung wurde verherrlicht. Die Amis waren auf dem absteigenden Ast. Vielleicht hatten sie zusammen mit Deutschland noch eine Chance. Aber nur vielleicht. Ihre Einwanderungsprobleme bekamen sie ja offensichtlich nicht in den Griff. Überall Bimbos. Und dann die Schwulen. Daimler hatte den Text des Drohanrufs wieder im Ohr. *Nestbeschmutzer ...Adolfs Errungenschaften...Reichsautobahn...*

»Ist doch so?« sagte der Wortführer und sah Daimler beifallheischend an. Der Mann mußte um die hundert Kilo wiegen. Die Hälfte davon war um den Bauch verteilt. Sonnenbrand und Bluthochdruck entstellten sein Gesicht zu einem orangeroten Ballon. Die Hautpartien, die den ultravioletten Strahlen entgangen waren, schimmerten weißrosa.

Daß ihn das Großmaul wie selbstverständlich als Landsmann einstufte, verstärkte Daimlers Zorn, denn er hatte sich bislang durch keinen Ton als solcher zu erkennen gegeben. Woher nahm dieses Preisschwein also die Unverschämtheit, Joe Daimler, Weltbürger, Antifaschist und multikulturelles Kind dieses Planeten, in die Heimmannschaft abzukommandieren?

»Oder?« hakte der Fette nach. Die Mundharmonika unterstrich den Ernst der Lage mit einem langgezogenen Warnlaut. Es klang wie eine Lokomotive vor einem Bahnübergang.

Daimler stellte seinen Krug auf den Tresen, ohne den Griff aus der Hand zu lassen. Sein Instinkt signalisierte ihm Krieg. Sein Körper pumpte Adrenalin. Es waren jetzt etwa fünf Mann, die ihn erwartungsvoll anstarrten. Er sah dem Leitwolf fest in die wäßrigen blauen Augen und entschloß sich zum Angriff. »Fick dich ins Knie«, sagte er laut und deutlich.

Ein, zwei Sekunden lang spiegelte sich so etwas wie Fassungslosigkeit im Gesicht des Anführers. Die orangerote Haut wurde purpurn. Dann zuckten die Mundwinkel, und die Schultern kamen in Bewegung. Daimler wartete nicht ab, für welche Strafaktion sich der Gegner entschied. Er griff den Krug fester, riß ihn hoch, holte weit aus und schmetterte ihn seinem Gegenüber an die Schläfe. Die hundert Kilo sackten zu Boden. Ein grauer Ton stahl sich in die Haut. Der Rest von Daimlers Bier lief neben dem Schädel des Bewußtlosen zu einer Pfütze zusammen. Es sah aus, als hätte jemand einen Eimer Wasser über den Ausgeknockten geschüttet, um ihn wieder ins Diesseits zu holen.

Mister Hillbilly sang »Darling Companion«.

Eigentlich hatte Daimler mit dem Angriff des ganzen Rudels gerechnet. Aber die Kameraden kümmerten sich lediglich um den Gefallenen. Sie hockten und kauerten neben ihm und versuchten ihn durch leichte Ohrfeigen wieder zur Besinnung zu bringen. Daimler bekam nur ein paar giftige Blicke ab. So war das mit den Deutschen. Wenn die Befehle vom Oberkommando ausbleiben, herrscht Orientierungslosigkeit. Daimler stellte den Krug auf den Tresen. Sein Gegner kam langsam wieder auf die Beine. Mittlerweile hatten auch einige andere Gäste den Zwischenfall bemerkt, kommentierten das Geschehen aber eher desinteressiert. Handgreiflichkeiten hatten in dieser Bar Tradition. Daimler spürte den einen oder anderen bewundernden Blick.

Dann tauchten die Bodybuilder auf, die im »Sloppy Joe's« als Türsteher angestellt waren, und erteilten dem Sieger einen Platzverweis. Er nahm es gelassen hin. Die Jungs standen unter dem Druck der Tourismusindustrie. Die Glanzzeiten des Nobelpreisträgers lagen eben doch schon eine Weile zurück. Auch in Key West waren die dreißiger Jahre längst vorbei.

Anfang der dreißiger Jahre wird das »Rasse- und Siedlungshauptamt« zum zentralen Propaganda- und Organisationsinstrument, mit dem die Nazis ihre Politik der konsequenten Verbesserung der deutschen Rasse verbreiten und durchsetzen wollen. Eine Politik, welche die Vernichtung der als »minderwertig« eingestuften Menschen und die gesteuerte Fortpflanzung des »nordischen Erbes« fördert.

Am 1. Januar 1932 erläßt Heinrich Himmler, Reichsführer SS, den »Verlobungs- und Heiratsbefehl« A 65, der den Männern des schwarzen Ordens die Eheschließung ohne Genehmigung des Reichsführers verbietet. Die ideale SS-Braut muß eine Ahnentafel zur Prüfung vorlegen, in der sie nachweist, daß seit 1750 kein Slawe oder Jude in die Familie eingeheiratet hat. Die im Jahre 1935 erlassenen Nürnberger Rassegesetze bereiten die spätere Vernichtung der Juden in Konzentrationslagern vor. Schließlich wird am 12. Dezember 1935 im Auftrag des RuSHA und in enger Abstimmung mit diversen Organisatio-nen zum Schutze von Mutter und Kind der »Lebensborn e.V.« gegründet, um ganz im Sinne Heinrich Himmlers »dem Sieg des deutschen Geistes den Sieg des deutschen Kindes« folgen zu lassen. Zu diesem Zweck werden Kinderkrippen und Entbindungsheime für Freundinnen, Verlobte und Ehefrauen von SS-Angehörigen unterhalten.
Die dreißiger Jahre, dachte Daimler, als er auf den Klingelknopf drückte.

Die nächste Nachhilfestunde mit dem Colonel stand an. Hätte es 1948 ein anderes Prozeßergebnis gegeben, stünde er jetzt vielleicht nicht hier. Aber die Beweisaufnahme darüber, ob es sich beim Lebensborn tatsächlich um Mütter- und Kinderheime oder um SS-Freudenhäuser zur Züchtung rassisch wertvoller Menschen gehandelt hatte, endete mit einem Freispruch des Vereins. Daimler betrachtete dies als offene Rechnung.

Die haitianische Hausangestellte öffnete die Tür, ließ den Besucher ein und führte ihn ins Wohnzimmer. Der Abspann zu »Die beinharte Tänzerin« flimmerte über den Bildschirm.

»Schön, Sie zu sehen, Joachim.« Der Colonel schaltete per Fernbedienung Videogerät und TV aus. »Habe mir noch mal Ihren Film angesehen. Ich hasse Untertitel. Hat mir aber trotzdem wieder Spaß gemacht. Sehr europäisch und radikal.« Er lächelte, kam aus dem Sofa hoch und streckte Daimler die Hand hin.

»Tut meinem Ego gut, daß Sie sich das noch mal angetan haben.« Daimler schüttelte Miller die Hand. »Ich finde den englischen Titel etwas daneben.«

»Steel Ballet.« Der Amerikaner wiegte nachdenklich den Kopf. »Einen Drink?«

Daimler stimmte zu und beobachtete, wie der Colonel hinter der Hausbar herumhantierte. Miller trug heute ein schwarzes Seidenhemd mit langen Ärmeln und eine weiße Hose mit scharfen Falten. Auch Daimler hatte sich etwas Frischgebügeltes angezogen, denn sein Gastgeber hatte am Telefon angedeutet, daß man noch ausgehen werde. Aber zunächst stand der traditionelle Sundowner an.

»Sheriff Brown hat heute nachmittag angerufen und sich über Sie erkundigt, Joachim.« Der Colonel gab Eis in die Gläser. »Sagt, Sie wären etwas zu streitsüchtig für seinen Geschmack.« Er bedachte Daimler mit einem nachsichtigen Lächeln.

»Tut mir leid, daß man Sie damit belästigt hat.«

»Halb so wild. Brown ist derzeit hypersensibel und superaktiv. Wahlkampf. Er kämpft um seinen Verbleib in Amt und Würden. Hat einen harten Konkurrenten, der ihn aus dem Sattel heben will. Deshalb kümmert er sich im Moment so gut wie um jedes Vorkommnis persönlich. Was war der Anlaß für die Keilerei?«

»Bin mit ein paar Deutschnationalen kollidiert. Das heißt, eigentlich sind sie mir auf die Pelle gerückt und wollten sich mit mir verbrüdern. Und das in Florida. Ich dachte immer, daß mich mein Äußeres vor solchen Liebesbezeugungen schützt – eher klein, grünbraune Augen, braune Haare…« Daimler lachte gequält.

Der Colonel kam mit den Drinks, drückte dem Gast ein Glas in die Hand und prostete ihm zu. »Zum Wohl.« Bei ihren jeweiligen Treffen benutzte er abwechselnd und in knarrendem

Deutsch die Formeln »zum Wohl«, »Prost« und »auf Ihre Gesundheit«.

Miller nahm einen Schluck. »Nach den Auslesekriterien des Tausendjährigen Reiches hätten Sie nicht die Spur einer Chance gehabt, der SS beizutreten.« Er musterte den Deutschen mit einem bitteren Zug um den Mund. »Setzen wir uns.«

Der Colonel ging zum Sofa und winkte Daimler in einen Sessel. »Sie sind kein nordischer Typ, Joachim. Ein Schicksal, das Sie übrigens mit Herrn Hitler und dem Geflügelzüchter Himmler teilen – um nur zwei Nazigrößen zu nennen. Der echte Germane war nach Auffassung der Rassentheoretiker hochgewachsen und hatte eine rosigweiße Hautfarbe. Die Augen durften blau oder grau sein. Die schmale Nase mit hoher Nasenwurzel ragte aus einem schmalen Gesicht mit einem markanten Kinn. Dazu weiches, helles Haar, wenn möglich goldblond.« Miller unterbrach seinen Vortrag und schwieg einen Moment. Dann schaute er Daimler ernst an. »Sehen Sie sich meinen Sohn genauer an, und Sie werden die meisten dieser Merkmale wiederfinden.«

»Bob?«

»Ich habe ihn damals adoptiert.«

Daimler spürte, wie ihm das Blut in den Kopf schoß. Der Alte war seine Referenzperson in Sachen Adoption von Lebensbornkindern durch amerikanische Offiziere. Sie hatten sich in all den Tagen sachlich über die Einzelheiten unterhalten. Nicht im Traum hätte er jedoch daran gedacht, daß Norman Delano Miller seine allgemeinen Kenntnisse zum Thema, die er sich als Besatzungsoffizier erworben hatte, auch durch familiäre und damit persönliche Erfahrungen vertieft haben könnte. Und plötzlich diese Enthüllung. Daimler war betroffen. Er wußte nicht, ob er sich aufrichtig schämte oder ob es ihm nur peinlich war, daß er Miller wie einen Informanten gemolken hatte.

»Ich rechne es Ihnen hoch an, daß Sie nicht in den üblichen Klischees denken, Joachim, denn sonst hätten Sie sich sofort fragen müssen, wie es ein Jude zu einem solchen Prachtexemplar von *Bannerträger* gebracht hat.« Er lächelte. Diesmal etwas müde. »Mein Sohn ist aus dem Stall, in dem Sie herumstochern. Aber machen Sie sich nichts daraus. Ich habe mich vor langer Zeit entschlossen, damit absolut offen umzugehen. Das einzige Mittel gegen Vorurteile und Ignoranz. Ich weiß, wovon ich rede. Glauben Sie mir. Meine Ehe war kinderlos – bis mich meine Frau verließ. Ich habe nie ein Kind gezeugt. Und es war richtig so. Aber ich bin stolz, der Vater dieses Sohnes zu sein. Und deshalb rede ich mit Ihnen.«

Daimler schwieg und ließ den Alkohol wirken.

»Machen wir uns nichts vor, Joachim. Ich habe mir im Alter angewöhnt, mich strikt an die Tatsachen zu halten.« Der Colonel strich sich mit der rechten Hand über den kahlen Schädel. »Sie, Joachim, wären damals allenfalls als westischer Typ durchgegangen. Mehr Franzose oder Wallone als Stammgermane. Trösten Sie sich, nicht jeder konnte der ersten Kategorie, der nordischen, zugerechnet werden. Selbst Bismarck und Hindenburg waren mit ihrer fälischen Rassenzugehörigkeit nur zweitklassig. Immerhin die Rasse der Erdver-bundenheit. In der dritten Kategorie, der dinarischen, der man besonders tierverwurzelte Heimatliebe zuschrieb, hatte man auch noch Chancen.« Miller lachte hart auf. »Der Führer selbst war ja eine Mischung aus diesen drei Rassen. Sie mußten sich etwas einfallen lassen. Himmlers Vorfahren mütterlicherseits stammten aus Ungarn und waren angeblich sogar mongolischen Ursprungs.«

Daimler stierte in sein Glas. »Vielleicht sollte ich doch die Finger davon lassen«, sagte er mit rauher Stimme. Er räusperte sich. »Ich habe so gut wie keine Chance bei diesem Thema, auch mit den besten Absichten nicht – wenn ich nicht genau den richtigen Ton treffe, dann…« Er schwieg einen Augenblick. »Damit ist zuviel Leid verbunden. Es gibt noch zu viele Betroffene.« Er sah dem Colonel in die Augen. »Sogar Sie und Ihr Sohn.« Daimler starrte wieder in sein Glas. »Mein Gott.«

»Jammern Sie nicht, und lassen Sie den lieben Gott aus dem

Spiel«, sagte Colonel Miller. »Flüchten Sie sich nicht in Selbstmitleid. Sie sollten das nicht mit Anteilnahme verwechseln. Ich schätze ehrliche Anteilnahme. Und deswegen setze ich auf Sie. Auf Sie und Ihr Vorhaben. Wer soll es denn sonst machen?« Er stand auf und ging unruhig im Zimmer auf und ab.

»Vielleicht sollte man gar nicht dran rühren.«

»Das hätten Sie sich früher überlegen müssen, Joachim. Jetzt wird nicht mehr gekniffen. Sie sind noch jung, aber Sie haben in dieser Sache auch eine Verpflichtung. Warum, zum Teufel, sonst die ganzen Vorarbeiten? Sie haben bewiesen, daß Sie künstlerisch und handwerklich das Zeug haben, kritische Stoffe zu bewältigen.« Der Colonel blieb vor Daimler stehen. »Jetzt trennen Sie sich mal von den erotisch-radikalen Machoallüren und dem Rebellengehabe.«

Er drehte sich um und setzte seinen Spaziergang durchs Wohnzimmer fort. »Seien Sie mir nicht böse: Nichts gegen *Steel Ballet,* aber ihr jetziges Projekt, das ist von anderem Kaliber. Das ist Eisenstein-Material. Sie haben mir doch selbst erzählt, daß es nach dem Zweiten Weltkrieg kaum etwas Deutsches zu diesem Thema gibt. Davor – ja, da haben sich die Reichskarnickelzüchter darüber ausgesabbert und ihre perverse Propaganda fabriziert. Aber danach? Ein Bericht des Bonner Innenministeriums von fünfundfünfzig. Karge Kost. Ein trivialer Roman und ein peinliches Unterhaltungsfilmchen. Die eine oder andere Fernsehdokumentation. Vielleicht noch ein paar Doktorarbeiten und Fachartikel. Mehr nicht. Es war ein *französisches* Journalistenpaar, das das einzige gute Sachbuch geschrieben hat. Ihr Deutschen habt euch nicht gerade dabei hervorgetan, das Thema aufzuarbeiten und der Wahrheit auf die Spur zu kommen.«

Er blieb stehen. »Natürlich gibt es genug Betroffene, an die man denken muß. Aber ernsthafte Auseinandersetzung mit dem Problem ist besser als falsche Rücksichtnahme. Wer für den Lebensborn war, der war auch für Konzentrationslager. Das eine hängt mit dem anderen ursächlich zusammen. Züchtung und Ausrottung. Wie viele von der Verfolgung betroffene Juden gibt es? Es hat niemanden daran gehindert, Rücksichten bei der Aufarbeitung zu nehmen, die Wahrheit herauszufinden und zu dokumentieren. Ihre deutschen Landsleute, Joachim, sind bei manchen Themen Weltmeister der Verdrängung. Ich hoffe, Sie sind aus anderem Holz geschnitzt.«

Daimler war mittlerweile im Polster zusammengesunken, als hätte Norman Delano Miller ihm mehrere Mühlsteine auf die Schulter geladen.

»Noch einen Drink?«

»Ja, bitte.« Er reichte dem Gastgeber das leere Glas.

Miller ging zur Hausbar und besorgte Nachschub. »Ich habe mich aus naheliegenden Gründen sehr intensiv mit euch Deutschen beschäftigt, Joachim. Ihr seid ein seltsames Volk. Man hat den Eindruck, daß ihr euch selber nicht leiden könnt. Ich vermute, es fehlt euch an innerer Souveränität. Kaum ist die Mauer gefallen, kaum seid ihr wiedervereinigt, da taumelt ihr schon in die nächste Identitätskrise. Ossis gegen Wessis und alle zusammen gegen die Ausländer. Ihr glaubt, daß ihr groß und mächtig sein könnt, und bildet euch gleichzeitig ein, daß ihr eure Wohnstuben nur fest genug abschließen müßt, um unter euch bleiben zu können. Schwer zu begreifen, was euch treibt.« Der Colonel brachte seinem Gast den frischen Drink und setzte sich wieder aufs Sofa.

»Ich weiß keine Antwort«, murmelte Daimler.

»Alles, was ihr unter Gemütlichkeit versteht, hat etwas von engstirnigem Beharrungsvermögen und Muff an sich. Das Eigenheim. Das Wohnzimmer mit diesen Schlachtermöbeln aus deutscher Eiche. Der Vorgarten. Die Gartenzwerge...«

»Der Heimatfilm«, ergänzte Daimler.

»Aber vielleicht ist es ja besser für den Rest der Welt, wenn ihr euch ausschließlich mit euch selbst beschäftigt. Besser Westdeutsche gegen Ostdeutsche als Großdeutschland gegen andere – wie Polen, Zigeuner, Rumänen und Türken, die es für seine eigenen Probleme verantwortlich macht. In Deutschland leben nur rund sechs Millionen Ausländer, aber ihr tut so, als ob ihr kurz vor dem Aussterben steht.« Der Colonel nippte an seinem Drink. »Dabei gab es so gute Ansätze. Euer Dichterfürst Goethe stammte von einem verschleppten Colonel aus der Türkei ab. Die Hugenotten. Die Portugiesen in der Hanse. Die Preußenkönige sprachen französisch. Ihr habt über achthundert Jahre lang in einem Heiligen Römischen Reich gelebt und nur fünf Jahrzehnte im Deutschen Bund, nur sechs Jahrzehnte in einem Deutschen Reich und nur vierzig Jahre in zwei deutschen Staaten. Selbst euer rheinischer Karneval geht auf den Isiskult der alten Ägypter zurück.«

»Der Inbegriff des deutschen Frohsinns.«

»Wo wir gerade über Karneval reden…« Der Colonel setzte sein Glas ab. »Kommen Sie, ich will Ihnen etwas zeigen. Es wird uns ablenken und Ihnen ein bißchen mehr über Key West verraten. Voltaire fährt uns mit dem Wagen. Uns steht ein bunter Abend bevor.«

13

Vom Rücksitz des Lincoln aus betrachtete Daimler die Schweißperlen im Nacken des Fahrers. Sie hingen wie Tau an einer rissigen Baumrinde.

Colonel Miller beschäftigte Voltaire und dessen Frau bereits seit fünf Jahren. Es war sein Beitrag zur Minderung der Arbeitslosigkeit unter den Flüchtlingen aus Port-au-Prince, wie er betonte, während sie durch das frühe Nachtleben auf der Duval Street glitten. Zwei Drittel der Passanten waren kostümiert. Das Fantasy-Fest strebte dem Höhepunkt entgegen.

»Ich werde Sie an den Privatstrand des ›Pier House‹ entführen«, erklärte der Colonel. »Dort findet heute abend der alljährliche Kostümwettbewerb statt. Ein Klassiker, den ich Ihnen nicht vorenthalten will. Eine alte Tradition des Festes.«

Voltaire blieb mit dem Lincoln vor einer roten Ampel stehen. Eine Dame im Schlangenlook beugte sich durch das offene Seitenfenster zum Colonel und küßte ihn auf die Wange. »Hallo Darling«, flüsterte sie ihm ins Ohr, »schon mal mit einer Kobra gefickt?«

Miller sah der Schlange ins Gesicht, packte mit der rechten Hand ihren Nacken, zwang ihr Gesicht vor das seine und küßte sie auf die blutroten Lippen. Fast sah es aus, als wolle er seine mächtige Nase dazwischen stoßen.

Die Frau hielt dagegen, und der Colonel ließ sich nicht lumpen.

Voltaire kicherte schrill.

Der Alte steckt ihr die Zunge in den Hals, dachte Daimler. Er ertappte sich bei dem Gedanken, daß er den Vorgang als höchst ungehörig empfand.

Die Ampel sprang auf Grün, und Voltaire gab behutsam Gas. Die Schlangenfrau hauchte ihrem Freier noch einen letzten Kuß auf die Wange und zog den Kopf aus dem Wagen.

»Man muß mitmachen, sonst vereinsamt man an diesem Ort.« Miller wischte sich den Lippenstift vom Mund.

»Sind Sie eigentlich dazu gekommen, meinen Drehbuchentwurf zu lesen?« Daimler wollte seine Unsicherheit überspielen. »Ich meine, die wenigen unzusammenhängenden Bilder, die ich Ihnen übersetzt habe.«

»Natürlich. Ich nehme an, dieser Ganter ist ein Betroffener.«

»Ja, er ist auf der Suche nach seiner Vergangenheit.«

»Er weiß nicht, daß sein Vater ein SS-Offizier ist?«

»Er ahnt es, aber er hat keine Gewißheit.«

»Da ist mein Sohn besser dran.«

»Wann haben Sie ihm reinen Wein eingeschenkt?«

»Ziemlich früh«, sagte der Colonel leise. »Rechtzeitig genug, damit ihm kein anderer weh tun konnte.«

»Ganter hatte dieses Glück nicht. Er kommt durch Zufall auf die Spur. Es macht ihn psychisch kaputt. All die Spekulationen. Die Horrorvisionen.«

»Wie wird er mit der Wahrheit umgehen?« fragte der Colonel und sah Daimler ruhig an.

»Ich weiß es noch nicht...«

»Das wird der schwierigste Teil werden. Ich nehme an, daß es dieses individuelle Schicksal ist, an dem Sie den Film festmachen wollen.«

»Genau. Ein großes Geschichtsepos interessiert mich nicht. Aber wie geht der einzelne damit um, daß er von einem Preisbullen abstammt? Das ist es, was mich an dem Thema reizt.« Daimler dachte an Bob und bedauerte sofort seine Worte.

Der Colonel schien es zu spüren. »Sie vergessen die Kuh«, sagte er düster. »Um bei Ihrer Diktion zu bleiben. Für manche ist der Vater der Schatten, der über ihm hängt, für andere ist es die Mutter.«

Daimler schwieg.

»Bei mir war es die Mutter.« Miller gab das Geständnis in einem fast zärtlichen Tonfall von sich.

»Wie finden Sie die Szene, in der die amerikanischen Soldaten die Kinder finden?« Daimler wollte den Colonel auf andere Gedanken bringen.

»Gut, sehr gut.«

»War es in Wirklichkeit auch so?«

»Nein«, antwortete der Colonel behutsam, »ganz so war es nicht – aber es hätte so sein können.«

Daimler nickte. »Sehen Sie«, sagte er und sah den Alten mit unverhohlenem Stolz an. »Das ist Kino.«

»Let's hear it for THE CONDOM MAN!« brüllte der Conferencier in sein Mikrofon und applaudierte frenetisch.

Der Mann im Ganzkörperkondom verbeugte sich mehrmals und nahm den Beifall der Zuschauer entgegen. Dem Geräuschpegel nach zu urteilen, hatte der Kandidat gute Chancen, den Kostümwettbewerb zu gewinnen.

Daimler stand neben dem Colonel im Sand und sah zur Bühne hinauf, die zu den Festtagen aufgebaut worden war. Hotelgäste und Besucher drängten sich am Strand, um den Pool und auf den verschiedenen Holzdecks, bis hinauf zur »Havana

Docks Bar«. Die Hitze hüllte die Menge ein wie Gelatine. Vom Meer wehte eine Brise, die kaum Linderung brachte. Eine Rockgruppe hatte dem Publikum zusätzlich eingeheizt, und seit zwanzig Minuten tanzte ein Kostümeinfall nach dem anderen über Laufsteg und Bühne. Einzelgänger und Gruppen.

»*THE CONDOM MAN!*« modulierte der Ansager.

»*Let's hear it for JOE LATEX!*«

Der König der Präservative stolperte fast, als er seinen Abgang machte. Vier gepuderte junge Mädchen in weißen Ballerinakostümen tänzelten in Ballettschuhen auf die Bühne. Sie sahen sehr bleich aus.

»*FOUR LINES OF COCAIN!*« schrie der Conférencier ins Mikro, während sich die blassen Koksprinzessinnen verbeugten. Tobender Applaus. Die Sucht deklassierte die Vorsorge. Drogen statt Gummis, tat die Menge kund.

Genau in diesem Augenblick entdeckte Daimler Conchita. Sie stand nur zehn Meter entfernt und klatschte begeistert in die Hände.

»*THE COCAIN SISTERS!*«

Conchita trug einen silbernen Overall und dunkelblaue Pumps. Ihre Haare waren mit einem schwarzen Tuch zusammengebunden, und sie hatte nicht an Make-up gespart. Daimler fand, daß sie hinreißend aussah. Es war eine Schande, daß Conchita unentdeckt in seiner Küche verkam. In unmittelbarer Nähe von ihr standen mehrere junge Männer, aber Daimler konnte nicht feststellen, ob einer davon ihr Begleiter war.

»Ich schlage vor, daß wir einen ordentlichen Drink im ›Chart Room‹ nehmen.« Der Colonel musterte mißbilligend die Pfütze in seinem Pappbecher. »Wenn die Show erst vorbei ist, bekommen wir dort keinen Platz mehr.«

Daimler nickte und folgte Miller, der sich wie ein Eisbrecher durch die Menge auf dem Pooldeck schob und unbeirrt die Hotelbar ansteuerte. Der im Piratenstil gehaltene Raum beherbergte nur einige wenige harte Trinker. Sie schienen sich einen Dreck um die Lamettavorführung im Freien zu scheren.

Einige sahen sich ein Footballspiel an, das über die beiden Bildschirme flimmerte. Der Colonel blieb an der Theke stehen, bestellte die Drinks und schaufelte eine Handvoll Erdnüsse aus dem Faß. »Selbstbedienung«, sagte er zu Daimler.

Während sie die Nüsse aus den Schalen pulten, musterte Miller den Deutschen nachdenklich. »In der Kurzbiographie, die Sie mir gegeben haben, steht, daß Sie am siebten Oktober Geburtstag haben.«

»Der Tag, an dem ich in Miami ankam.« Daimler nahm die Drinks entgegen, reichte dem Colonel sein Glas und prostete dem Alten zu. »Ich habe alleine in der Bar des Flughafenhotels gefeiert.«

»Auf Ihre Gesundheit, Joachim«, radebrechte Miller auf deutsch. »Und nachträglichen Glückwunsch.«

Sie tranken und sahen zu, wie sich einer der Footballspieler durch die gegnerische Abwehr kämpfte, bevor er schließlich zu Fall gebracht wurde.

»Ihr Geburtsdatum stach mir sofort ins Auge«, sagte Miller, ohne den Blick von der Mattscheibe zu nehmen.

»Wieso?«

»Himmlers Geburtstag.« Der Colonel sah Daimler mit leeren Augen an. »Wären Sie ein Lebensborn-Baby, dann wäre der Reichsführer Ihr Pate gewesen. Tausende von diesen Patenkindern leben noch. Er war sehr großzügig mit Spielzeug und Sparbüchern und interessierte sich noch nach der Geburt seiner Brut für kleinste Einzelheiten wie Gewicht und Größe. Zum ersten Geburtstag bekam jedes Kind einen Leuchter und für jedes weitere vollendete Lebensjahr eine Mark und eine Kerze.«

»Wie fürsorglich.«

Der Colonel nickte bedächtig. Er wandte sich wieder dem Geschehen auf dem Spielfeld zu. »Was die Kinder anging, war ihm kein Detail zu unwichtig. Er ordnete sogar an, daß die ersten zehntausend Leuchter von KZ-Insassen in Dachau angefertigt werden sollten. Natürlich gratis.«

Daimler schwieg.

»Verzeihen Sie, daß ich schon wieder beim Thema bin, Joachim. Schluß damit.«

»Für heute...« sagte Daimler leise.

Die Tür zur Bar wurde geöffnet, und ein Schwall aus Musik, Händeklatschen und Gejohle drang in den Raum. Anscheinend hatte die Preisverleihung begonnen. Voltaire blieb unter der Tür stehen und wartete.

Der Colonel sah auf die Armbanduhr und stellte sein Glas ab. »Schluß mit dem süßen Leben.« Er lächelte Daimler erschöpft zu. »So ist das, Joachim, wenn man ein Greis wird. Ich versuche immer noch, so intensiv zu leben, wie es mein Alter zuläßt. Allerdings nach einem festen Stundenplan, den Voltaire *unbarmherzig* überwacht.« Er lachte und schlug dem Deutschen zum Abschied auf die Schulter. »Ich nehme an, daß Sie noch nicht müde sind. Machen Sie sich noch einen schönen Abend.«

»Danke.« Daimler sah dem Colonel nach und nickte Voltaire grüßend zu. Der Haitianer hielt Norman Delano Miller die Tür auf und folgte ihm nach draußen.

Kaum waren die beiden Männer gegangen, drängten sich ganze Pulks von Maskierten in die Bar. Die Show am Strand mußte vorüber sein. Nur mit Mühe behauptete Daimler seinen Stehplatz am Tresen. Er kam sich vor wie ein Stück Treibholz, das von der Brandung hin- und hergerissen wird. Keiner der Rempler, die er sich einfing, war böse gemeint, ebensowenig wie der Drittelliter Bier und die zwei, drei Spritzer Schnaps, die auf seiner Hose landeten. Inmitten des Gedränges nahm Daimler kaum wahr, daß ihn jemand zart am Hemd zupfte. Als er endlich reagierte und sich umsah, stand Conchita neben ihm.

»Hey, Joe.« Sie prostete ihm mit ihrem Cuba libre zu. »Ich hoffe, Ihnen gefällt unsere kleine Inselfeier.«

14

Am Morgen des 28. Oktober 1990, einem Sonntag, steuerte Frost einen dunkelgrünen Triumph Spitfire über die Autobahn in Richtung Schwerin.

Er kam sich vor wie in einem Kleinflugzeug, das nicht abheben wollte. Der Wind pfiff durch einen Riß im Stoffdach, und das Fahrwerk gab die Unebenheiten der Straße fast ungemildert an seine Wirbelsäule weiter. Auf der Westberliner Stadtautobahn hatten Federung und Stoßdämpfer des Engländers noch den Eindruck sportlicher Härte vermittelt. Auf den Hochgeschwindigkeitspisten der ehemaligen DDR waren sie voll damit beschäftigt, den Wagen vor dem Auseinanderbrechen zu bewahren.

Trotzdem hatte Siegmund Frost seinen Spaß. Die Westler, mit denen er sich auf den Einsatz in Übersee vorbereitete, waren derart scharf auf seinen Trabi, daß er jedes Wochenende Spritztouren mit Autos machen konnte, von denen er vorher nur geträumt hatte. Bislang hatte er einen alten Alfa Romeo GTV 2000, ein guterhaltenes Saab-Kabrio, einen 280er Mercedes und einen frisierten Manta getestet.

Die letzten Oktobertage waren bereits von Novemberwetter geprägt. Grauweiße Nebelschwaden hingen über den Feldern, und die Sonne mühte sich vergebens hinter den Wolken ab.

Vor der Ausfahrt Neuruppin-Süd ging Frost vom Gas. In der engen Kurve schaltete er vorsichtig zurück. Ein Kopfsteinpflasterstück brachte seine gesunden Zähne mitsamt Prothese zum Klappern. Neuruppin. Altruppin. Er kannte den Weg. Bei Herzberg bog er nach links in Richtung Lindow ab. Später steuerte er Klosterheide an. Er durchfuhr den Ort und bog abermals nach links, auf einen schmalen, asphaltierten Weg ein, der am Waldrand entlangführte. Schließlich lenkte er den Spitfire über einen Sandweg bis vor das Tor eines stattlichen Waldgrundstücks, auf dem zwischen dichten Nadel- und kahlen Laubbäumen mehrere Gebäude standen. Er parkte neben einem feuerroten Golf, stieg aus und blieb vor den beiden weißen Schildern am Eingang stehen. Auf dem oberen stand *Unfallhilfsstelle, Stat. I – Hauptgebäude.* Auf dem unteren *BEZIRKSKRANKENHAUS NEURUPPIN, Orthopädische Klinik Klosterheide.* Über beiden Hinweisen hing ein rundes Durchfahrtverbotschild an der gelben Backsteinmauer.

Frost ging durch das offene Tor auf den Hof. Er schlug den Kragen seines Trenchcoats hoch und vergrub die Hände in den Manteltaschen. Während er zum Eingang des langgezogenen und flachen Gebäudes mit dem roten Ziegeldach blickte, spürte er den Nieselregen auf seinem Gesicht. Neben der Tür hing ein weißes Schild mit einem großen, roten A. Frost überlegte, ob es für Ambulanz oder Apotheke stand. Auf den Treppenstufen vor der Tür stand eine Krankenschwester in weißer Tracht und unterhielt sich mit einer Frau, die nach Frosts Schätzung um die Vierzig sein mußte. Sie trug eine offene Pelzjacke über einem Jeansanzug. Auch die Cowboystiefel erinnerten Frost an die Werbespots für Marlboro, die er sich neuerdings so gerne im Kino ansah. Die Krankenschwester zeigte mit dem Arm genau in die Richtung, in die Frost zu gehen gedachte: direkt zum Hauptgebäude. Die Frau in der Pelzjacke nickte.

Das Hauptgebäude mit den beiden spitzen Giebeln und dem kleinen Kupferturm sah noch genau so wie auf dem Foto im Prospekt des Vereins aus. Nur die zwei Masten mit der SS- und der Hakenkreuzflagge fehlten. Vielleicht hatte damals das Türmchen noch kupferrot geglänzt. Jetzt war es mit einer stumpfen, grüngrauen Patina überzogen. Frost hatte das ehemalige Heim schon etliche Male besucht. Zu allen Jahreszeiten. Im Sommer hatten rundum rote Rosen geblüht, und ein Teil der Gebäude war hinter dem Laub verborgen gewesen.

Spätherbst und Winter hatten etwas Entlarvendes. Das steinerne Denkmal, das zwischen den kahlen Bäumen im Garten stand, glänzte feucht und kalt. Eine nackte Elitemutter, die einen Säugling in den Armen hielt und streng auf zwei weitere Knaben hinabblickte. Frost erinnerte sich an jedes Wort des Zitats unter dem Foto im Prospekt.

All' unser Kampf, der Tod der zwei Millionen des Weltkrieges, der politische Kampf der letzten 15 Jahre, der Aufbau unserer Wehrmacht zum Schutze unserer Grenzen wären vergeblich und zwecklos, wenn nicht dem Sieg des deutschen Geistes der Sieg des deutschen Kindes folgen würde.

Frost mußte niesen. Er spie in hohem Bogen an den Denkmalsockel.

Als er sich umdrehte, bemerkte er nur wenige Meter entfernt die Frau mit der Lederjacke. Sie beobachtete ihn interessiert. Für einen Moment blickte er betreten auf seine Schuhe. Dann sah er wieder die Frau an. Sie war sehr attraktiv. Die Nässe verstärkte den rötlichen Schimmer der blonden Haare. Das bleiche Gesicht wurde von großen, grünen Augen beherrscht. Sie nickte ihm grüßend zu, drehte sich um, spazierte am Hauptgebäude entlang und musterte eingehend die Fensterfront. Frosts Blick folgte ihr. Er bemerkte, daß neben einem Seiteneingang ein weißes Schild mit einem großen, roten B hing. Es war ihm noch nie aufgefallen. Die Buchstaben dienten also zur Kennzeichnung der Gebäude. B wie Zyklon B. Er spürte, wie ihm die Kälte zwischen Kleidung und Haut kroch. Bevor sie ihm in die Knochen dringen konnte, verließ er schnellen Schrittes den Hof und strebte dem Ausgang zu. Er stieg in den Wagen, ließ den Motor an und fuhr langsam in die Ortschaft zurück.

Von Klosterheide aus nahm er Kurs auf die Strehlitzer Seenplatte. Enge Chausseen, von knorrigen Bäumen gesäumt, führten ihn über Dierberg und Köpernitz nach Rheinsberg. Die Sonne hatte mittlerweile den Nebel vertrieben. Er fuhr durch unverfälschte Landschaft. Bei seinen Exkursionen, die er an den zurückliegenden Wochenenden im Westen unternommen hatte, war ihm aufgefallen, wie planiert und plattgebügelt die reichen Landstriche waren. Hier im Osten war, bis auf die Asphaltdecke, noch alles so wie früher. Keine Markierungen am Fahrbahnrand. Keine weißen Mittelstreifen. Kaum Verkehrsschilder. Noch ließen die Windungen, Höcker und Schlaglöcher der Landstraße nur eine begrenzte Geschwindigkeit zu.

Aber Frost ahnte, daß die Alleebäume, an denen er mit dem Roadster vorbeihuschte, dem Tode geweiht waren.

In Rheinsberg überließ er die Schloßbesichtigung den Touristenhorden, die den Ort sogar in diesen garstigen Spätherbsttagen heimsuchten – die einen auf den Spuren der Preußenmonarchie, die anderen in Sachen Tucholsky. Er war hungrig und begab sich zum Mittagessen in den Ratskeller. Auch hier herrschte Andrang. Immerhin hatte Fontane an dieser Stätte gespeist. Mit etwas Glück erwischte er einen freien Tisch am Fenster für zwei Personen. Die Bedienung brachte ihm die Karte. Er schwankte zwischen Brathering mit Bratkartoffeln und grünem Aal mit Salzkartoffeln und Gurkensalat. Er entschied sich für Hering und bestellte dazu ein Pils.

Als das Bier kam, betrat die Marlboro-Frau die Gaststätte. Ihr Blick wanderte suchend über die besetzten Tische und blieb auf Frost hängen. Er deutete mit einer Handbewegung auf den freien Stuhl. Sie lächelte und kam näher.

»Ihre einzige Chance«, sagte Frost.

»Sehr freundlich von Ihnen.« Sie zog die Pelzjacke aus und hängte sie über die Rückenlehne des Stuhls. Dann setzte sie sich und studierte die Speisekarte. Nur wenig später sah sie Frost hilflos an. »Was empfehlen Sie?«

Er bemerkte die Sommersprossen. Sein Blick blieb an den großen Katzenaugen hängen. »Nehmen Sie den grünen Aal«, sagte er.

15

Noch bevor er die Augen öffnete, spürte Daimler den warmen Körper neben sich. Es hatte so kommen müssen. Er sah die Mahagonihaut. Ihr Oberschenkel. Sie saß nackt im Bett, den Rücken an das Kopfende gelehnt, ein Taschenbuch in den Händen. Er kniff die Augen zusammen und entzifferte den Titel. *The End of the Melting-pot.*

»Hey, Joe.« Sie ließ das Buch sinken und parkte es auf den Brüsten. »Endlich aufgewacht?«

»Was liest du da am frühen Morgen?«

»Es ist gleich Mittag.«

»Was ist passiert?«

»Du warst süß. Erst hast du zu viel getrunken. Dann mußte ich dich nach Hause fahren. Und schließlich wolltest du nicht alleine schlafen.« Sie schlug das Buch zu und legte es auf die Matratze.

»Haben wir…« Er räusperte sich und schmeckte die Reste von zuviel Alkohol und Nikotin.

»Wir haben. Das heißt, *ich* habe. Du warst ziemlich fertig und völlig regungslos. Das einzige, was funktioniert hat, war dein Schwanz.« Sie zuckte mit der Schulter. »Ich bin zurechtgekommen. Im Prinzip liegst du immer noch so da, wie ich dich hingelegt habe – auf dem Rücken.« Sie kicherte und hielt sich eine Hand vor den Mund.

Daimler musterte die blutroten Fingernägel und bemühte sein Erinnerungsvermögen. Vorsichtig hob er den Kopf um einige Millimeter an und wurde von einer Druckwelle in der Stirn wieder ins Kissen gezwungen. Er stöhnte. »Du meinst …«

»Keine Angst, ich habe dir ein Kondom übergezogen.«

»Das gehört aber nicht zur Hausarbeit.«

»Was ich in meiner Freizeit mache, ist meine Angelegenheit.« Sie strich ihm übers Haar. »Die Töne, die du von dir gegeben hast, klangen so, als ob es dir auch Spaß gemacht hätte – zumindest im Unterbewußtsein.« Sie rutschte neben ihn, legte einen Arm über seine Brust und biß ihn ins Ohrläppchen.

Er atmete scharf ein. »Vorsichtig.«

Sie steckte ihm die Zungenspitze ins Ohr.

»Nicht zu fassen. Schwarze Prinzessin vergewaltigt Regisseur. Es wird morgen im *Herald* stehen.« Er spürte seine Erektion.

Sie küßte ihn flüchtig auf den Mund. »Putz dir bitte die Zähne. Du schmeckst wie ein Aschenbecher.«

Daimler rappelte sich in Zeitlupe auf. Vorsichtig tappte er ins Bad. Während er sein Gesicht im Spiegel inspizierte und die Zahnbürste in Betrieb nahm, hörte er Conchita singen. Es mußte Spanisch sein. Sein Kurzzeitgedächtnis gab Fragmente frei. So ganz regungslos konnte er nicht gewesen sein. Er erinnerte sich, an ihren Brustwarzen geleckt zu haben, und an die harten Schamhaare. Er gurgelte und spürte, wie sein Schwanz gegen den Rand des Waschbeckens drückte. Auf seiner Unterlippe entdeckte er einen feinen Riß. Er erinnerte sich auch an ihren festen Körper und die ruckartigen Bewegungen, mit denen sie ihn traktiert hatte. Vorsichtig drehte er den Kopf von einer Seite zur anderen. Schon besser. Vielleicht reichte seine Verfassung aus, um es ihr zurückzuzahlen. Er grinste sich aufmunternd an.

Als er zum Bett zurückkam, lag sie auf dem Bauch und las.

Das Foto der Wahlkampfanzeige zeigte Sheriff Brown im Uniformhemd, mit dunkler Krawatte und einem jovialen Lächeln unter dem Schnäuzer. ELECT SHERIFF BROWN!

»In seinen 25 Jahren beim Monroe County Sheriff's Department hat Vince Brown sich den überwältigenden Respekt seiner Polizeikollegen verdient. Sie kennen ihn als Teamchef. Er war Station Commander auf den Upper Keys und den Middle Keys, dann Einsatzleiter und ist jetzt Sheriff. Er ist der einzige Kandidat, der *wirklich* weiß, wie das *ganze* Department funktioniert. Seine Vorzüge: Vertrauen, Moral, zunehmend verbesserte Dienstleistung für die Mitbürger. Sheriff Brown hat bewiesenermaßen die Führungsqualitäten, um das starke Team zu leiten, welches das Department braucht. WÄHLEN SIE AM 6. NOVEMBER VINCE BROWN!«

Der Mann war nicht von Selbstzweifeln geplagt. Daimler überflog einen Artikel, in dem er daraufhingewiesen wurde, daß er heute seine Uhr um eine Stunde auf Eastern Standard Time zurückstellen mußte. Er faltete die Zeitung zusammen, legte sie in den Segeltuchstuhl und machte sich an seiner Rolex zu schaffen. Dann nahm er sich ein Stück Toast. Die Holzklappstühle mit dem grünen Tuch, die das Bistro an der Front Street zierten, erinnerten ihn an Dreharbeiten. Nur die Namenszüge auf den Rückenlehnen fehlten. Draußen waberte die Mittagshitze und brachte die Teerdecke zum Schwimmen. Das Licht war grell. Selbst im Restaurant kam man nicht ohne Sonnenbrille aus.

Conchita biß in ihr Croissant und widmete sich wieder ihrem Taschenbuch.

»Worum geht es eigentlich in dem Buch?«

»Um kulturelle Identität«, erklärte sie. »Die Zukunft der Einwanderer in den Vereinigten Staaten liegt in der Bewahrung ihrer Sprache, ihrer Bräuche und ihres ethnischen Selbstbewußtseins. Sie sind Staatsbürger, aber sie lassen sich nicht mehr vom Schmelztiegel absorbieren. Du kannst ja sehen, was der *melting-pot* aus den einheimischen Schwarzen gemacht hat. Schlaff, kraftlos und korrumpiert.«

»Also ...«

»Ist doch so. Sieh dir dagegen die Haitianer an, die Kubaner. Absolute Power. Versuch mal, in zehn Jahren in Miami noch Englisch zu reden.«

Conchita winkte der Bedienung und verlangte mehr Kaffee. Der Transvestit stöckelte geziert zur Maschine, nahm die Glaskanne von der Wärmeplatte und kehrte zurück. Er trug Netzstrümpfe und eine schwarze Ledermontur, deren Minirock allenfalls einen Zentimeter über die kritische Stelle reichte. Seine Rauschgoldengelfrisur hing voller glitzernder Sternchen, und das Make-up mußte eine ganze Kosmetikfirma in die schwarzen Zahlen gebracht haben. Während er Daimler Kaffee nachgoß, klimperte er heftig mit den künstlichen Wimpern. Dann schien er sich daran zu erinnern, daß die Frau ihn gerufen hatte, und füllte auch ihr mit einem gnädigen Lächeln die Tasse auf. Die Beckenschwünge, mit denen der Vamp den Rückzug hinter die Theke untermalte, hätten einem Skifahrer beim Tiefschneewedeln alle Ehre gemacht.

»Wird Zeit, daß die Party zu Ende geht«, stellte Conchita genervt fest.

»Ist doch heute der letzte Tag – oder?« Irgendwie tat es Daimler leid, daß die elftägige Fantasy-Fest-Orgie mit Reggae-Bands, Calypso-Chören, Voodoo-Priestern und Zombies so gut wie vorbei war.

Conchita legte ihr Buch beiseite und sah Daimler ruhig an. »Magst du Kinder?«

Der unvermittelte Themenwechsel verblüffte ihn. Es war entschieden zu heiß, um etwas so Ernstes zu diskutieren. Zweifelnd zog er die Schulter hoch und lehnte sich weiter zurück. »Wenn ich der Onkel bin, komme ich ganz gut damit zurecht.«

»Niemals Vater geworden?« Sie zog die Augenbrauen zusammen, als wolle sie sagen: In deinem Alter.

»Zweimal, fast...«

»Abgetrieben?«

»Ja.«

»Tut es dir leid?«

Er atmete tief durch. »Ich weiß nicht. Manchmal...« Bevor Schuldgefühle aufkommen konnten, verteidigte er sich. »Wenn ich im nachhinein darüber nachdenke, war es richtig so. Außerdem wollten es die Frauen so.«

»Wirklich?«

»Wenn ich es richtig verstanden habe, ja. Ich muß einen Schutzengel haben, der mich immer wieder rettet.«

»Und wenn es passieren würde?«

»Wenn schon, dann hätte ich gern eine Tochter. Ich stelle mir vor, daß ich sie zum Essen ausführe, wenn sie alt genug dazu ist. Man sagt, daß maskuline Männer Töchter bekommen.« Er spürte, wie er sich verkrampfte.

»Besser, du bekommst keine Kinder.« Conchita lächelte milde. »Keine Panik. Es hat mich nur interessiert.«

Er nahm die Sonnenbrille ab und wischte sich den Schweiß von der Stirn.

»Wir sollten schwimmen gehen.« Sie sah auf die Straße hinaus.

»Ich muß noch arbeiten.«

»Ich dachte an später, wenn die Sonne sich ausgetobt hat. Ich bin braun genug.« Sie beugte sich zu ihm hinüber und küßte ihn auf den Mund. »Ich habe gute Connections zum ›Casa Marina Hotel‹ Laß uns dort am Pool treffen.«

»Okay, um fünf.«

Sie stand auf, steckte das Taschenbuch in ihre Umhängetasche und küßte Daimler zum Abschied auf die Wange. »Schreib fleißig.«

HIMMLERS ARBEITSZIMMER – INNEN/TAG

Der linke Bildrand wird von HIMMLERs kahlgeschorenem Nacken, einem abstehenden Ohr und einem Brillenbügel begrenzt, der untere durch das Achselstück der Uniform. Wir sehen dem Reichsführer-SS über die Schulter und mit ihm in einen großflächigen antiken Spiegel, in dem sein Gesicht klar zu erkennen ist. Er ist beim Diktat. Seine SEKRETÄRIN liest ihm die letzten Sätze noch einmal vor. Der Hall ihrer Stimme läßt auf einen hohen und weiten Raum schließen. Himmler hört konzentriert zu und betrachtet sein Spiegelbild.

SEKRETÄRIN/OFF (rekapituliert zügig) Die Mittel zur Durchführung dieser Aufgabe werden gedeckt einmal durch die Mitgliedsbeiträge. Es ist eine Ehrenpflicht für jeden hauptamtlichen SS-Führer, Mitglied des Lebensborn zu sein.

HIMMLER (unterbricht) EHRENPFLICHT hervorheben!

Während die Sekretärin weiterliest, fährt die Kamera langsam zurück, und wir sehen nach und nach den Reichsführer in voller SS-Montur mit Schaftstiefeln neben seinem Schreibtisch, umgeben von den üblichen NSDAP- und SS-Insignien. Himmler steht breitbeinig und mit auf dem Rücken verschränkten Händen im monströsen Dekor und wirkt zwergenhaft klein.

SEKRETÄRIN/OFF Die Beiträge sind gestaffelt nach Alter, Einkommen und Kinderzahl der SS-Führer, wobei als Selbstverständlichkeit unterstellt wird, daß der SS-Führer mit sechsundzwanzig Jahren heiratet. Ist bis zum achtundzwanzigsten Lebensjahr kein Kind da, so tritt die erste Beitragserhöhung ein.

Am linken Bildrand taucht jetzt das strenge und herbe Profil der Sekretärin auf. Sie trägt die blonden Haare zu einem Knoten gebunden. Sie läßt den Stenoblock etwas sinken und hält den Bleistift bereit. Himmler wendet sich vom Spiegel ab und geht steif und ohne die Hände vom Rücken zu nehmen hinter seinen Schreibtisch. Er bleibt stehen, beugt sich leicht nach vorn, stützt sich mit beiden Armen auf der Tischplatte ab und sieht zu seiner Untergebenen hin.

HIMMLER (langsam, präzise und nachdrücklich) Wer glaubt, er könnte sich dadurch, daß er ledig bleibt, seinen Verpflichtungen dem Volk und der Sippe gegenüber entziehen… (hält inne und wartet)

Während der kurzen Unterbrechung des Diktats ist nur das geschäftige Schaben der Bleistiftmine auf dem Papier zu hören. Himmler richtet sich auf und fährt mit einer herrischen Handbewegung fort.

HIMMLER (lauter)… soll Beiträge in der Höhe zahlen, daß er die Ehe dem Junggesellenleben vorzieht.

Der dürre Schwarze mit dem dichten Vollbart und dem kurzgeschorenen Kraushaar trug eine Ray Ban mit schwarzem Plastikgestell. Jack-Nicholson-Modell.

Ein Lederriemen diente dem Mann als Stirnband. Um den Hals hatte er ein schwarzes Tuch geknotet. Am linken Handgelenk glänzte ein schwerer Silberreif, eine Navajo-Arbeit mit Türkisen, am rechten hing locker eine schwarze Swatch. Der Mann streifte die Kopfhörer seines Walkmans ab, nahm die Brille von der Nase und stand von der Liege auf. Mit bedächtigen Bewegungen stieg er aus den roten Surfershorts. Daimler sah, daß auch der Badeslip schwarz war.

»Hast du gearbeitet?« fragte Conchita.

Der Schwarze tauchte mit einem gekonnten Kopfsprung ins Wasser.

Daimler wandte sich Conchita zu, die sich auf einer Liege neben ihm räkelte. Sie trug einen gelben Einteiler und eine Sonnenbrille mit verspiegelten Gläsern. »Nicht viel.« Er war pünktlich am Pool des »Casa Marina« erschienen und genoß seit einer halben Stunde die letzten Sonnenstrahlen.

»Wer ist der Typ?« fragte Daimler mit einer Kopfbewegung zu dem Schwarzen, der mit weitausholenden Schwimmzügen die Touristen aus dem Pool scheuchte.

»Das ist Richie. Ich habe ihn am Samstagvormittag auf dieser Fete am Smathers Beach kennengelernt, auf der Jimmy Buffet sein neues Album vorgestellt hat.«

»Der *Margaritaville*-Typ«

»Richtig. Die neue CD heißt *Feeding Frenzy.* Seine achtzehnte. Sind aber nur zwei neue Songs drauf.« Sie lächelte. »Ich war *nach* der Hausarbeit da. Ich bin erst um elf Uhr los. Zufrieden?«

»Ich hätte dir auch früher freigegeben. Hättest mich ja auch mitnehmen können.«

»Am Samstag kannten wir uns noch nicht so gut.«

»Und der da ist Richie Havens, nehme ich an. Hat am Freitagnachmittag am Strand des ›Pier House‹ ein Konzert gegeben. Da warst du sicher auch.«

»Nein, da war ich nicht. Das Konzert wurde übrigens wegen des starken Windes in die ›Havana Docks Bar‹ verlegt. Und das da«, sie deutete mit ausgestrecktem Arm auf den Schwarzen, der mit einer Saltowende eine neue Bahn in Angriff nahm, »ist nicht Richie Havens, sondern der Schlagzeuger der Band, die hier im Hotel auftritt.«

Daimler dachte an die blutarme Bluessängerin. »Sieht ihm aber ähnlich.«

»Havens ist älter und fülliger.«

Daimler warf einen kritischen Blick auf seinen Bauch und leckte sich eine Portion Schweiß, die wie gesalzenes Kokosöl schmeckte, aus dem Mundwinkel.

Richie stemmte sich elegant aus dem Wasser, tänzelte vom Beckenrand zu seiner Liege und griff zum Handtuch. Er hatte sein eigenes. Olivgrün und kleiner als die Pooltücher des »Casa Marina«. Nachdem er sich abfrottiert hatte, stieg er in knielange Militärshorts, deren Tarnmuster aus schwarzen, olivgrünen und khakibraunen Flecken mit dem Farbton des Badetuchs harmonierte. Energisch schloß er die schwere Silberschnalle des Gürtels. Dann band er sich mit einem ebenso tarnfarbenen Tuch den Walkman vor den Bauch und setzte die Kopfhörer wieder auf. Nachdem er in seine schwarzen Kung-Fu-Stoffschuhe geschlüpft war, zerrte er ein Paar schwarzer Schwimmflossen unter der Liege hervor und verstaute darin eine winzige Taucherbrille und die roten Surfershorts. All dies geschah mit knappen, exakt bemessenen Bewegungen. Die Flossen waren mit einer dicken Kordel zusammengebunden. Er hängte sie über die Schulter, klemmte sein Handtuch unter den Arm und zog ein gelbschwarzes Dick-Tracy-Taschentuch aus der Hosentasche. Während er sich die Stirn abtrocknete, winkte er Conchita und Daimler zu und entschwand.

»Der Junge hat Stil, das muß man ihm lassen.« Daimler schüttelte den Kopf.

»Er hat mir erzählt, daß er in Vietnam gekämpft hat. Nach dem Krieg hat er in Bangkok in einer Filipino-Band gespielt, und nach der Rückkehr nach Los Angeles hat er den Anschluß nicht mehr gefunden. Bevor er Soldat wurde, muß er ein begehrter Studiomusiker gewesen sein. Er hat mich gebeten, ihm wahrzusagen.«

»Wahrzusagen?« Daimler war perplex.

»Ja. Ich habe einen ausgezeichneten Ruf als Wahrsagerin, Joe. Was das angeht, bin ich eine richtige Berühmtheit.« Sie kicherte.

»Wie kommst du denn dazu?«

»Meine Großmutter hat's mir beigebracht. Alte kubanische Familientradition.«

Daimler starrte in die verspiegelten Gläser ihrer Sonnenbrille. »So richtig mit Kristallkugel?«

Sie lachte. »Es gibt alle möglichen Varianten. Karten. Rum- und Zigarrenopfer. Hühnchen schlachten. Kröten töten.« Sie kicherte lauter.

Daimler gefiel der schrille Unterton nicht. Er beschloß, das Thema auf sich beruhen zu lassen.

»Träume sind auch sehr wichtig«, sagte Conchita leise.

»Träume?«

»Ja. Gestern nacht habe ich von dir geträumt.«

»Und?« »

Ich habe geträumt, daß ich dich an eine andere Frau verliere.«

»Eine andere Frau?«

»Ich konnte sie nur vage erkennen, aber sie ging mit dir fort, und ich blieb alleine zurück.« Conchita nahm die Brille ab und sah Daimler nachdenklich an. »Keine Angst, Joe. Ich habe nicht mehr als eine Episode im Sinn. Ich weiß, daß du wieder nach Europa mußt, und ich habe nicht vor zu heiraten.« Sie grinste breit. Dann stahl sich wieder ein Schatten in ihr Gesicht. »Aber es ist wirklich seltsam ...«

»Was?«

»Daß ich bereits in der ersten Nacht das Ende geträumt habe.«

»Glaubst du wirklich daran?«

Sie fixierte ihn. »Felsenfest«, sagte sie mit harter Stimme und setzte die Sonnenbrille wieder auf.

Daimler schüttelte den Kopf. »Und diese Frau? Kannst du sie wirklich nicht beschreiben?«

»Ich weiß nur eins ganz sicher ...«

»Was?«

»Sie hatte grüne Augen.«

16

Der Mann mit dem Führerschnurrbart saß auf seinem Stammplatz an dem runden Tisch in der Ecke.

»Das Nashorn« war nur schwach besucht, und so konnte er in Ruhe den Brief an diese Filmproduzentin entwerfen. Sorgfältig schraubte er die Verschlußkappe von dem grünschwarz gestreiften Geha-Füller, den er seit seiner Volksschulzeit benutzte. Er blickte eine Weile nachdenklich auf das graue Papier des Briefblocks. Dann schrieb er mit pedantischer Sorgfalt, langsam und unsicher in kindlich unbeholfenem Sütterlin *28. Oktober 1990/102 JdF* in die rechte obere Ecke des Blattes. Die Angabe der seit der Geburt des Führers vergangenen Jahre gehörte zur Routine. Es folgte ein flüssigeres *Sehr verehrte gnädige Frau,* das er aber sofort wieder mit fast brutalem Einsatz der Feder strich. *Sehr geehrte Frau Kranich,* versuchte er es erneut. Er musterte die vier Worte ein paar Sekunden lang und strich sie dann ebenfalls durch. Mit der freien linken Hand griff er zum Bierglas, trank aus und winkte dem Wirt, bevor er das leere Glas wieder auf den Deckel stellte. Er grübelte eine Weile vor sich hin, dann schrieb er sehr energisch und wie befreit: *Hallo, Fotze!*

Er besah sich auch diese Worte eingehend und ließ sie stehen.

Die Eingangstür schlug laut ins Schloß, und der Blonde mit dem Diamantohrring schob den schweren Vorhang auseinander, der die Winterkälte draußen halten sollte. Er betrat die Kneipe, hielt auf seinen Kameraden zu und nickte einen stummen Gruß. Er bemerkte, daß der Mann am Tisch kaum vom Papier aufsah, und schälte sich mit klammen Händen aus einem pechschwarzen Ledermantel im Gestapostil, in dem er spindeldürr und zwergenhaft wirkte. Er warf den Mantel über die Rückenlehne eines freien Stuhls und musterte mit skeptischem Blick das Paar, das am Nebentisch saß und Wein trank, während er sich setzte.

»Schreibst du deine Memoiren oder die Geschichte der Bewegung?« Er rieb sich den Frost aus der Nase und lachte gezwungen.

»Bloß eine Warnung an diese Filmproduzentin. Du besorgst die Telefoniererei mit unserem Regieheini, und ich kümmere mich um die liebe gnädige Frau.« Bei diesen Worten malte er einen Tintenkreis um das Wort *Fotze.* »Hast du ihm schon die neueste Nachricht hinterlassen?«

»War wieder nur diese verdammte Maschine. Ich möchte den Typ mal selber an die Leitung bekommen. Ich will hören, wie er vor Angst hechelt.«

»Kommt schon noch.«

»Glaub' ich nicht. Als ich nach Hause gekommen bin, hab' ich neue Order vorgefunden.« Der Blonde zog ein zusammengefaltetes und reichlich zerknittertes Blatt Papier aus der Hosentasche und gab es weiter.

Der Wirt servierte das Bier. »Hab' dir gleich eins mitgezapft«, sagte er zu dem neuen Gast, bevor er wieder hinter dem Tresen verschwand.

»Danke«, rief der Blonde.

Die beiden Männer prosteten sich zu. »A-D-F«, sagte der Mann mit dem Hitler-Bärtchen laut zu seinem Kameraden, ohne sich um die mißtrauischen Blicke des Paares am Nebentisch zu kümmern. Er prostete ihnen zu. »Auf die Frauen!« Er lächelte kalt und trank. In Anbetracht der Umstände würde ihm der Führer die Kompromißformel verzeihen. Er faltete das Blatt Papier auf, das ihm der Blonde gegeben hatte, und las die knappe Mitteilung in Maschinenschrift.

DAIMLER = T4

Das war eindeutig. Er wechselte einen Blick mit seinem Gegenüber. Beide wußten, daß die Aufwärmphase vorbei war. Jetzt ging es zur Sache. T4 stand für Spezialbehandlung. Und Spezialbehandlung stand für die Auslöschung unwerten Lebens. Die Ratte war zu liquidieren. Früher waren diese Befehle aus dem Gebäude an der Tiergartenstraße 4 ergangen. Er nahm den Füller und strich das Wort *Fotze* durch. Dann riß er das Blatt vom Block und zerknüllte es.

»Danach haben wir mit Sicherheit wieder die Typen vom Schmutz am Hals«, stellte der Blonde fest.

Der Mann mit dem Bärtchen schwieg. Wegen des Verfassungsschutzes machte er sich keine Gedanken.

17

Das Telefonat mit Milena lag Daimler noch im Magen, als er versuchte, seinen eigenen Anschluß zu erreichen.

Er: Wie ist das Wetter?

Sie: (kühl und kurz angebunden) Kalt.

Er: Was macht die Firma?

Sie: Nur Ärger, vor allem wegen deinem Projekt. Nur Widerstände, verdeckte Drohungen und gute Ratschläge.

Er: *Mein* Projekt? Ich dachte, es handelt sich um unser Projekt.

Sie: Laß dir nicht den Urlaub verderben.

Er: (ärgerlich) Wie bitte? Urlaub?

Dann war ihm rechtzeitig die Sache mit Conchita eingefallen. Das schlechte Gewissen bremste ihn. Milena roch es. Da war er ganz sicher. Frauen hatten einen sechsten Sinn für solche Dinge.

Sie: (fordernd) Wann kommst du zurück?

Er: (vage) Bald.

Die Verbindung kam zustande.

Daimler hörte sein Band ab und hatte plötzlich die Stimme seiner Mutter im Ohr. *»Mein lieber Junge, wo steckst du denn wieder? Du hast seit Monaten nichts von dir hören lassen.«* Ein Rauschen. Dann vorwurfsvoll und sehr wehleidig: *»Es scheint dich nicht zu interessieren, wie es mir geht. Ruf mich bitte bald an!«* Vier kurze Piepser signalisierten, daß keine weiteren Nachrichten warteten. Daimler legte auf und ging im Zimmer auf und ab.

Alle wollten sie etwas von ihm. Keiner war zufrieden. Jetzt auch noch seine Mutter. Die alte Dame versuchte wieder, ihm die Daumenschrauben anzulegen. Wie immer, wenn er sich in einem kreativen Hoch befand, nervten ihn die Lieben, die behaupteten, daß es ihnen nur um *ihn* ginge. Natürlich wollte ihn niemand bei der Arbeit stören. Natürlich nicht! Wie, zum Teufel, dachten sie, daß er zu Ergebnissen kam? Im Schlaf? Indem man an ihm herumzerrte und ihm mit lächerlichem Alltagskram das Gehirn blockierte? Sie hatten keine Ahnung, was es hieß, einen Film zu schreiben. Soundso viele Wochen Dreharbeit, das ging gerade noch in ihre Schädel hinein. Das verstanden sie. Das war so ähnlich, wie ins Büro gehen. So was machte ein anständiger Mensch. Aber suchen, sammeln, denken, verwerfen, wiederfinden, das war keine richtige Arbeit. Was ging eigentlich in ihren Köpfen vor? Dachten sie, daß man Bundesfilmpreise, Golden Globes und Oscars nach dem Manteltarifvertrag bekam?

Er spürte, wie ihn der Zorn packte. Er ging in die Küche und holte sich ein Bier aus dem Kühlschrank. Er wollte in Ruhe gelassen werden. An den Sachen arbeiten, die ihm wichtig waren. Das war kein Hobby, verdammt noch mal. Es war seine Berufung. Warum verstanden sie das nicht? Die Mütter, die Geliebten, die Freunde – diese Ignoranten. Warum sahen sie nicht ein, daß er gern alleine war? Warum versuchten sie es nicht auch mal? Gepreßt atmete er aus. Das Blut pochte ihm in den Schläfen.

Er stieg die Treppe hinauf, setzte sich an den Schreibtisch und zwang sich zur Ruhe. Er sah auf den Friedhof, trank Bier und versuchte an etwas anderes zu denken. Vielleicht war *er* ja verrückt, und die anderen waren gesund. Vielleicht verhielt sich seine Mutter ganz normal. »Mein Gott«, pflegte Milena zu sagen, »sie ist schließlich deine Mutter.« Sie war eine alte Frau und nicht gesund. War es normal, daß der erste Anruf seit Monaten eine derartige Überreaktion bei ihm auslöste? War er irre? Was war denn schon passiert? Immerhin war er weit weg, in Florida. Keiner rückte ihm auf die Pelle. Kein Mensch hinderte ihn an seiner Arbeit. Kein Mensch. Er atmete tief durch und spürte, wie sein Blutdruck wieder sank.

Er zwang sich zur Arbeit.

VILLA IN BOGENHAUSEN (im Herbst) –
AUSSEN/TAG

AUFBLENDE

Die verlassene Parkanlage an einem trüben Herbsttag. Buntes Laub an den Bäumen. Schmutziges Laub auf Rasen und Wegen. GANTER spaziert langsam zur getragenen MUSIK DER FLORIDA SUITE über den Kiesweg zu einer grüngestrichenen Parkbank. Er trägt Jeans, Stiefel und einen Parka. Er hat die Hände tief in den Jackentaschen vergraben. Er ist alleine. Die Bank steht vor der Mauer zur Händelstraße. Im Hintergrund sind das Togal-Werk und die Reklame für pharmazeutische und kosmetische Erzeugnisse zu erkennen. Ganter setzt sich, ohne die Hände aus den Taschen zu nehmen.

SUBJEKTIVE GANTER. Die Villa im Park.

GANTER (VOICE OVER) Wenn man nicht nach der Wahrheit sucht, ist man Teil der Lüge. So einfach ist das. Auch wenn Goebbels das ganz anders gesehen hat. »Gewissen existiert nicht«, hat dieser Klumpfuß behauptet, (lacht bitter auf) »Es ist eine jüdische Erfindung«, hat er gesagt. Hier also hat Mardochei für die Mörder im Garten geschuftet. Immer in der Angst vor den Hunden. Er ist einer der wenigen, die ihren Henkern entkommen konnten. Sechs Millionen haben diese Monster auf dem Gewissen. Und solche wie mich haben sie hier zeugen lassen. Oder haben Mutter und ihr Deckhengst sich hier nur kennengelernt? Muß jedenfalls ein harter Winter gewesen sein, damals. Sechs Millionen! Unfaßbar. Und wir sollten die besseren Menschen sein. Die letzten Söhne. Gezeugt für den Wahnsinn. Ersatzbeschaffung für Millionen Vergaster. Die Brut der Völkermörder. Offizierssohn Ganter! In diesem Casino zusammengevögelt. Im Zeichen des Totenkopfes. Wo war die Liebe, als sie das getan haben? Wo war sie: DIE LIEBE?

Während er spricht, schneiden wir zur unterlegten Delius-Musik auf verschiedene Motive des Gebäudes und der Parkanlage (Fenster, Terrasse, Zufahrt, Gartenflächen etc.).

ABBLENDE

Daimler betrachtete die Grabsteine, die strahlend weiß zu ihm heraufleuchteten. Eine Sammlung winziger Denkmäler über vermodertem Gewebe und zerfallenen Knochen. Ein Leichentuch aus Marmor und Zement, das die Vergänglichkeit mit Zierrat zudeckte.

Was hatte Conchita gesagt? Tote Kröten? Rauchopfer? Karibische Religionen? Wahrsagerei? In Gedanken zoomte er mit der Kamera einzelne Gräber heran und sah die Spuren des Voodoo. Insignien schwarzer Magie. Duftmarken der Geister. Ein Huhn, dem man den Kopf abgehackt hatte, irrte zuckend und mit wilden Flügelschlägen zwischen den Gräbern umher. Aus dem Hals schoß stoßweise das Blut. Der grüne Schleim einer zerquetschten Kröte tropfte in Schlieren über den Namenszug eines Verstorbenen. Würfel rollten über die Steinplatten, und das Bild zerfloß in bläulichem Rauch, bevor die Toten wiederauferstanden.

Der Tod überschattete das Leben. Er versuchte, über Kinder zu schreiben, und wurde von Leichen eingeholt. Arbeitete er an einer Liebesgeschichte? Oder war es doch ein Thriller über das organisierte Verbrechen? Ein Kriegsfilm gar? Schließlich ging es um eine kriminelle Vereinigung namens »Das Dritte Reich«. Eine Mörderbande, die Tiere liebte und die Menschen verachtete. Herzlose Bestien, die vom eigenen Gefühlskitsch feuchte Augen bekamen. Sie fütterten im Winter die Vögel und liquidierten gleichzeitig ganze Völker. Und was das Schlimmste war: Der Großteil war nach 1945 straflos davongekommen. Das war das zweite Entsetzen, das doppelt Unfaßbare. Die Mehrzahl der überlebenden Täter hatte sich in die Demokratie geschlichen und war von ehemaligen Nazi-Richtern verschont worden. Gegen den KZ-Arzt Josef Mengele erging erst 1959 Haftbefehl, zehn Jahre nachdem bekannt geworden war, daß der Mann, der in Auschwitz über Leben und Tod entschieden hatte, fast ohne jede Tarnung am Rio de la Plata lebte.

Auch im wiedervereinigten Deutschland basierte das Staatsbürgerrecht noch auf dem *Abstammungsprinzip*. Der biologische Rassenbegriff spukte in den Teutonenhirnen herum und verhinderte die Integration anderer. Kinder ausländischer Eltern waren nach geltendem Recht Ausländer, auch wenn sie in Deutschland geboren und aufgewachsen waren. Bei dem gebürtigen Österreicher Adolf Hitler hatte man sich nicht so geziert.

Daimler schüttelte den Kopf und zog das Blatt aus der Schreibmaschine. Wer heutzutage das Thema der doppelten Staatsbürgerschaft ansprach, mußte mit Reaktionen der Rechtsradikalen rechnen. Das war sein Heimatland. Deutschland im Jahre 1990. Die Spießbürger sehnten sich noch immer nach dem Pomp und Protz des Faschismus. Die Unbeholfenen hatten eine fatale Schwäche für den Stechschritt. Hinter einer Fassade aus Untertanengeist und Ordnungsfimmel lauerte der Hang zur kollektiven Barbarei. Stumpfsinniges Hackenschlagen. Hysterie. Frenetischer Jubel. Alles nur verschüttet. Es gab talentiertere Diktatoren als Ulbricht und Honecker. Irgendwo lauerten immer Überzeugungstäter mit Charisma.

Gott schütze uns vor einem wirklich ausgefuchsten Populisten, dachte Daimler. Er schaltete die Maschine ab.

18

»Ja, ganz recht, sie sind davongekommen. Das ist eure zweite Schuld, Joachim.«

Der Colonel ging sicheren Schrittes über die Holzplanke und betrat das Deck seiner Segeljacht. Es war eine dickbäuchige Sloop, gut in Schuß gehalten, aber mit einer edlen Patina. Das Boot war bereit zum Ablegen. Bob Miller, der am Ruder stand, winkte Daimler zu. Zwei Kubaner gingen Miller junior zur Hand. Sie warfen die Leinen los.

Daimler sprang an Bord und stellte sich neben den Colonel, der den Kopf in den Nacken gelegt hatte und am Mast entlang in den hellblauen Himmel spähte. Der Alte trug eine Sonnenbrille und eine Mütze mit überlangem Schirm, um seinen kahlen Schädel und die fleischige Nase zu schützen.

»Wissen Sie, welche Strafe in Florida auf vorsätzlichen Mord steht?« fragte der Colonel, ohne den Blick zu wenden.

Die Kubaner holten die Gangway ein.

Daimler schüttelte den Kopf. Er suchte den Himmel ab.

Vermutlich hatte Colonel Miller einen Marineflieger entdeckt, der über den Keys seine Trainingsrunden drehte.

»Der elektrische Stuhl.«

»Klare Sache.« Daimler kniff die Augen hinter den getönten Gläsern zusammen, konnte aber nichts entdecken.

»Nicht daß Sie denken, ich wäre für die Todesstrafe...« Miller nahm die Mütze ab und strich mit der Hand über seine Glatze, während er den Blick senkte. »Aber ein Rechtsstaat, der sich in Ungerechtigkeiten erschöpft... das darf nicht sein.«

Es war ein großer Vogel. Daimler konnte ihn jetzt genau erkennen. Er glitt auf breiten Schwingen zur Küste, verlor zunehmend an Höhe. Er hörte, wie Bob den Diesel anwarf. Die Hilfsmaschine war erstaunlich leise.

Der Colonel setzte die Mütze wieder auf. »Heute sagt man, daß soundso viele Millionen Juden umgekommen seien. Umgekommen! Als ob sie einen Unfall gehabt hätten oder von einer Lawine erfaßt worden wären. Umgekommen. So fängt Geschichtsfälschung an, mit solchen Worten. Die fünfhunderttausend Sinti und Roma sind schon fast vergessen. Die *Zigeunermorde* wurden bereits unter Sonstiges abgeschrieben! Und eigentlich war es ja nur eine halbe Million *deutscher* Juden, die betroffen waren. Ich höre es immer wieder. *Nur* eine halbe Million. Als ob selbst die Massenvernichtung noch staatsbürgerlichen Prioritäten unterläge, als ob die übrigen zweiundneunzig Prozent Kroppzeug gewesen wären, Ausländer, minderwertig.« Miller schien einige Sekunden lang dem Klang seiner Worte nachzuhorchen. Dann sah er den Deutschen mit einem sanften Lächeln an. So, als wolle er sich für den Gefühlsausbruch entschuldigen.

Das Boot löste sich von der Pier. Behutsam nahm es den Rhythmus der Wellen auf. Die Sloop strebte langsam dem offenen Meer zu, und die beiden Kubaner machten die Segel klar.

Norman Delano Miller ging mit wiegenden Schritten zu seinem Sohn und kam wenig später mit einem Fernglas zurück. Er nahm die Brille von der Nase und spähte durchs Glas zur Pier. Daimler konnte mit bloßem Auge erkennen, wie der Vogel die Schwingen wölbte und mit vorgestreckten Fängen auf einem Poller landete.

»Ein Seeadler.« Der Colonel reichte ihm das Glas.

Daimler erkannte das weiße Brustgefieder. Während er den Raubvogel betrachtete, hörte er, wie sich die Segel knatternd im Wind blähten und das Tuckern des Dieselmotors erstarb.

»*Pandion haliaetus.* Gehört zur Familie der Falken. Ist mit dem Adler verwandt. Lebt fast ausschließlich an der Küste und hält strenge Fischdiät.« Miller lachte.

Daimler gab das Fernglas zurück.

Der Colonel setzte das Studium des Vogels fort, als sehe er so was zum ersten Mal. »Hat interessante Fänge. Greift seine Beute mit zwei vorderen und zwei hinteren Klauen und nicht wie üblich mit drei vorderen und einer hinteren. Die äußerste Klaue kann er nach vorne und nach hinten bewegen. Dadurch kann er das Opfer festhalten, egal, wie sehr es zappelt. Unser Seeadler ist ein präziser und gnadenloser Jäger. Er schwebt bis zu dreißig Meter über dem Wasser und sucht in Ruhe nach Beute. Wenn der Fisch zum Fressen an die Oberfläche kommt, stößt er im Sturzflug zu, streckt die Klauen aus und reißt ihn mit einem eleganten Schwung aus dem Wasser.«

Der Colonel setzte das Glas ab und schaute Daimler an. »Das ist die übliche Art. Die beherrscht fast jeder Raubvogel. Unser Freund scheut aber auch tiefer schwimmende Beute nicht. Wenn er besonders hungrig ist, legt er die Flügel an und taucht nach dem Fisch, die Klauen nach vorne. Wie ein gefiedertes Geschoß. Manchmal verschwindet er völlig im Wasser und taucht dann wieder auf. Aber egal wie, er trägt den Fisch immer mit dem Kopf nach vorne durch den Wind – um den Luftwiderstand zu reduzieren.« Wieder lachte der Colonel. Diesmal amüsiert.

»Sie scheinen den Vogel zu mögen?« Daimler setzte sich auf eine Takelkiste und sah zu, wie die Farbe des Wassers auf dem Weg zum Atlantik von einem hellen Grün in ein dunkles Blau überging.

Der Colonel setzte sich neben den Deutschen und musterte die Küstenlinie. »Ich mag diese eleganten Wesen. Sie paaren sich für ein ganzes Leben, halten es bis zu fünfundzwanzig Jahre miteinander aus, wenn sie gesund bleiben. Zur Brutzeit, im Spätherbst, kehrt das Paar regelmäßig zu seinem alten Nist platz zurück. Sie lösen sich beim Brüten ab. Und wenn einem der Vögel etwas zustößt, wenn einer getötet wird, bleibt das Nest zwei oder drei Jahre lang verwaist, bevor ein anderer einzieht.«

Der Colonel schob den Mützenschirm hoch und wischte sich mit dem Handrücken den Schweiß von der Stirn. »Die Seeadler hier auf den Keys waren kurz vor dem Aussterben. Aber seit die Behörden in den siebziger Jahren den Gebrauch von DDT verboten haben, geht es wieder aufwärts mit ihnen.«

Nachdem die Jacht über dem Riff vor Anker gegangen war, rettete sich Daimler in die helle Unterwasserwelt. Mit kräftigen Flossenschlägen strebte er den Korallen zu, spielte mit den bunten Fischen, die durch Sonnenbahnen glitten und am Seegras zupften. »Hier über dem Riff ist das Wasser noch klar wie Gin«, hatte der Colonel gesagt, bevor er sich mit einem Buch in den Schatten auf dem Achterdeck zurückgezogen und die »jungen Männer« mit ihrem Sport allein gelassen hatte. Wenige Meter voraus tauchte Bob an einigen Barrakudas vorbei. Daimler spürte, daß es mit seiner Kondition nicht allzuweit her war. Er stieg auf und tankte mit dem Schnorchel Luft. Durch das feuchte Glas der Tauchermaske konnte er kurz und verzerrt den Bootskörper der Sloop erkennen, bevor die Dünung ihm wieder die Sicht versperrte. Er tauchte wieder. Diesmal hielt er sich knapp unter der Wasseroberfläche und betrachtete das Schauspiel von oben. Bob war nirgendwo zu sehen. Daimler wußte nicht mehr, wann er zum letzten Mal soviel Erfurcht vor der Natur gehabt hatte. Hier, im Atlantik, kam er sich winzig vor. Demut befiel ihn beim Anblick von so viel Schönheit. So viel Leben in funkelnden Farben. Sauerstoff,

Meer und Sonne im Überfluß. Das Wasser schmeckte salzig, aber es kam ihm vor wie eine Medizin, wie ein heilender Trank.

Bob tauchte aus einer Art Felsgrotte auf und winkte ihm zu. Daimler ließ sich nach oben treiben und stieß den Schnorchel an die Luft. Er bließ das Rohr frei und tankte frischen Sauerstoff. Dann tauchte er mit wenigen Flossenschlägen hinab. Bob deutete auf einen Flecken aus schneeweißem Sand inmitten der Korallenformationen, auf dem Seesterne und Muscheln lagen. Staunend wie ein Kind schwebte Daimler hinein in diesen Sandkasten und bewunderte das Spielzeug.

Später saßen sie gemeinsam unter dem Sonnensegel auf dem Achterdeck und tranken dem Sonnenuntergang entgegen. Der Colonel führte das Wort. Gelegentlich unterbrach ihn Daimler mit einer Frage, oder sein Sohn streute eine ergänzende Bemerkung ein. Die Kubaner hatten sich mit einem Kofferradio zurückgezogen und hörten die Sportnachrichten. Bob war – das verriet er nach vier Büchsen Coors – als Soldat in Deutschland gewesen. Zusammen mit Elvis Presley, wie er lachend betonte, bevor er eine Passage aus »Muß i denn, muß i denn zum Städtele hinaus« zum besten gab.

»Und Sie, Joachim? Wir wissen soviel über Ihre Arbeit, aber wenig über Ihr Privatleben.«

»Viel Familie habe ich nicht zu bieten.« Daimler versuchte, dem Blick des Colonel auszuweichen.

»Uns interessiert auch das wenige«, setzte der Colonel lächelnd nach und reichte Daimler eine frische Dose Bier aus dem Cooler.

»Ich habe eine Geliebte …«

»Mit der er offenbar regen Faxverkehr unterhält«, sagte Bob zu seinem Vater.

Der Colonel ging nicht darauf ein. »Und Ihre Eltern? Geschwister?«

»Meine Mutter lebt noch.« Daimler riß die Büchse auf und nahm einen langen Schluck. »Meinen Vater habe ich nie kennengelernt. Geschwister habe ich nicht.«

»Was ist Ihre Mutter für eine Frau?« wollte Colonel Miller wissen.

Daimler erzählte es ihnen.

Es war schon dunkel, als sie wieder an den Pier anlegten.

19

Frost parkte den schwarzen Turbodiesel auf dem Marx-Engels-Platz.

Der BMW der Fünferreihe gehörte einem Arzt aus Solingen, der nach Burkina Faso ausreisen sollte, um dort den Dienst in einem ländlichen Krankenhaus anzutreten. Vorher wollte er sich einen letzten nostalgischen Ausflug mit einem Trabant in die neuen Ostgebiete gönnen.

Die kupfergoldene Fassade des ehemaligen DDR-Regierungsgebäudes, offiziell »Palast der Republik« genannt, glänzte in der matten Wintersonne. Der Farbton erinnerte Frost an die blitzblanken Brauereikessel, die man im Westen sah. Er überquerte die Straße und mischte sich unter die frustrierten Touristen, die erwartungsvoll den Berliner Dom angesteuert hatten und nun vor einer Langzeitbaustelle standen. Sein Blick schweifte zu dem Gebäudekomplex jenseits der Brücke, über dem Spreearm. Er überquerte die Brücke nicht, sondern blieb an der Steinbrüstung mitten über dem Wasser stehen und musterte das ehemalige Staatshotel. Ein stilloser Klotz, der nach dem Fall der Mauer zu neuen Ehren gekommen war, vor allem unter Journalisten und Geschäftsreisenden in Sachen Marktwirtschaft.

Frost hatte nicht vor, dieses Betondenkmal zu betreten. Er betrachtete die Herberge lieber aus gesunder Distanz. So wie die Klinik in Klosterheide. Er steckte die Hände tiefer in die Manteltaschen und spürte, wie die Kälte durch die Schuhsohlen zwischen seine Zehen kroch. Das »Palasthotel« erinnerte ihn immer an die letzte Begegnung mit seiner Mutter. Eine

Wolke schob sich vor die kraftlose Wintersonne und tünchte das Gemäuer mit einem tiefen Grauton.

Was hatte seine Mutter gesagt? »Bring dieses Schwein um, wenn du es finden kannst. Bring ihn einfach um, er hat es nicht besser verdient, dieses Tier.« Das Vieh, von dem sie sprach, war Hermann Frost, ihr Mann, sein Vater. Siegmund Frost erinnerte sich genau an den Tag, an dem seine Mutter das Todesurteil verhängt und ihm die Vollstreckung übertragen hatte. Genau zwei Stunden bevor sie starb. Nach all den Jahren, in denen sie sich und ihr Kind alleine durchgebracht hatte, war sie überraschend seinem Vater in die Arme gelaufen. Sie hatte ihn bereits für immer im Ausland gewähnt, vom Apparat geschützt. Sie arbeitete damals im »Palasthotel«. Als Edelnutte für Devisen.

Gerade hat sie durch die dunkle Glastür und den Vorraum mit den Garderoben die »Sinus-Bar« betreten, als sie den Mann sieht. Sie erkennt ihn sofort. Nach all den Jahren ist es ein Schock. Sie reißt sich zusammen und verhält sich so wie immer: ein ausführlicher Blick in die Runde, um mögliche Freier abzuschätzen. Sie verlangt dreihundert Westmark, manchmal auch vierhundert. Daher ist eine strenge Vorauswahl nötig, um Fehlgriffe zu vermeiden. Zeit ist Geld.

Die Bar ist eine Studie in Grün. Teppichboden, Tapeten, die ledernen Sitzgarnituren und künstlichen Palmen, alles besteht aus hellen und dunklen Grüntönen. Nur die Kleidung der Gäste sorgt für Abwechslung. Zirka zwei Dutzend Frauen und ein Dutzend Männer. Ein paar Devisenbringer haben bereits Rotkäppchensekt für ihre Damen bestellt. Die Konkurrenz schläft nicht.

Vorsichtig läßt sie den Blick zur Bar wandern, wo er mit drei anderen Männern trinkt. Großspurig führt er das Wort. Er ist es, ohne jeden Zweifel. Auch wenn er, wie seine Begleiter, Zivil trägt. Der gemeine Stasioffizier tritt in allerlei Verkleidungen auf, aber wirklich tarnen kann er sich mit keiner. Sie vertraut auf ihre Perücke und die dicke Schminke und begibt sich zur Bar. Das ist ihre Chance. Sie wirft sich in Pose, bringt ihre Figur zur Geltung.

Fünf Minuten später spricht er sie an. Er ist angetrunken. Ein Grund mehr, daß er sie nicht erkennt. Sie muß sich zusammennehmen. Er ekelt sie an, und nur mühsam bringt sie es fertig, trotzdem verführerisch und lasziv zu wirken. Sie hat Glück. Er ist geil. Und je mehr er sich betrinkt, desto eindeutiger werden seine Absichten. Als sie die Bar verlassen, spielt die ungarische Kapelle gerade »Memory«.

Später, auf seinem Zimmer, gibt sie sich zu erkennen und stellt ihre Forderungen.

Siegmund Frost wußte nicht genau, was in jener Nacht passiert war. Er sah nur am nächsten Morgen, was sein Vater mit ihr angestellt hatte.

Seine Mutter starb nicht an den zugeschwollen Augen, der geplatzten Lippe, den ausgeschlagenen Zähnen, dem gebrochenen Kiefer und den Brandwunden, die er ihr mit einer Zigarette zugefügt hatte. Die unsichtbaren inneren Verletzungen waren es, an denen sie verblutete. Dieses Vieh hatte sie mißhandelt und umgebracht, und die Apparatschiks halfen ihm, die Spuren zu verwischen, und schickten ihn zum Auslandseinsatz, bis Gras über die Sache gewachsen war.

»Ich habe nicht von dir gesprochen, und er hat nicht nach dir gefragt«, hatte seine Mutter gesagt. »Als ob es dich gar nicht gäbe.«

20

Da war wieder die bösartige Metallstimme.

»Hallo Politfilmer, wir müssen leider feststellen, daß deine hübsche Produzentin immer noch an der Finanzierung deines Nestbeschmutzerfilmchens bastelt.« Eine Pause zum Nachdenken.

»Laß die Finger davon! Wie können zwei Leute wie ihr nur so einen schäbigen Rufmord am deutschen Erbe begehen ? Die Dame so blond und mit so schönen blauen Augen. Und du mit deinem guten alten Traditionsnamen. Man kann sich auf nichts mehr verlassen.« Das fiese Lachen mischte sich mit dem Rauschen in der Leitung. *»Vielleicht sollten wir uns Blondchen mal vornehmen ? Oder dich. Weißt du, was die Hitlerjungen früher gemacht haben, wenn sie im Sommer Langeweile hatten? Sie haben kleine Mädchen mit blonden Zöpfen gefickt. Oder sie haben sich ein paar Frösche gefangen, den Viechern einen Halm in den Arsch gesteckt, und dann haben sie die Dinger aufgeblasen. Ganz langsam, bis sie geplatzt sind.«*

Wieder eine Denkpause, untermalt von Rauschen, dann ertönte ein Piepsen.

Daimler antwortete mit dem Quittungston.

»...also Vorsicht, Wichser. Kein Vertun! Das ist unsere letzte Warnung.«

Keine weiteren Nachrichten.

Daimler legte auf.

Diesmal nahm er die Drohung gelassener. Er warf einen Blick auf das schwarze Zifferblatt seiner Submariner und entschloß sich, Milena anzurufen. Die Uhr hatte über dem Riff ihren ersten Härtetest bestanden, auch wenn er die garantierte Tauchfestigkeit bis zu einer Tiefe von hundert Metern bei weitem nicht ausgeschöpft hatte.

»Wann kommst du?« lautete ihre erste Frage.

»Ich fahre morgen nach Miami und fliege abends los. Bin so gegen Mittag in Tegel.«

»Na endlich. Ich hole dich ab.« Es klang eher wie ein Befehl. »Welcher Flug? Genaue Ankunftszeit?«

»Hab' ich jetzt nicht im Kopf. Das Ticket liegt noch im Büro meiner Gastgeber. Ich lasse dir morgen früh alles durchfaxen.«

»Übrigens, Blacky hat mich genervt. Sein Wagen ist in der Werkstatt und wird nicht fertig, und er braucht angeblich *drin-*

gend einen anderen. Hat gefragt, ob er sich den Peugeot ausleihen kann. Sagt, du hättest das schon mal gemacht. Er verspricht hoch und heilig, daß er keine Beule reinfährt. Ich habe es ihm zugesagt, falls du damit einverstanden bist. Ich benutze deinen Wagen sowieso nicht. Ich habe ja den Volvo.«

Wieder so ein dezenter Fingerzeig, um ihm die Anschaffung eines neuen Saab ans Herz zu legen. Sie konnte es nicht lassen. Er nahm ihr nicht ab, daß sie extra wegen Blacky angerufen hätte. Blausturm hätte den Peugeot von ihr auch ohne Rückfrage bekommen. Sie mochte den Wagen nun mal nicht. »Ganz so eng wollte ich meine Beziehung zu unserem Romancier eigentlich nicht gestalten.«

»Hätte ich gewußt, daß du schon übermorgen zu Hause bist, dann hätte ich ihm natürlich sofort abgesagt. Du kannst ja den Volvo nehmen, wenn du sofort einen Wagen brauchst.«

»Schon gut. Gib ihm den Schlüssel, und sag ihm, er soll die Nase vom Pulver lassen, wenn er mit meiner Kiste rumgurkt.«

»Ich freu' mich auf dich«, sagte sie so sanft, daß es fast im Knistern und Rauschen über dem Atlantik unterging.

Da war sie wieder, die Honigstimme.

»Ich auch.«

»Kuß.« Sie legte auf.

Daimler spürte ein Ziehen im Unterleib. Die letzte Nacht mit Conchita. Sie hatte auf ihn gewartet, als er vom Segeltörn zurückkam, und er war erneut abgetaucht. Diesmal ohne jede Konditionsschwierigkeiten. Wie hatte der Colonel gestern auf dem Achterdeck gesagt? »Alles, was mit Gefühlen beginnt, endet albern.« In diesem Fall traf das nicht zu, da war Daimler völlig sicher.

Daimler schüttelte den Kopf. Wenn er so weitermachte, grübelte er demnächst über sein Alter nach. Er kannte die Symptome. Ab unter die Dusche! Höchste Zeit, daß er sich auf das Abschiedsdiner mit Norman Delano Miller vorbereitete. Er stieg langsam die Treppe hoch, blieb vor dem Schreibtisch stehen und blickte lange auf den Friedhof hinaus. Ein Tag wie aus

Blei. Die Wolken hingen regenschwanger über den Palmwipfeln. Es war nur eine Frage der Zeit, bis die Seeadler steinschwer vom Himmel stürzten und die Kröten aus der Erde und über die Gräber krochen.

»Ich hoffe wirklich, daß die Zeit reif ist für Ihr Vorhaben, Joachim«, sagte der Colonel nachdenklich. »Mein Instinkt sagt mir, daß ich Sie zu Recht darin bestärke, diesen Film zu machen.«

Miller legte die Kuppe des rechten Zeigefingers an die Nase und betrachtete den ausgeweideten Hummerpanzer auf seinem Teller. »Aber vielleicht machen wir uns auch etwas vor. Sie wissen ja… wenn man seiner Zeit voraus ist…«

Daimler bemerkte, daß der Colonel heute abend drei schwere Silberringe ohne Steine an Zeige-, Mittel- und Ringfinger trug. Sie paßten zu dem stahlblauen Safarianzug und den grauen Haaren auf Brust und Armen. Augenbrauen und Schnurrbart glänzten wie immer kohlrabenschwarz.

Die Haitianerin kam und trug das Geschirr weg.

»Bevor wir einen letzten Drink nehmen, Joachim, möchte ich Ihnen etwas geben.« Miller erhob sich und ging zum Rauchtisch zwischen Sofa und Sesseln. Schnaufend bückte er sich und griff nach einem beigen Manilabriefumschlag.

Daimler stand auf.

»Hier, nehmen Sie das. Es wird Ihnen helfen.« Der Colonel hielt seinem Gast den Umschlag hin.

Daimler nahm das Kuvert und sah, daß es versiegelt war.

»Was Sie in diesem Umschlag finden werden, Joachim, sind Fakten. Kopien von Verschlußsachen. Ich vertraue sie Ihnen an. Das ist nicht für Journalisten bestimmt. Ich setze darauf, daß Sie die Informationen ausschließlich für Ihre Arbeit nutzen. Für eine Fiktion, die der Wirklichkeit gerecht wird. Es geht um Betroffene, wie wir beide wissen. Viele sind tot. Manche leben noch.« Der alte Mann musterte den Deutschen mit klarem, konzentriertem Blick.

Daimler spürte, wie der Hanfumschlag den Schweiß von seiner Hand aufnahm.

»Wir sollten nicht Richter spielen. Aber wir dürfen die Wahrheit publik machen. Wir *müssen* sie der Öffentlichkeit mitteilen. In einer Form, die sie akzeptiert.«

»Danke.« Daimler räusperte sich.

»Öffnen Sie den Umschlag erst in Deutschland, und versprechen Sie mir, daß die Papiere nicht in falsche Hände geraten.« Der Colonel hielt Daimler die rechte Hand hin.

»Ich verspreche es.« Daimler schlug ein. »Wie kann ich Ihnen nur für Ihre Unterstützung danken?«

Der Colonel lächelte und kratzte sich versonnen an der Stirn. »Wenn Sie dafür ebenfalls den Bundesfilmpreis bekommen, komme ich auf Ihre Kosten nach Berlin.« Er klopfte Daimler auf die Schulter. »Das lasse ich mir nicht entgehen, mein Sohn.«

21

Es war kurz nach acht Uhr morgens, als Blacky Blausturm an der U-Bahn-Haltestelle Friedrich-Wilhelm-Platz aus dem Zug der Linie 9 nach Steglitz stieg.

Eine fette junge Frau mit lachsroten Haaren drängelte sich in den Waggon. Sie rempelte Blausturm an. Ein Stück Currywurst, das sie sich in den Mund schieben wollte, fiel vom Plastikspieß und hinterließ einen rotgelben Fleck auf ihrem Parka. Die Frau fluchte hinter Blausturm her. Er achtete nicht darauf. ERST AUSSTEIGEN LASSEN, dachte er, und KEIN IMBISS IN DEN ZÜGEN. So lauteten die Regeln. Überhaupt: am frühen Morgen Currywurst. Entsetzlich! Der Geruch hing ihm noch in der Nase. Er verspürte leichte Übelkeit.

Am Kiosk kaufte er sich ein Reserveexemplar des *Hit*. Wer wußte, wie lange es dauerte, bis sein Konterfei wieder in allen Zeitungsläden auslag. Er rollte das Magazin zusammen, klemmte es unter den Arm und strebte der Rolltreppe zu. Am Fahrkartenautomaten fluchte ein Skinhead, weil die Markstücke klimpernd durchfielen. Er traktierte den Apparat mit seinen Fallschirmspringerstiefeln. Die Gummisohlen hinterließen schwarze Streifen auf dem orangeroten Blech. »Scheiß Zloty-Terror!« brüllte er.

»Daß die Dinger keine Markstücke mehr annehmen, weiß doch jeder«, rief Blausturm. »Deshalb macht man doch keine Randale, Meister.«

»Halt die Fresse!«

»Versuchs doch mal mit 'nem neuen Zehnmarkschein.«

»Scheiß Polacken!« brüllte der Skinhead den Automaten an.

Während Blacky Blausturm langsam von der Rolltreppe nach oben getragen wurde, schwoll der Klang eines elektrischen Pianos an. Der Pianist hatte eine russische Pelzmütze mit einem roten Stern auf dem Kopf und spielte frei nach Keith Jarrett. Er stand direkt unter der elektrischen Uhr und den beiden Wegweisern. Blausturm hielt sich links, in Richtung Görresstraße, und musterte die orangenen Mosaikkacheln an den Wänden. Er folgte dem Luftzug zur nächsten Rolltreppe und ließ sich ins Freie befördern.

Es war ein frostkalter Novembertag. Blausturm wickelte den Schal enger um den Hals und schlug den Kragen seines Trenchcoats hoch. Mit einem schnellen Rundblick orientierte er sich. Es war lange her, daß er Daimler zu Hause aufgesucht hatte. Normalerweise traf man sich nur in Kneipen und Restaurants. Er sah die wartenden Taxis, die Bushaltestellen und den Schnellimbiß und erinnerte sich wieder. Er hielt sich links. Wieder stieg ihm dieser ekelhafte Currywurstgeruch in die Nase. Er erkannte den Tiershop an der gegenüberliegenden Ecke, wich geistesgegenwärtig einem anfahrenden Bus aus und überquerte die Straße. Es war ihm nicht schwergefallen, sich an Milenas ausdrückliche Bitte zu halten. War sowieso zu kalt und noch viel zu früh für Koks. Er war richtig stolz, daß er so zeitig aus den Federn gekommen war. Gutgelaunt und um sich aufzuwärmen, sang er leise einen Song der Stones vor sich hin.

»A-ängiiie, dadadada, A-Äääääängie …«

Leichtfüßig überquerte er die Straße und entdeckte den grünen Peugeot, der nur zwanzig Meter weiter am Straßenrand stand. Er liebte diesen Tag. Eine herrlich mürbe Stimmung. Er spürte, wie sich in seinem Kopf große Prosa zusammenfügte. Fast hatte er damit gerechnet. Wie immer hatte er Kladde und Diktiergerät dabei. Der Mantel war bei diesen Temperaturen nichts weiter als eine Regenhaut, die keinerlei Schutz vor der Kälte bot, aber er hatte zwei riesige Innentaschen für Rauchzeug, Zeitungen, Papier und Schreibgerät und alles, was der Schriftsteller so brauchte, wenn er unterwegs von der Muse geküßt wurde.

Blausturm ging zu Daimlers Wagen. Er holte den Schlüssel aus der Tasche und öffnete die Tür. Bevor er einstieg, knöpfte er seinen Trenchcoat auf und holte Kladde und Füller heraus. Dann setzte er sich auf den Fahrersitz und zog die Tür zu. Es war arschkalt. Einen Moment lang überlegte er, ob er den Motor anlassen und die Heizung in Betrieb nehmen sollte. Aber dann traute er sich doch nicht. Draußen auf den Gehsteigen eilten ganze Bataillone Gehetzter auf dem Weg zu Bussen und Zügen vorbei. Der Anschiß eines militanten Umweltschützers wäre ihm sicher gewesen. Trotzdem: es kam. Er spürte es. Er starrte in das milchige Weiß der zugefrorenen Windschutzscheibe. Der große Roman über den Frust in der Metropole wartete auf ihn. Es war ganz einfach. Alles war dichter und dichter geworden. Und jetzt wußte er, wie es anfing. Scheiß auf die Kälte! Die Kälte war nur ein Katalysator. Große Autoren waren nicht auf der Suche nach Themen, große Autoren wurden von ihren Stoffen eingeholt.

Er hatte vor, die Geschichte in der ersten Person zu schreiben. Er dachte an einen Titel wie »Adrenalin«. Mit klammen Fingern schraubte er die Kappe von seinem Federhalter, stützte die Kladde gegen das Lenkrad und schrieb zügig auf, was ihm einfiel.

Ich konnte die Ratten nicht mehr auf Distanz halten. Sie kamen aus allen Löchern. Nackte Schwänze, räudiges Fell, gelbe Zähne. Sie stanken nach Gulli, nach Pisse und Abfall, nach Exkrementen und Leichenteilen. Ich hielt mich an meinem Messer fest und sah den Viechern zu, wie sie die Stufen in den U-Bahnschacht hinuntertrippelten, wie Viren, die sich in eine Blutbahn einfädeln.

Ich hasse Beamte. Lügner! Alle. Schmarotzer, die dem Steuerzahler auf der Pelle hängen. Ich selbst zahle keine Steuern mehr. Aber ich kenne diese Wichser. Sozialversichertes Volk. Dreifache Sicherheit. Wie deutsche Brücken im Zweiten Weltkrieg. Für Limousinen gebaut, aber auch für Panzer geeignet. Dieser deutsche Wahn, den Schwanz beim Pinkeln ganz steif zu haben. Ekelhaft. Zombiegeglibber. Sperma und Urin, verschenkt auf Desinfektionswürfeln. Auch das wegsterilisiert. Na ja, so ist der Germane. Heißblütig im Tran. Gesunder Körpergeruch und Abgase. Jeder Weihnachtsstern ein kleines Hakenkreuz. Die Salami heißt nördlich der Alpen nicht umsonst Dauerwurst.

Diese Scheißkälte! Blausturm hauchte seine Finger an. Der Atem bildete weiße Wölkchen und schlug sich als Schleier auf der Innenseite der Windschutzscheibe nieder.

Meine Lotti ist blond, hat große Titten mit rosa Nippeln und kommt nach exakt sechzehn Stößen. Unser Programm ist eingespielt. Erst lutscht sie mich, dann spritze ich auf ihren Arsch ab, und hinterher fange ich an zu arbeiten. Ich ficke sie immer ohne Gummi. Die Umwelt ist gefährlicher als Geschlechtskrankheiten. Das Wasser, das aus der Leitung kommt, ist grünlich und lagert grauweiße Kalkplatten mit Chlorgeruch ab. Lottie stöhnt wie eine Elchkuh. Ich mag den Sound. Totale Hingabe. Wenn es richtig abgeht, brülle ich, bevor es mir kommt. Lottie leckt es mir meistens weg. Sie sagt, es schmeckt wie Amaretto. Aber ich knabbere beim Fernsehen nicht ständig Mandeln.

Blausturm legte den Füllhalter auf den Beifahrersitz, machte ein paar Fingerübungen und rieb die Hände aneinander. Draußen schoben sich die Passanten wie unscharfe Schatten durchs Tageslicht.

Gut, ich halte mich also am Messer fest, und die Ratten schlei-

chen in die Tiefe. Ich folge ihnen und erwische eine mit meinem silberbeschlagenen Stiefel an der Schwanzspitze. Sie quiekt, und ich trete ihr mit einem Absatzkick den Schädel ein. Dann sehe ich den Zug über die Gleise kommen und hoffe, daß er ein paar von den Viechern breitquetscht. Aber die Nacktschwänze sind clever. Sie tauchen zwischen den Schotter ab und wuseln im Abfall herum, während ich ohne Fahrschein einsteige.

Eine Rothaarige frißt ihre doppelte Currywurst aus einem Plastikteller. Ich setze mich neben sie. Keine Beamten in Sicht. Wenn einer von denen auftaucht und das Ticket verlangt, hau ich ihm die Currywurst in die Fresse. Die Rote schmatzt. Ihre Jeans sind so speckig wie ihre Oberschenkel. Sie kaut auf der Wurst herum, als wäre das der erste Schritt zur Ekstase. Sie grinst mich an, und ich zeig ihr meine Zähne. Gemäßigtes Lächeln. Ich weiß, daß mein Gebiß blitzsauber ist. Ich halte mich in Schuß. Ich bin nicht einer von denen, die stramme Titten und knackige Ärsche wollen und sich selber gehenlassen …

Blausturm spürte, daß er sich verausgabt hatte. Aber immerhin. Guter erster Wurf. Ein Anfang war gemacht. Er schraubte den Füller zu und legte ihn zusammen mit der Kladde auf den Beifahrersitz. Dann inspizierte er das Handschuhfach und fand einen kleinen Eisschaber aus gelbem Kunststoff. Sein Blick fiel auf Radio und Kassettenrekorder. Er zog die Kassette aus dem Schlitz und studierte die Aufschrift. »Florida Suite / Daybreak-Dance, By the River« stand auf der einen Seite, »Frederick Delius / Sunset – Near the Plantation, At Night« auf der anderen. Blausturm schüttelte den Kopf. Er kannte nur einen Schriftsteller, der Delius hieß. Er steckte den Schlüssel ins Zündschloß und drehte, bis er Strom hatte. Er schaltete das Radio ein und schob die Kassette in das Gerät. Als er ausstieg, konnte er die ersten zarten Töne klassischer Musik hören. Nicht schlecht. Er beugte sich noch mal ins Wageninnere und stellte die Lautstärke höher. Dann fing er an zu schaben.

Die Musik lockte die Kinder vom nahen Spielplatz an. Sie sahen Blausturm bei seinen unbeholfenen Enteisungsversuchen zu und lachten. Die Blagen mußten zu dem Frauenhaus gehören, das Joe erwähnt hatte. Er warf einen kurzen Blick auf die andere Straßenseite und musterte flüchtig die verdreckten Scheiben von Daimlers Wintergarten. In den kahlen Ästen und Zweigen des Fliederbusches flatterten Spatzen und Meisen herum. Blausturm machte ein paar Faxen für die Kinder und klemmte seine verfrorenen Hände unter die Achseln. Dann brachte er sein Werk zu Ende.

Die Musik war wirklich nicht schlecht. »Daybreak.« Paßte zu diesem klaren Tag. War zwar nicht Florida. Aber immerhin: kein Schmuddelwetter. Und er hatte einen kreativen Schub gehabt. Vielleicht kam noch einer. Er entschloß sich, das Rückfenster in Ruhe zu lassen, und hoffte darauf, daß die Heckscheibenheizung funktionierte. Als er einstieg, die Tür zuschlug und die Musik von der Außenwelt abschnitt, liefen die Kinder gelangweilt auf den Spielplatz zurück.

Blausturm schnallte sich an. Erst jetzt dachte er an die Batterie. Hoffentlich machte sie nicht schlapp. Die Suite schwoll an, wie um seine Befürchtungen zu unterstreichen. Er stellte den Ton leiser. Ganz wollte er nicht auf die Musik verzichten. Und wenn nicht mehr genug Saft da war, um den Motor zu starten, konnte er es auch nicht ändern. Er zog den Choke, griff zum Zündschlüssel und drehte ihn ganz herum.

Ein Busfahrer, eine Kundin, die gerade mit ihrem Pudel die Tierhandlung verließ, und zwei der Kinder sahen es ganz genau.

Der grüne Peugeot wurde förmlich auseinandergerissen und explodierte in einem gelben Feuerball. Die Detonation brachte im weiten Umkreis die Fensterscheiben zum Klirren. Dann standen der demolierte Wagen und zwei andere Fahrzeuge, die in seiner unmittelbaren Nähe parkten, in Flammen. Eine weitere Explosion zerriß den Tank und gab dem Feuer neue Nahrung.

Die Zeugen sahen, wie der Mann auf dem Fahrersitz des Peugeot reglos im Gurt hing und verbrannte.

Zwischenspiel

HANKUZI LODGE – *Dezember 1990*

Beim leisen Zischen der Gaslampe nahm er die letzte Zigarre aus der Zedernholzkiste.

Er hatte sich die Havanna für einen besonderen Anlaß aufgehoben. Wer wußte schon, wann er wieder Nachschub bekam. Er schnupperte am Deckblatt und beleckte das unbeschnittene Ende. Dann griff er nach dem Warzenschweinhauer mit dem Schneider und präparierte das Mundstück. Während draußen im Dunkeln ein Flußpferd hustete, entzündete er ein Streichholz und rauchte die Zigarre an. Mit Genuß paffte er einige Züge und sah zu, wie der bläulichweiße Rauch zur Lampe trieb.

Heiligabend. Der wievielte in der Wildnis? Er konnte sich nicht mehr genau erinnern. Zu oft hatte er das weihnachtliche Ritual durchgespielt. Auch diesmal hatte er die drei silbergerahmten Fotografien aus dem Aluminiumkoffer geholt. Noch immer traute er sich nicht, persönliche Utensilien, die Rückschlüsse auf seine Person zuließen, frei herumstehen zu lassen. Er goß sich noch etwas Paarl Riesling ins Glas und prostete der Frau auf dem kleineren Foto zu. Er hatte sie nie geheiratet, aber sie war die Mutter der Kinder, die auf den großen Fotos zu sehen waren. Er hatte die Kinder nie kennengelernt. Ihre Mutter war jung und sehr schön. Sie trug einen Winter-mantel. Ihre Hände steckten in einem Muff. Sie stand im Schnee und lächelte ihn an.

Schnee. Gott, wann hatte er zum letzten Mal Schnee gesehen? Eine Ewigkeit war es her. Plötzlich wurde er sich der feuchten Hitze bewußt, die durch den Fliegendraht in die Hütte kroch. Aber er schwitzte nicht. Nicht mehr. Er hatte sich an das Klima gewöhnt. Trotzdem hätte er gerne noch mal einen Winter erlebt. Einen richtigen, mit Frost und Eis.

Er griff nach dem schmalen Gedichtband, dessen eierschalenfarbener Kartoneinband vom Zahn der Zeit angenagt war.

FORESTIER stand in unbeholfenen Blockbuchstaben auf dem Deckel, und unter einem großen schwarzen Punkt: ICH SCHREIBE MEIN HERZ IN DEN STAUB DER STRASSE. Was hatte der Dichter geschrieben? Er blätterte und las.

Vom Ural bis zur Sierra Nevada
von Yokohama zum Kilimandscharo
eine Harfe aus Telegraphendrähten
...
Die Erde – zu klein
für ein wanderndes Herz.
Der Himmel – zu hoch
für ein grübelndes Hirn.

Ich schreibe mein Herz
in den Staub der Straße.
Ich lege die Hand
in die Spur meiner Füße.

Irgendwo da draußen kicherte eine Hyäne. Einer der Hunde schlug an. Er trank langsam und kaute den trockenen Wein, als ob es sein letzter wäre. Er hatte sich vorgenommen, alles zu genießen, solange er noch konnte. Noch war er kerngesund. Für einen Mann von Anfang Siebzig hatte er sich ganz ordentlich gehalten. Vielleicht war das unfreiwillige Exil daran schuld.

Er rückte die Bilderrahmen auf dem Tisch zurecht und stellte die dicke rote Weihnachtskerze daneben. Sie steckte auf einem schmiedeeisernen Halter, und um ihren Fuß waren drei Tannenzweige aus grünem Plastik drapiert. Er zündete die Kerze an und sah eine Weile der flackernden Flamme zu, während vom Haupthaus am Wasser leises Gelächter zu ihm herüberwehte.

Er hatte sich früh zurückgezogen. Die Gäste hatten Gesellschaft. Er widmete sich den drei abgewetzten Plattenhüllen, studierte die Texte, die er längst auswendig kannte, und entschied sich für Marlene Dietrich. Er haßte Weihnachtslieder. »Stille Nacht, heilige Nacht«, das war für ihn immer mit Granatsplittern, dem Rattern von Kalaschnikows und dem Heulen der Sturzkampfbomber verbunden. Er legte die Schallplatte auf den Teller des akkubetriebenen Kofferplattenspielers und hob behutsam die Nadel in die Rille. Das Rauschen und Knistern des Vinyls vermischte sich mit dem Nachtkonzert im Busch. Die Musik erklang. Durch ein leichtes Drehen am Lautstärkeregler half er Marlene, gegen die Geräusche der Wildnis und das Lachen der Gäste anzusingen. Er stand aus dem Segeltuchsessel auf, ging zur Tür und starrte durch den Fliegendraht in die Dunkelheit. »…das ist meine Welt, und sonst gar nichts«, sang er leise im Duett mit.

Die beiden Rhodesian Ridgebacks kamen aus der Dunkelheit angetrabt, sahen zu ihm auf und wedelten erwartungsvoll mit den Schwänzen. Gute Hunde. Löwenjäger. Er trat kurz vor die Tür, beugte sich zu den Tieren hinab und streichelte sie. Dann richtete er sich unvermittelt auf, zeigte mit ausgestrecktem Arm ins Ried und rief: *»Crocodile!«* Die Ridgebacks stoben davon.

Er ging wieder in die Hütte und stellte sich hinter den Fliegendraht, den Blick in die Dunkelheit gerichtet. Er zog an der Zigarre, blies den Rauch durch die feinen Maschen hinaus in die Nacht und hörte der Musik zu. Was für Zeiten! Er erinnerte sich daran, daß sie im Kino gewesen waren. »Der große König«. Friedrich der Große. Er ging zum Tisch, griff nach dem Gedichtband und blätterte, bis er die Stelle fand.

Der letzte König hat keine Krone.
Freiheit tief in die Haut geätzt
bekränzt ihn nachts der Phosphor der Sterne.

Sie hatten den Alten Fritz für einen schwülstigen Durchhaltefilm mißbraucht. Von diesem unsäglichen Propagandaregisseur. Wie war noch sein Name? Harlan. Richtig. Veit Harlan. Der

Ehemann der Reichswasserleiche. Er lachte trocken und kippte den Rest Riesling. Er hörte Marlene zu und pfiff leise mit. Hatte alles nichts genutzt. Gott sei Dank. Dieser Größenwahnsinnige hatte sie alle auf dem Gewissen. Die Toten und die Überlebenden.

Er goß sich Wein nach. Versonnen blieb er vor den Fotos stehen und lächelte die Frau an. Das flackernde Kerzenlicht verzerrte die klaren Konturen ihres Gesichts. Die Nadel des Plattenspielers kratzte durch die Leerstelle zwischen zwei Stücken. Vom Wasser konnte er wieder das Husten eines Hippos hören.

Er prostete der Mutter seiner Kinder zu.

Solange ich dich kannte, dachte er, war die Liebe mein Freund.

II

Die Reportage

1

Sie spürte die Zungenspitze der Chinesin auf der Haut und dachte an ihren Vater.

Sie war dem alten Mann so nah wie nie zuvor. Sie würde ihn finden. Irgendwo da drüben auf dem Festland mußte er sein. Noch war sie auf der Insel. Noch trennten sie viele Meilen und einige Wochen von der Stunde der Wahrheit. Trotzdem spürte sie den alten Mann. Seit ihrer Geburt hing sein Schatten über ihrem Leben. Jetzt, kurz vor dem Ziel, drohte die Last seines Erbes sich endgültig auf sie zu legen. Es blieb nicht mehr viel Zeit. Entweder er erdrückte sie für immer, oder sie stellte sich ihm und wurde ihn los.

Die Hitze hing schwer im Zimmer. Die Blätter der beiden Deckenventilatoren standen bewegungslos in dem hohen Raum, gelähmt vom Stromausfall. Die Chinesin leckte ihr den Schweiß von der Innenseite der Schenkel. Aus den Gassen klangen Rufe und das Scheppern von Blech in den zweiten Stock hinauf. Es war später Nachmittag. Die Mittagsglut ließ allmählich nach, und die Altstadt lebte wieder auf. Eine unverhoffte Brise strich durch die weit geöffneten Fenster und drückte gegen die Vorhänge. Das Gewebe bewegte sich nur wenige Millimeter. Ein Streifen Sonnenlicht huschte über das blauschwarze Haar der Asiatin. Ein Hauch von Zimt, Kardamom und Vanille wehte über das Doppelbett und blieb im Moskitonetz hängen. Bevor der Raum erneut im Halbdunkel versank, war für einen Augenblick der Balkon zu sehen. Das Teakholz flimmerte im gleißenden Licht. Es sah aus, als könne es nur noch Bruchteile von Sekunden dauern, bis Balken und Bohlen in Flammen aufgingen.

Die Zunge stieß zu.

Sie spürte jedes Schamhaar einzeln. Mangroven im Sumpf, dachte sie. Als die Welle sie traf, schob sie den Kopf tiefer zwischen die Kissen, öffnete die Lippen und stöhnte leise. Bevor sie laut wurde, knüllte sie das Seidentuch zusammen und steckte es zwischen die Zähne. Der Stoff hing wie eine goldgelbe Zunge aus ihrem Mund. Sie spürte, wie die Chinesin den Finger zu Hilfe nahm. Sie bog den Rücken durch und krallte sich im Laken fest. Ihr Körper war wie eine Dhau, die schwer in der Dünung rollt. Sie sah die Dreiecke unzähliger Segel unter dem Sternenhimmel durch die Nacht ziehen. Sie spürte die Kraft, mit der der Monsun die Schiffe vor sich hertrieb. Sie kamen aus Indien, Persien und Arabien und steuerten die Insel unter dem Kreuz des Südens an. So wie auch sie von Europa aus hierher gefunden hatte. Auf der Suche nach ihren Wurzeln.

Auf der Jagd nach der Vergangenheit hatte sie die Chinesin getroffen. Mayling war aus Hongkong. Sie sollte die Bilder machen.

Das Telefon klingelte, und die Ventilatorenblätter setzten sich wie in Zeitlupe in Bewegung.

Sie richtete sich auf, schob die Beine über die Bettkante und streckte vorsichtig die Zehen aus. Das klobige Holzgestell stand auf hohen Säulen. Angeekelt musterte sie das beigebraune Kachelmuster am Fußboden. Schon als Kind hatte sie es gehaßt, mit nackten Füßen über kaltes Linoleum zu laufen. Mit einem Hopser rutschte sie von der Matratze. Als sie spürte, daß der Kunststoff warm und butterweich war, lächelte sie. Die Chinesin murmelte etwas im Halbschlaf. Es war unverständlich. Wieder klingelte das Telefon.

Sie ging zu dem Vorhang, der den Raum in einen Wohn- und einen Schlafbereich unterteilte, und schob das Tuch mit den rosa und blauen Blüten auf lila Grund auseinander. Beim dritten Klingeln beugte sie sich zu dem altmodischen schwarzen Apparat hinab, der auf einem Beistelltischchen vor dem Wandspiegel stand. Sie nahm ab. Während sie sich aufrichtete und den Hörer ans Ohr hielt, betrachtete sie ihr Bild im Spiegel.

»Zimmer zweihundertfünf«, meldete sie sich. »Ja, Baumann, ich bin selbst am Apparat.« Sie verdrehte die Augen. »Ja, Chris Baumann, *Miss Chris,* wenn Sie so wollen.« Sie strich sich das hellblonde Haar aus der Stirn und hoffte, daß der Junge am Empfangstisch die Verbindung zustande brachte. Es wäre nicht der erste Anruf gewesen, der im Leitungs- und Stöpselsalat des »Spice Inn« hängenblieb.

Die Luft war klebrig. Im Spiegel konnte sie den Schweißfilm auf ihrer Haut sehen. Sie war stolz auf ihre Brüste. Nicht zu groß, nicht zu klein. Fest, mit großen Nippeln. Weiße Negertitten, hatte Mayling bewundernd gesagt. Im Hörer knackte und rauschte es. Die Katzenaugen hatte Mayling mit Jade verglichen. Immerhin poetischer, auch wenn sie selbst Smaragde treffender fand. Die blonden Haare hatte sie für die Reise extra kurz schneiden lassen. So kurz, daß der Hauch Rotstich dabei auf der Strecke geblieben war. Die Sommersprossen waren dank der Sonnenbräune kaum mehr zu sehen.

Die Männerstimme am anderen Ende der Leitung war fast nicht zu verstehen. »Chris Baumann«, sagte sie erneut. Während sie konzentriert lauschte, zog sie die Stirn in Falten. Sie hörte, wie Mayling aus dem Bett sprang und unter der Dusche verschwand. Die Fußsohlen der Chinesin erzeugten schmatzende Geräusche auf dem Linoleum. »Okay, also heute abend um acht an der Bar im ›Africa House‹.« Sie legte auf und sah zu, wie das Licht der beiden Neonröhren aufflackerte. Auch die grüne Glaskugellampe spendete schwache fünfzehn Watt. Mayling mußte auf dem Weg ins Badezimmer den falschen Schalter erwischt haben.

»Wer war es?« rief die Chinesin.

»Dieser Deutsche, mit dem ich mich treffen will.«

»Mister Oberaskari persönlich?« Das Kichern ging im Rauschen der Dusche unter. »Wasser!«

Strom und Wasser. Es war nicht zu fassen.

Chris Baumann schaute erneut in den Spiegel. Deine Figur kann sich sehen lassen, dachte sie. Gar nicht schlecht für eine europäische Ziege, die sechsundvierzig Jahre auf dem Buckel hat und mit zwanzig Jahre jüngeren Geliebten ins Bett steigt. Mit vierzig hatte sie den ständigen Gedanken ans Alter aufgegeben. Seitdem hatte sie mehr Sex-Appeal, fand sie. Vielleicht auch deshalb, weil sie männliche Liebhaber so gut wie aufgegeben hatte.

Der einzige Mann, nach dem sie noch Ausschau hielt, war ihr Vater. Sie hoffte, daß er noch lebte. Die Askari-Saga war eine gute Tarnung. Die Rachhoff hatte das Thema nur akzeptiert, weil das Blatt wegen einer mißratenen Ostreportage Druck von den Heimatvertriebenen bekommen hatte und die Chefin plötzlich eine Rückbesinnung auf die eigentlichen Werte Germaniens durchmachte. »Koch, dieses ganze Serum, die Verdienste der kaiserlichen Gesundheitspolitik, da oben in den Usambara-Bergen, da wo diese Veilchen herkommen, das ist eine Geschichte, die ich in *La Belle* sehen will. Ich verstehe überhaupt nicht, warum wir nicht ein kritisches, aber faires Porträt dieses teutonischen Guerillakämpfers bringen sollen. Deutsche Geschichte auf ostafrikanischer Scholle für unsere Leserinnen. Es muß doch auch irgendwelche Frauen in seinem Leben gegeben haben. Du mußt dich ja nicht auf diese deutschen Offiziersbräute konzentrieren, die angeblich die schwarzen Askaris mit Salat und Gemüse aus ihren Vorgärten durchgefüttert haben. Mein Gott, Julius Nyerere ist out. Wir alle wissen, daß der Sozialismus Schnee von gestern ist. Aber der Schnee auf dem Kilimandscharo und Lettow-Vorbeck in Paradeuniform auf einem gesattelten Zebra, das ist besser als Robert Redford, die Streep und Brandauer in 'Jenseits von Afrika'. Ich möchte, daß du diese Botschafterin interviewst, die dem alten Askari in Tanga noch persönlich die Rente auszahlt. Ich will, daß du das machst.«

Die Rachhoff hatte dabei einen imperialistischen Unterton angeschlagen. So als gelte es, ein paar Fremdenlegionäre in die erweiterte Bundesrepublik zu integrieren. Natürlich hatte das alte Luder geahnt, daß sich die Interessen ihrer besten Reporterin plötzlich wundersam mit den ihren verbanden. Dr. Claudia von Rachhoff wußte, an welchem Thema »La Baumann«, wie sie ihr bestes Pferd im Stall mit professioneller Schnoddrigkeit getauft hatte, seit nunmehr fünfundzwanzig Jahren privat recherchierte. Sie hätte nicht im Traum daran gedacht, es in ihrer Zeitschrift abzudrucken. Aber sie hatte Chris Baumann schweigend und sehr wissend angesehen und zustimmend genickt, als diese um einen zweimonatigen Urlaub gebeten hatte, sobald die Askari-Geschichte beendet wäre. Tu es, wenn du es tun mußt, vielleicht bringt es dich endlich zur Ruhe, hatten die Augen der Chefin signalisiert.

»Die Botschafterin ist übrigens nicht mehr in Dar-es-Salaam«, hörte Chris Baumann sich sagen.

»Schade«, hatte die Rachhoff geseufzt.

Jedenfalls hatte es kein Zurück mehr gegeben. Die Reise ins ehemalige Deutsch-Ostafrika mußte sein. Damit der Aufwand sich lohnte, gab es als Aufwärmarbeit noch etwas über die Gewürzinsel Sansibar für die Reiseredaktion. Sie hatten Mayling aus Hongkong einfliegen lassen. Sie galt als eine der weltbesten Fotoreporterinnen. Es gab kein Tourismusmagazin von Rang und keinen Reiseführer, die ohne die Fotos der Chinesin auskamen. Die Redaktion hatte keine Kosten gescheut. Chris hatte sofort gespürt, daß die Frau aus Hongkong zu mehr als nur ästhetischen Landschaftsaufnahmen gut war. In den sechs Tagen seit ihrem Zusammentreffen hatten sie mehr dem Hautkontakt als dem Journalismus gefrönt.

Die Neonröhren und die Kugellampe erloschen, und die Ventilatoren drehten sich zäher, bis die Blätter gänzlich stehenblieben. Der erneute Stromausfall wurde unten in den Gassen mit einem Seufzer quittiert, gefolgt von einer kurzen Stille. Dann ging das lärmende Treiben in der Altstadt weiter.

Sie gesellte sich zu der Chinesin unter die Dusche.

Die letzte halbe Stunde vor Einbruch der Dämmerung verbrachten sie meist neben den Wassertanks auf dem Dach des Hotels.

Mayling Frazier genoß den Blick über Stone Town. Die alten Gemäuer waren verwittert, und dunkelbrauner Rost, der wie getrocknetes Blut aussah, zierte die Wellblechdächer. Alles wirkte hoffnungslos baufällig. Die Mauern hatten die Beulenpest, und man konnte förmlich hören, wie tropische Insekten in den geborstenen Balken arbeiteten. Und trotzdem lag über der Altstadt ein Hauch jener Größe, wie sie zerfallene Aquädukte im Wüstensand ausstrahlen. Mayling hatte nur wenige Motive mit vergleichbarer Aura fotografiert. Das Licht war perfekt. Über den Häusern und Gassen hing bereits ein Pastellschleier, aber am Horizont leuchteten noch weißgetünchte Türme, karminrote Dachziegel, sattgrüne Palmen und die hellblauen Fluten des Meeres.

Sie drehte sich mit dem Rücken zur Holzbrüstung und sah, wie Chris im Freien erschien. Die Blondine atmete schwer. Die steile Treppe durch den heißen Schacht auf die winzige Terrasse forderte ihren Tribut. Es war eine Erlösung, wenn einen die leichte Brise traf, die über die Dächer strich. Chris trug eine weite Baumwollbluse, deren Hellgrün mit ihren Augen harmonierte. Mayling mochte diese Augen.

Hinter der Deutschen erschien ein Kellner mit einem beladenen Tablett. Er lächelte die beiden Frauen freundlich an und begann zu servieren. Blue Snapper mit Reis. Die Terrasse war überdacht und mit einfachen Tischen und Stühlen ausgestattet. Der Platz war begrenzt, aber wenn einzelnen Gästen des »Spice Inn« der Sinn danach stand, wurden sie auch hier oben bewirtet.

Sie aßen den Fisch und genossen die Stille über der Stadt.

Dann fragte Mayling: »Wann gehst du rüber aufs Festland?«

»Lieber morgen als übermorgen. Hängt davon ab, was ich heute abend erfahre.«

»Schreibst du schon an dieser Deutsch-Ostafrika-Geschichte?«

»Ja, die Teile, die mit Sansibar zu tun haben. Den Reiseartikel für unsere Touristinnen habe ich schon im Kasten. Das ist sowieso *dein* Auftritt, meine Liebe. Viele große Fotos und dazwischen fürs Layout ein bißchen Füllmaterial von mir.«

»Du übertreibst. Bist du etwa eifersüchtig?« Mayling lächelte.»

»Mein Gott, Kind...« Chris Baumann schwieg betroffen. Da war es ihr herausgerutscht. Die Asiatin war wirklich noch ein Kind. Sie hatte zwar schon einen Ehemann hinter sich (jenen Frazier, eine Art britischen Taipan, der halb Hongkong beherrschte, wie aus Maylings Andeutungen abzuleiten war), und sie hatte sich immerhin beruflich freigeschwommen und war inzwischen ein anerkannter Profi. Aber sie war noch so jung. Oder war Mayling nur eine sehr attraktive Frau, die *jünger* war? Betrachtete sie die Chinesin nur deswegen als Kind?

Mayling quittierte die Anrede mit einem Lachen, das wie das Klirren von sehr feinem Porzellan klang.

»... du bist die Fotografin. Ich bin die Autorin. Warum sollte ich eifersüchtig sein.« Sollte sie ihr erklären, daß ihr weder Sansibar noch die Askari-Story wichtig waren? Nein. Sie wollte mit Mayling keine Geheimnisse teilen. Sie wollte nur ihren Körper und ihre Zärtlichkeit. Vielleicht würde sie sich um einen neuen Job mit der Chinesin bemühen. Woanders. Vielleicht in Asien. Warum nicht? Aber für diesmal war es vorbei. Es gab keinen Grund, den Zauber zu zerstören. Schwester Erotik hatte kein Verständnis für Probleme.

»Schade, daß ihr mich nicht für die Reportage über die Askaris angeheuert habt. Ich hätte eine schöne Serie über schwarze Männer schießen können.«

»Ich glaube, das entspricht nicht ganz dem, was Frau Doktor Rachhoff im Auge hat.« Die Baumann grinste breit. »Sie liebt angegilbte Schwarzweißfotos aus der Mottenkiste. Und bei Lettow-Vorbeck kann sie endlich einmal ins volle greifen. Lauter Archivbilder und Landkarten.«

»Nun, ich muß sowieso nach Kapstadt, um für *Asia Week* eine Hochglanzversion über diesen weißen Banker zu schießen.« Die Chinesin schob die Unterlippe vor und schmollte. »Das ist unsere letzte Nacht. Bleib nicht so lange weg.«

2

Frost liebte Sansibar.

Er fühlte sich wohl in den engen Gassen, unter den fünfzehntausend Bewohnern der alten Steinhäuser im arabischen Stadtkern. Er genoß es, im Labyrinth zwischen den mächtigen Holztüren mit ihren filigranen Schnitzereien und Metallbeschlägen umherzustreifen, über sich die wuchtigen Balkone, deren Teak aus Indien importiert worden war. Er badete im Geruch der exotischen Gewürze. Selbst der Stromausfall, der ihn auf dem Weg zum »Africa House« überraschte, spornte seine Abenteuerlust eher noch an.

Eine Sekunde lang hatte er Angst, sich zu verirren. Und wenn schon? Schlimmstenfalls sprangen neue spannende Erlebnisse dabei heraus. Ein Glück, daß der letzte Monat der Vorbereitung auf der Insel stattgefunden hatte. Kiswahili-Training und Landeskunde. Begierig hatte er alles in sich aufgesogen. Die Sultane von Oman waren weitaus interessanter als Marx, Engels und Lenin zusammen. Von den Helden der Deutschen Demokratischen Republik ganz zu schweigen. Die Herrscher aus Oman hatten sich zwischen 1804 und 1888 auf der Insel etabliert. Old Stone Town wurde 1828 Hauptstadt. Zum Bau der prachtvollen Häuser setzte man indische Handwerker als Aufseher ein. 1892 wurde Sansibar zum Freihafen erklärt.

Frost blieb einen Augenblick stehen, warf den Kopf in den Nacken und sah in den sternenübersäten Himmel. Wann hatte er sich zum letzten Mal derart leicht Jahreszahlen gemerkt? Die erste Phase der modernen Stadtplanung hatte im Jahr 1923 mit dem Briten H. V. Lanchester begonnen, dessen Landsleute die Perle des Sultans als ihr Protektorat betrachteten. Das war von 1890 bis 1963 gewesen. Den Sklavenhandel schafften die Briten 1897 ab. Offiziell. Inoffiziell handelten viele Araber auch danach noch mit Menschen.

Frost spazierte weiter, wich einem entgegenkommenden Passanten aus und trat dabei in eine Grube. Fast wäre er gestürzt, aber der Schmerz im Knöchel riß ihn regelrecht hoch. Vorsichtig setzte er den Fuß wieder auf. Anscheinend war alles heil geblieben. Er ging langsam weiter und versuchte, das angestauchte Gelenk nicht zu sehr zu belasten.

Lanchester und ein einheimischer Architekt indischer Abstammung namens Ajit Singh hatten islamisch-arabischen und kolonialen Baustil zu jener Mischung verschmolzen, durch die er sich im Augenblick vorantastete.

Er stolperte erneut.

Diesmal war es nur ein Abfallhaufen. Entschlossen stieß er in dunklere Regionen vor. Der Einfluß des Sultans und der Briten hatte im Januar 1964 nach einer blutigen Revolution geendet. Der erfolgreiche Aufstand brachte der afrikanischen Bevölkerungsmehrheit die Macht, Im April desselben Jahres schloß sich Sansibar mit dem Festland zur United Republic of Tanzania zusammen. Damit begann auch der Zerfall von Stone Town, da die britische Verwaltung und die reichen Kaufleute aus Arabien und Asien die Flucht ergriffen und sich niemand mehr um Pflege und Instandsetzung der Altbauten kümmerte. Die Dhaus steuerten nun Mombasa als südlichen Endpunkt ihrer Route an. An das Landleben gewöhnte Afrikaner zogen in die Gebäude. Für deren Lebensstil war das Mauerwerk nicht geeignet. Die Häuser waren nicht gut für die Menschen, und die Menschen waren nicht gut zu den Häusern.

Heutzutage war der Erhalt der Altstadt ein Fall für die Entwicklungshilfe. Frost bedauerte, daß er kein Architekt war wie die beiden Kollegen, die mit ihm Kiswahili gebüffelt hatten und bei der *Stone Town Conservation & Development Authority* mitarbeiten durften. Zu gern hätte er bei der Erhaltung dieses Kleinods mitgemacht und gegen den schwarzgrünen Schimmel gekämpft, der auf dem weißen Putz aus Korallenkalk lag. Er rutschte auf etwas Glitschigem aus, stützte sich kurz an eine Hauswand und wischte sich die Hand an der Jeans ab.

Natürlich hatten ihn die Kollegen aus Westdeutschland wegen der »Leistungen« der DDR aufgezogen. Die kollektiven Zementklötze, die Stadt- und Regionalplaner des Arbeiter- und Bauernstaates zum Fortschritt der Union zwischen Sansibar und Tanganjika beigesteuert hatten, waren Marke »Sozialer Wohnungsbau Ost«. Rechtwinklig und verrottet. Aber sie lagen zum Glück weitab von der Altstadt, in der afrikanischen Neustadt N'gambo. Die Mehrzahl der hundertfünfzigtausend Einwohner lebte in diesem landzugewandten Viertel. Der ostdeutsche Masterplan aus dem Jahr 1968 war gottlob nur teilweise umgesetzt worden. Die Auswüchse der Slumsanierungswut, die sich in den Siebzigern durchgesetzt hatte, endeten mit der Wirtschaftskrise. Aber auch das Vollbrachte war in seiner brutalen Monotonie deprimierend genug. Der Weg aus den Lehmhütten in moderne Wohnungen führte für die Armen in ungeschlachte Monsterbauten. Tot und ohne Rücksicht auf einheimische Bedürfnisse und regionalen Stil. Zementierter Fortschritt.

Auch die Duftmarken der tansanischen Staatsbürokratie waren Frosts Nase nicht entgangen. Eines Abends war er mit einem dänischen Berufsausbildungsexperten zum Diner im Speisesaal des »Ya Bwawani Hotel« eingekehrt. Ein turnhallengroßer Raum in einem Flugzeugträger von Staatsherberge, der gegen jeden Luftzug abgeschottet war und durch den permanenten Ausfall der Klimaanlage feucht und stickig wie eine Gefängniszelle vor sich hinmoderte. Eine Band berieselte die überwiegend ausländischen Gäste mit afro-arabischer Supermarktmusik, während das Personal sich in antrainierten Bedienungsritualen erging und Aperitif-Vorschläge herunterbetete. Frost erinnerte sich an warmes Bier und einen Krabbencocktail, der nach ausgefallenem Kühlschrank gerochen hatte.

Aber hier in Stone Town fühlte er sich geborgen, wie in einer großen Fußgängerzone mit Kulturprogramm. Nach den herbstlich-trüben Monaten in Berlin war das Seminar auf der Insel ein Kuraufenthalt gewesen. Schon bedauerte er, daß sein eigentlicher Einsatzort auf dem Festland lag. Er sah einen schwachen Lichtschimmer und erkannte den Eingang zum »Africa House«. Der Notstromgenerator des Hotels funktionierte. Die Pfadfindertour war zu Ende.

Er stieg die Stufen hoch und betrat die Veranda über der Uferpromenade. Einige Glühbirnen spendeten schwaches Licht. Er steuerte die Bar an und musterte das Angebot im Regal. Je eine Flasche Ginger Ale, Fanta, Club Soda und ein einheimischer Gin, der den optimistischen Namen *Sunrise* trug. Daneben stand einsam und verstaubt ein Bocksbeutel mit Rosé. Entschlossen schwang er sich auf einen der wackligen Hocker und bestellte ein Safari-Bier. Während der Barkeeper geräuschvoll herumhantierte, betrachtete Frost eingehend den Beton und die angerosteten Eisensäulen unter der Dachkonstruktion.

Verfallene Metropolen, die einst Glanz und Stil ausstrahlten, bevor sie verkamen, wirken ärmlicher als unterentwickelte Dörfer, zu denen der Fortschritt noch nicht vorgedrungen ist. Auf dem Land erwartet man nichts. In den Städten ist man enttäuscht über das Kaputte. Ihm fiel die Tiertränke ein, die er gestern nachmittag in der Innenstadt gesehen hatte. Ein properer kleiner Brunnen, den Tierschützer im Jahre 1937 gestiftet hatten. Er schüttelte den Kopf und griff nach seinem Bier. Das mußten Zeiten gewesen sein.

Obwohl er mit dem Rücken zu ihr saß, erkannte Christa Baumann Siegmund Frost sofort. Die blonden Haare waren mit einem Lederriemen zum Pferdeschwanz zusammengebunden und hingen schulterlang über das rote Hemd.

»Guten Abend.« Sie blieb neben Frost stehen, stützte den Ellenbogen auf den Tresen und sah in das sonnenverbrannte Gesicht.

»Hallo.« Frost prostete ihr mit der Flasche zu. »Schön, Sie wiederzusehen. Auch ein Bier?«

»Ja, bitte.« Die hellen Fältchen um die grauen Augen standen ihm gut. Sein Blick wirkte nicht mehr so müde wie damals in Rheinsberg.

Mittlerweile wußte sie auch, wie alt er war. Einunddreißig Jahre. Die Recherche war nicht schwer gewesen. Siegmund Armin Frost. Am 2. Juli 1959 in Neubrandenburg geboren. Mittlere Reife. Lehre als Traktorenschlosser. Hatte 1977 erfolgreich die Facharbeiterprüfung abgelegt und anschließend als Motorenschlosser in einem Kreisbetrieb für Landtechnik gearbeitet. Wehrdienst in einer Flugsicherungskompanie. Danach wieder Kraftfahrzeugmechaniker. Von 1988 bis 1989 als Ausbilder in einer FDJ-Brigade in Luanda tätig. Nur ein Jahr. Dazu hatte sie noch Fragen. Nach dem Einsatz in Angola hatte er in Potsdam als Autoschlosser gearbeitet.

Frost bestellte noch eine Flasche Safari und ein Glas für die Dame. »Sie haben Ihre Haare abgeschnitten«, stellte er fest. »Steht Ihnen aber gut.«

»Danke.« Sie nahm Flasche und Glas vom Barmann entgegen.

»Ist sicher angenehmer bei der Hitze.« Er wischte sich den Schweiß aus dem Nacken.

»Wollen wir uns nicht auf die Veranda setzen?«

»Warum nicht?« Frost stieg vom Hocker und zahlte.

Sie suchten sich einen freien Tisch an der Brüstung, setzten sich und sahen aufs Meer hinaus. Das Wasser schimmerte in der Dunkelheit.

»Da draußen hat im Ersten Weltkrieg die ›Königsberg‹ ein britisches Kriegsschiff versenkt.« Frosts Arm wies in die Dunkelheit.

Sie nickte. Den Kreuzer »Pegasus«. Am 20. September 1914. Ein letzter Erfolg vor der Agonie an der Küste des Festlandes. Erst heute morgen hatte sie die entsprechende Passage in ihren Laptop getippt.

Der Rufiji mündet in einem weitverzweigten Delta in den Indischen Ozean. In diesem Delta, gegenüber der Insel Mafia, versteckt sich die S. M. S. »Königsberg« vor der britischen Navy. Der 3400 Tonnen schwere Kleine Kreuzer der kaiserlichen Kriegsmarine ist mit seinen 115 Metern Länge und mit einer Bewaffnung von zehn 10,5-Zentimeter-Kanonen und Zwillings-Torpedorohren bei einer maximalen Geschwindigkeit von 24 Knoten die modernste seetüchtige Kampfmaschine im westlichen Indischen Ozean.

Während drei Kriegsschiffe des Feindes vor den Kanälen und Mündungsarmen des Rufiji patrouillieren, werden die Kessel des Dampfschiffes mühsam über Land nach Dar-es-Salaam gebracht, überholt und wieder installiert. Die »Königsberg« verkommt in den langen Monaten der Belagerung zu einer malariaverseuchten Krankenstation. Die Briten erkunden mit einem eigens angeheuerten südafrikanischen Großwildjäger das Delta und erstellen in mühevoller Kleinarbeit Karten mit Tiefenangaben der einzelnen Fahrrinnen.

Bevor die Deutschen einen Ausbruchsversuch machen können, eröffnet die Navy mit Unterstützung von Landungsbooten, die aus Europa herbeigeschafft worden sind, den Angriff. Am 11. Juli 1915 läßt der schwerverwundete Kommandant die außer Gefecht gesetzte »Königsberg« sprengen. Die Geschütze des Kreuzers werden später mit Munitionsbeständen und Teilen der überlebenden Besatzung zur Verstärkung der Schutztruppe von Lettow-Vorbeck zugeteilt.

Die Rachhoff würde natürlich die Hälfte der Fakten streichen und statt dessen für ihre Leserinnen etwas mehr romantischen Hintergrund zu dem südafrikanischen Großwildjäger einfordern. Heb dir den Rest für deine gebundenen Reportagen auf, hörte sie die Chefin sagen. Ich habe ja gar nichts dagegen, daß du der Fallaci Konkurrenz machen willst, aber du würdest mir das Redigieren wesentlich erleichtern, wenn du dich von vorneherein entscheiden würdest, was für deine Bücher und was fürs Blatt bestimmt ist. Chris Baumann lächelte. »Redigieren« nannte es die Rachhoff, wenn sie ein Manuskript metzgerte.

»Sie haben mir damals erzählt, daß Sie schon mal in Angola waren?« beendete sie das Schweigen.

»Ja, aber nur ein Jahr.« Frost rutschte tiefer in den Sessel und machte es sich mit der Bierflasche vor dem Bauch bequem. »Probleme mit meinen Vorgesetzten. Angeblich mangelnde Hingabe an die Arbeit, zu wenig Disziplin, ungenügender Einsatz und so weiter ...« Er setzte die Flasche an und trank sie mit lautem Gluckern aus. Wie hatte Ernst Thälmann gesagt? *Die Geschichte unseres Lebens ist hart, deshalb fordert sie ganze Menschen. Du, ich und alle Mitkämpfer für unsere große Sache müssen stark, fest, kämpferisch und zukunftssicher sein.* Unsere große Sache. Scheiß drauf. »Ich war nicht der Pionier, den sich die Herren von der SED wünschten.« Frost stellte die leere Flasche auf den Tisch und starrte in die Nacht. Brigadier Frost ist zu oft in eigener Sache unterwegs gewesen, dachte er. In *seiner* großen Sache.

»Bei den Wessis war es dann allerdings von Vorteil, daß die Parteifunktionäre mich nicht gemocht haben. Die vernichtenden Beurteilungen in den FDJ-Akten waren plötzlich wie Wertpapiere. Ein Gütesiegel. Sie besagten, daß ich Stasi-resistent gewesen bin. Verstehen Sie?«

»Durchaus.«

Er sah ihr in die Augen. »Können Sie sich noch an den grünen Aal erinnern?« Er grinste.

»Kann ich.« Sie biß sich auf die Unterlippe, lächelte und bot Frost eine Zigarette an.

Er winkte ab. »Danke. Ich rauche nicht.«

»Sehr gesund.« Sie gab sich Feuer. »Bleibt es bei unserer Absprache?«

»Na klar.« Er stand auf. »Auch noch ein Bier?«

Sie nickte und sah ihm nach, als er zur Bar ging.

Damals, in Rheinsberg, hatte er gefragt, warum sie sich das Krankenhaus in Klosterheide angesehen hatte. Sie hatte es mit ihrer Arbeit als Journalistin begründet. Auf ihre Gegenfrage hin hatte er von einem komplizierten Knochenbruch erzählt, den er in der orthopädischen Klinik habe behandeln lassen. Später hatte er von seiner Tätigkeit in der Entwicklungshilfe berichtet. Und als er erfahren hatte, daß sie im Frühjahr für eine Reportage in Ostafrika recherchieren wollte, hatten sie ihre Adressen ausgetauscht und versprochen, in Kontakt zu bleiben. Und nun waren sie hier, auf der Insel der Zimtstauden und Gewürznelken, unter Kokospalmen und Mangobäumen.

Frost kam mit dem Bier zurück, setzte sich und schenkte ihr ein.

»Danke.« Sie inhalierte tief und blies den Rauch über die Brüstung in die laue Nacht.

»Morgen geht es rüber nach Dar-es-Salaam. Dann ein, zwei Tage in unserem Verbindungsbüro, Behördengänge erledigen. Danach fahre ich ins Projekt.« Er prostete ihr zu. »Und Sie müssen nicht mal mit dem Bus fahren, wenn Sie sich mir anschließen.« Er trank und stellte die Flasche wieder auf den Tisch. »Mein Projektfahrzeug ist schon eingetroffen und durch den Zoll.« Er grinste. »Muß *überführt* werden, wie die Wessi-Apparatschiks das nennen.«

Chris Baumann lächelte. »So was kann ich natürlich nicht ausschlagen. Führt ihr Weg zufällig über Tanga zum Kilimandscharo?«

»Viele Pisten führen nach Rom.« Frost griff wieder nach der Flasche. »Für Sie ist mir kein Umweg zu weit, Frau Baumann.«

»Nennen Sie mich doch einfach Chris. Chris wie Christa.«

»In Ordnung, Chris.« Anstatt die Bierflasche zu heben, hielt er ihr die Hand hin. »Ich heiße Siegmund – aber sag bitte nicht Siggi zu mir.«

3

Der Rotwein zum Essen und der Cognac zum Kaffee hatten Daimler schläfrig gemacht. Er döste vor sich hin und lauschte dem steten Rauschen in der Kabine.

Die Maschine mußte jetzt irgendwo über dem Sudan sein. Der Vorteil bei Afrikareisen war, daß es so gut wie keine Zeitverschiebung gab. Er mußte nur ein wenig schlafen, um seinen Rhythmus zu halten.

Schlafen. Leicht gesagt. Es war nicht mehr so einfach mit dem Schlafen. Die letzten drei Monate in Deutschland hatten ihn in Schwung gehalten. Es war fast eine Erlösung, wieder auf der Flucht in ein fernes Land zu sein. Flucht? Nein, noch hatte er ein Ziel. Daran hatte auch Milena nichts ändern können.

»Ich lege das Projekt nicht auf Eis«, sagt sie mit einem hysterischen Unterton. »Ich treibe unser *Baby* ab. Kannst du das nicht verstehen? Schwangerschaftsabbruch. Ich will dieses Kind nicht haben.« Sie knüllt die leere Zigarettenschachtel zusammen und wirft sie neben dem Aschenbecher auf den Tisch.

»Wer hat dir das eingeredet?« fragt er kalt.

»Das muß mir niemand einreden. Was soll denn noch passieren?«

Er schweigt. Was soll er auch sagen? Er ist immer noch angeschlagen. Der Schock nach der Ankunft. Der Terror der Boulevardpresse. FILMEMACHER ERLEBT THRILLER! lautet eine der harmloseren Schlagzeilen. Plötzlich ist sein Vorhaben in aller Munde. Kein Mensch weiß genau, worum es dabei geht. Aber alle Welt spekuliert und wird fleißig von den wenigen Personen mit Munition versorgt, die einen flüchtigen Blick in sein Exposé geworfen haben. OPFERT JOE DAIMLER FREUND FÜR WAHNSINNSSTREIFEN? Die seriöseren Blätter waren etwas fairer, aber nicht weniger eindeutig. Sätze wie »Hat eines unserer größten Talente sich die Finger an einem Tabu verbrannt?« und »Hat der beinharte Joe Daimler im Krieg gegen den wieder aufkeimenden Faschismus die erste Runde verloren?« oder »Was hat Daimler getrieben, als er sich einen Stoff aussuchte, der von den dunkelsten Seiten unserer Geschichte überschattet wird?« haben sich tief in sein Gehirn eingraviert.

Er hat alles über sich ergehen lassen. Die dumpfen Fragen der Polizei. Die mit tröstenden Worten kaschierte Ablehnung der Senderfunktionäre und Großproduzenten. Die Häme der Kollegen und den anklagenden Blick von Blackys Lebensgefährtin, als er ihr am Grab stumm und wie im Koma die Hand gedrückt hat. Ein einziger Alptraum, in dem er halb besinnungslos herumstolpert und auf eine Erklärung oder ein Zeichen wartet. Nicht einmal Haß und Rachegefühle gegen die unbekannten Täter wollen aufkommen. Und die ermittelnden Beamten haben sich auch kein Bein ausgerissen. Blacky war als Rauschgiftkonsument einschlägig bekannt. Angeblich ein Akt einzelgängerischer Elemente der Autonomenszene oder vielleicht sogar ein Auftragsmord der Drogenmafia. Man hat ein bis zwei Verdächtige verhaftet, die inzwischen wieder auf freiem Fuß sind. Bezüge zum organisierten Faschismus werden von den Behörden für abwegig gehalten.

»Herr Daimler«, hat einer der Ermittlungsbeamten gesagt und milde mit dem Kopf genickt, »wir schreiben das Jahr neunzehnhundertneunzig, und uns ist nichts von einer organisierten rechtsradikalen Bewegung bekannt. Und ich sehe auch keine Zukunft für Braunhemden in diesem Staat, jetzt, da es mit dem wiedervereinigten Deutschland wirtschaftlich aufwärtsgeht. Stellen Sie sich nur diese Investitionsmöglichkeiten vor, diese neuen Märkte, die sich da auftun. Da ist genug Arbeit für alle – und wenn der Bauch voll ist, ist der Bürger friedlich.« Seine Augen strahlten optimistisch. »Natürlich werden wir einige Sorgen bekommen, was das sogenannte organisierte Verbrechen im gewöhnlichen kriminellen Bereich angeht. Beschaffungsdelikte. Prostitution. Drogen. Das, was ich die illegale und ungeregelte Nachfrage nach Luxussymbolen im Kapitalismus nennen würde. Wir haben bereits die ersten Vorboten einer russischen Mafia in Berlin, und das wird sich multikulturell ausfächern. Aber, Herr Daimler, ich wiederhole, das ist alles völlig unpolitisch. Ich versichere es Ihnen. Und was den Floh angeht, den man Ihnen da ins Ohr gesetzt hat, von wegen konservativer Wirtschaftskreise, die sich radikaler Elemente bedienen sollen, um einen Film zu verhindern, da kann ich

Ihnen nur sagen – verzeihen Sie mir bitte die Deutlichkeit: Das ist ausgemachter Blödsinn. Solche Leute warten erst mal ab, was tatsächlich im Drehbuch steht. Die beschaffen sich eine Kopie, ohne daß Sie das auch nur mitkriegen, und wägen dann ab. Und soweit ich weiß, haben Sie ja noch gar kein Werk vorliegen.«

Der Beamte hat das Wort »Werk« mit leichtem Spott vorgebracht, fast mitleidig. Für Staatsdiener wie ihn ist jedes Ermittlungsprotokoll eine höhere Kunstform. »Finden Sie sich damit ab, daß der Anschlag Herrn Blausturm galt. Er verkehrte ja bekanntermaßen in einschlägigen Kreisen, um sich den Stoff für seine… äh… Kreativitätsprobleme zu beschaffen. Sie sind natürlich bekannter, Herr Daimler, und deshalb befaßt sich die Boulevardpresse lieber mit Ihnen. Aber interpretieren Sie bitte nicht mehr in diese Geschichte hinein, als sie wert ist.«

Sie haben den Laubfrosch aufgeblasen, denkt Daimler. Sie haben mich gewarnt, und ich habe es nicht kapiert.

Aber ist er deshalb schuldig? Nein. Da ist nur Trotz. Sturer Trotz hält ihn auf den Beinen, läßt ihn weiter funktionieren. Jetzt erst recht! Er hat nur Zeit genommen. Noch ist der Kampf nicht vorbei. Noch ist Joe Daimler nicht ausgezählt. Er denkt nicht daran aufzugeben.

»Arnulf hat dir das eingeredet.«

»Mach dir doch nichts vor. Arnulf!« Ein verächtliches Lachen. »Er hat dich sogar in Schutz genommen. Will mir einreden, daß wir das Ganze nach Südafrika verlegen, mit Buren und Apartheid. Arnulf bewundert dich doch insgeheim. Er hatte schon immer eine Schwäche für Visionäre.«

Sie reißt eine frische Packung auf und zündet sich die nächste Zigarette an.

»Ist ja auch nicht seine Produktionsfirma, deren Existenz auf dem Spiel steht. Soll ich ruhig abwarten, bis diese Typen mir eine Bombe im Schneideraum installieren? Reicht dir nicht, daß dein Freund Blacky dran glauben mußte – daß es überhaupt ein Menschenleben gekostet hat?«

»Er war nicht mein Freund. Er war ein Bekannter.« Er

sieht ihr fest in die Augen. »Aber du bist nicht nur eine Bekannte …«

Sie weicht seinem Blick aus.

Er nickt, wie zur Selbstbestätigung. Es paßt alles zusammen. Die permanenten Vorwürfe, seit er aus dem Flugzeug gestiegen ist. Die seelenlose Wiedersehensfickerei. Die ständigen Bemerkungen über seine gesunde Sonnenbräune, als hätte er es sich in einem fernen Paradies gutgehen lassen, während andere für ihn ins Gras beißen mußten. Die dunklen Ringe unter ihren Augen. Die blasse Leidensmiene, als trage sie ganz alleine die Zukunft der bundesdeutschen Filmindustrie auf den Schultern. Sie ist schon aus der Sache ausgestiegen, bevor ich aus Amerika zurück war, sagt er sich, noch bevor ich mich wehren konnte. Ende der Zusammenarbeit. Ende der Liebe. Sie will es so. Und sie kann es so haben. Er empfindet nichts – weder im Herzen noch im Kopf oder im Bauch. Nicht mal ein Zucken im Schwanz.

Sie steht auf und verläßt das Büro.

Er bleibt eine Weile allein an ihrem Schreibtisch sitzen und sieht sich die Fotos an der Wand an. Er und Milena bei der Verleihung des Filmpreises. Er und Milena auf der Berlinale, bei einem Senatsempfang, beim Pressefest, er und Milena am Set. Er steht auf, geht zum Fenster und blickt hinunter in die schmutziggraue Straßenschlucht. Ganz am Anfang, in besseren Tagen, hatte er sie einmal wie beiläufig vor seiner Besessenheit als Filmschaffender gewarnt. Er erinnert sich an jedes Wort.

»Jeder, der sich zwischen mich und meine Arbeit drängt, ist mein Feind.«

Er spürte die Hand auf seiner Schulter, zuckte zusammen, schlug die Augen auf und sah die Stewardeß vor sich.

»Würden Sie sich bitte anschnallen? Wir sind bereits im Landeanflug auf Nairobi.«

Der Zwischenstopp. Natürlich. Er tastete nach dem Gurt. Eine Stunde Aufenthalt. Überflüssige Verzögerung in einem Land, in dem er nichts zu suchen hatte. Nicht hier, nicht in Kenia.

Er schnallte sich an.

4

Frost kämpfte mit dem Lenkrad.

In den sogenannten besseren Zeiten sollte die Autofahrt von Dar-es-Salaam nach Tanga angeblich rund drei Stunden gedauert haben. Heutzutage benötigte man sechs bis acht. Schlaglochkrater und Schluchten, nur notdürftig von Asphaltfetzen verbunden, zogen sich durch die rote Lateriterde. Der Land Cruiser bockte und quälte sich.

»Sozialistische Versteppung«, fluchte Frost.

Chris Baumann hatte sich mit Armen und Beinen fest zwischen Sitzbank und Tür eingekeilt. Trotzdem kamen die Schläge auf die Wirbelsäule voll durch. Wehmütig dachte sie an die Flugverbindung zwischen der Insel und dem Festland.

Frost feixte seine Mitfahrerin an.

»Was grinst du so?«

»Denke gerade an meinen Trabi. Der hätte hier alt ausgesehen.«

»Ich falle auch bald auseinander. Wundert mich überhaupt, daß du bei der Kurbelei noch geradeaus fährst.«

»Wo es Brecher gibt, ist auch ein Weg durchs Riff.«

»Wie bitte?«

»Altes Swahili-Sprichwort.«

»Das macht mir aber Mut.«

Frost steuerte die »Star Filling Station« am Verkehrsknotenpunkt Chalinze an. Sie waren erst eine halbe Stunde unterwegs, aber in der Hauptstadt hatte es keinen Diesel gegeben. Er brachte den Toyota neben einer Zapfsäule zum Stehen. Hier gab es Treibstoff! Er war doppelt so teuer wie am Vortag.

Während Frost sich um den Wagen kümmerte, wurde Chris Baumann von jungen Tansaniern bedrängt, die Ananasscheiben für zehn T-Shilling anboten. Dazu Cashew-Nüsse, Löffel und Kämme aus Holz und Spielzeugautos aus Blech. Die kleinen Tanklastwagen aus Bierdosen von *Tuborg, Carlsberg* und *Beck's* waren mit Liebe zum Detail gebastelt. Sogar Berlin war vertreten. Weiß mit Goldrand und dem rotschwarzen Schriftzug *Schultheiss Pilsener.* Sie sprach ein paar Sätze in ihr winziges Diktiergerät. Die Jungs schauten der Mzungu dabei zu und lachten.

Frost kletterte wieder hinter das Steuer und notierte auf der Quittung den Kilometerstand. »Bundeshaushaltsordnung«, brummte er und ließ den Motor an.

»Wie lange noch?« Sie spürte, wie die Hitze auf Mittag zu immer kochender wurde.

»Stell dich vorsichtshalber auf Sonnenuntergang ein.«

Tanga, ein natürlicher Tiefseehafen nahe der kenianischen Grenze, ist einer der strategisch wichtigsten Orte im ehemaligen Deutsch-Ostafrika.

In der Nacht vom 3. zum 4. November 1914 erkundet Oberstleutnant Paul Erich von Lettow-Vorbeck auf einem Fahrrad die Uferpromenade. Der Weltkrieg hat Deutsche und Briten in Übersee eingeholt. Überforderte indische Truppen haben trotz Überzahl eine Landeoperation vor Tanga sprichwörtlich in den Sand gesetzt. 200 Verteidiger haben 2000 Angreifer vorläufig in die Flucht geschlagen, und der 44-jährige Sohn eines preußischen Generals, dem nach seiner Versetzung aus Deutschsüdwest vom Kaiser der Aufbau und die Führung der Schutztruppe in D. O. A. auf-getragen wurde, hat mit seinen Askaris per Eisenbahn in nur wenigen Stunden die Strecke vom Kilimandscharo zum Indischen Ozean zurückgelegt, um die schwächliche Garnison zu verstärken und »dem Engländer« Paroli zu bieten. Die Stadt liegt nach dem ersten Ansturm totenstill im hellen Mondschein. Kein Mensch weiß genau, ob sich alle Kampfverbände des Gegners auf den Schiffen die Wunden lecken oder ob noch versprengte Truppenteile in den dichten Mohogofeldern und im hohen Palmenwald eingegraben sind. Also radelt von Lettow-Vorbeck zunächst zur Erkundung los.

Chris Baumann saß in einem weißen Holzsessel auf dem kurzgetrimmten englischen Rasen des »Mkonge Hotel« über der Bucht und sah zu, wie ein Frachter im Dämmerlicht mit eigenen Kränen Ladung löschte.

Der Gin Tonic war der einzige Luxus, der ihr seit der Ankunft im Staatshotel vergönnt gewesen war. Penibel und mit dem verschärften Aufwand an Formularen und bürokratischer Arroganz, der allen Werbeanstrengungen der *Tanzania Tourist Corporation* den Garaus machte, waren ihr schon bei der Ankunft 35 US-Dollar für den Devisentopf abgeknöpft worden. Als Gegenleistung war ihr bei der Abendtoilette der Duschkopf auf den Kopf geknallt. Sie tastete nach der Beule. Zum Trost hatte sie noch eine gute Stunde arbeiten können, denn Siegmund Frost hatte die Höllenstrecke in rabiaten vier Stunden bewältigt. Sie war sicher, daß der Geländewagen spätestens nach einem Jahr *aussonderungsreif* sein würde – um einen weiteren Begriff aus Frosts Wessi-Apparatschikvokabular zu benutzen.

Die historische Einleitung zur Reportage war wichtig. Immerhin war der Zwischenfall in Tanga der Auftakt zu jener kriegerischen Auseinandersetzung gewesen, in deren Verlauf die kaiserliche Schutztruppe mit nur wenigen tausend Mann einer britischen Armee von einer Viertelmillion Soldaten vier Jahre lang einen Guerillakrieg lieferte, dessen Ziel nie der Sieg, sondern die Bindung größtmöglicher feindlicher Truppenkontingente fern von Europa gewesen war.

Frost kam im frischen Hemd und mit nassen Haaren über den Rasen spaziert, in der Hand die unvermeidliche Bierflasche.

»Na, noch fleißig gearbeitet?« Er blieb neben dem Sessel stehen und sah zu dem Frachtschiff.

»Ja. Dank deiner Fahrkünste.«

»Na ja. Denk daran, deinen Jockel aufzuladen. Es wird nicht immer Strom geben.«

»Er nuckelt schon an der Steckdose.«

»Du kannst morgen bis Mittag alleine rumschnüffeln. Ich

sehe mir unterdessen dieses berühmte Entwicklungsprojekt an, an dem sich mehrere europäische Organisationen austoben. Ländliche Entwicklung. Macht sich gut als dienstliche Begründung für unseren Ritt.«

»Danke.« Sie genoß die Brise, die vom Wasser her wehte.

»Und das alles zur Verherrlichung von diesem Lettow-Vorbeck.« Er nahm einen kräftigen Schluck aus der Flasche.

Sie schwieg. Die Recherche in Tanga gehörte dem Blatt. Am Kilimandscharo würde sie ihrer Privatangelegenheit nachgehen.

»Ich warne im übrigen schon jetzt vor drei bis vier Ausfällen der Klimaanlage pro Nacht«, teilte Frost lakonisch mit und setzte sich neben dem Sessel auf den Rasen.

5

In Harare wohnte Daimler im »Brontë Hotel« an der Baines Avenue.

Sofort nach der Ankunft hatte er Staals Nummer gewählt und von dessen Frau erfahren, daß ihr Mann noch nicht von einer Reise zurückgekehrt war. Sie erwartete ihn morgen. So war Daimler nichts weiter übriggeblieben, als sich zu entspannen und die Stadt zu erkunden. Zwei größere Fußmärsche lagen bereits hinter ihm. Das vormalige Salisbury war wie gemacht für Spaziergänge. Großzügig angelegt, auffallend sauber, gut organisiert und trotz seines Großstadtcharakters eigenartig geruhsam. Eine Gartenstadt mit einem angenehmen Klima. Daimler wußte nicht, wen er mehr bewundern sollte – die Briten mit ihrem untrüglichen Instinkt für stilvolles Siedeln an Orten mit Lebensqualität oder die Schwarzen, die ihre Kolonialherren losgeworden waren und mit dem Erbe so sicher und selbstbewußt umgingen.

Auch das zweite Abendessen nahm Daimler im Speisesaal des »Brontë« ein. Das Lokal war ein Motiv, das jeden Film bereichert hätte. Zweiunddreißig Tische mit weißen Unterdecken und diagonal versetzt aufgelegten blauen Tischtüchern boten einer bizarren Ansammlung von Gästen Platz. Die meisten schienen ihren festen Wohnsitz im Hotel zu haben und obskuren Geschäften nachzugehen. Sie hatten ihre Stammtische und saßen meist alleine, mit dem Rücken zur Wand, Neulinge und Durchreisende fest im Blick. Zum Frühstück lasen sie stoisch ihren *Herald* und zum Diner ein Buch. Sie waren gekleidet, als vegetierten sie schon seit Jahren fernab der modernen Welt vor sich hin. Die rachitische Schwarzhaarige mit der Schmetterlingsbrille, die zwei Tische weiter die zweite Flasche Weißwein in Angriff nahm, war ihrem Akzent nach eindeutig als Amerikanerin auszumachen. Das arisch-blonde Jungehepaar am Nebentisch links kam aus Südafrika. Es hatte alle Hände voll zu tun, das Kleinkind im Babystuhl in Schach zu halten. Die Kleine krähte aufgedreht und warf Pommes frites auf den Fußboden. Der junge Engländer rechts trug ein schwarzes T-Shirt zu Khakishorts, dazu blutrote Wollsocken und feste Schnürstiefel mit Profilsohle.

Das Terrain wurde von acht Shona-Kellnern beherrscht. Wenn sie nicht gerade in der Küche verschwanden oder servierten, standen sie in Lauerstellung unter den verwaschenen Aquarellen, die sparsam die Wände zierten. Alle Bediensteten trugen weiße Anzüge mit Stehkragen. Nur die beiden Getränkekellner hoben sich durch weinrote Schärpen hervor. Vor der Tür zur Lobby saß der Kassierer. Er trug eine blaue Schärpe und hatte eine Yul-Brynner-Glatze. Über ihm hingen seltsam deplaziert zwei beleuchtete Schilder, die beide rot EXIT anzeigten.

Der ältere Getränkekellner brachte eine Flasche Zambezi. Während er das Bier einschenkte, kramte Daimler einen Schein aus der Hemdtasche und legte ihn auf das Metalltablett. Er mußte sich erst daran gewöhnen, daß für Getränke sofort bezahlt wurde. Das Wechselgeld, die Münzen sorgfältig ausgerichtet, lag bereits neben dem Daumen des Kellners. Daimler winkte ab, und der Alte kippte routiniert das Tablett an und ließ das Trinkgeld in die freie Hand und von dort unverzüglich in die Jackentasche gleiten.

Das Bier schmeckte ausgezeichnet. Kaum vier Minuten nachdem er die Speisekarte aus der Hand gelegt hatte, wurde das Essen serviert. Daimler war beeindruckt, und der Kellner zog sich kühl und ohne jedes Lächeln zurück.

Arnulf Kranich hatte das Hotel empfohlen. *Wenn du nach Harare kommst, mußt du unbedingt im »Brontë« wohnen.* Schon seltsam. Auf einmal gehörte Arnulf zu seinen letzten Verbündeten. Er hatte sich sehr anständig verhalten, hatte ihm sogar dieses schmale Buch mit dem dunkelblauen Einband als Reiselektüre geschenkt. *The Young Brontës* von Phyllis Bentley. Es lag neben dem Zimmerschlüssel und der Bierflasche auf dem Tisch. Daimler hielt sich an die Gepflogenheiten des Hauses. Immer ein Kapitel vor dem Essen und drei danach, so hatte er es sich vorgenommen. Aber die Jungs vom Service waren so schnell, daß es auch heute vier Kapitel nach dem Essen werden würden, dazu das dritte und vierte Zambezi im Innenhof.

Daimler bestellte das zweite Bier, brachte das Pfeffersteak hinter sich und verzichtete auf Nachtisch. Die Schwarzhaarige mit der Schmetterlingsbrille warf ihm einen hungrigen Blick zu. Er stand auf, griff nach Buch und Zimmerschlüssel und verließ den Speisesaal. Auf dem überdachten Gang zum Innenhof suchte er sich einen Platz in einem der Sessel, direkt unter einer Lampe. Die diversen Gebäude des Hotels waren im kapholländischen Stil gebaut und verbreiteten mit ihren verwinkelten Mauern und den üppigen Gartenflächen die Atmosphäre eines riesigen Landhauses. Arnulf hatte vor einigen Jahren hier gewohnt und für *Transpolit* eine Reportage über den Sozialismus in Simbabwe recherchiert. Daimler war erstaunt, daß niemand vom Hotelmanagement eine Verbindung zwischen den Brontë-Schwestern und dem Hotel herzustellen wußte. Sie konnten nicht einmal erklären, woher der Name der Herberge kam. Vielleicht hatte der Namensgeber *Wuthering*

Heights, Agnes Grey oder *The Tenant of Wildfell Hall* gelesen und sich inspirieren lassen.

Daimler ließ sich das dritte Bier servieren und leistete den berühmten Schwestern bei ihren Kindertagen in der Kälte Yorkshires, zwischen kalten Steinhütten und nebelverhangenen Hügeln Gesellschaft. Es wurde viel gefroren und gehustet. All das erinnerte Daimler an jenen Novembertag vor drei Monaten, an dem er mit Arnulf Kranich einen Spaziergang auf dem Friedhof gemacht hatte.

»Eigentlich bin ich ja ein bißchen verstimmt, daß du mir nicht den versprochenen Beitrag über Tennessee Williams mitgebracht hast«, sagt Kranich und mustert mit unverhohlener Faszination die skandinavische Holzkirche, deren Schindeln im Nieselregen glänzen.

»Es ging wirklich nicht, Arnulf, glaub mir. Tut mir leid. Ich habe zwar in einem schmucken Holzhaus gewohnt, in dem der Meister mal gearbeitet haben soll – aber ich hatte andere Sorgen…« Daimler zieht den Schirm seiner Baseballmütze tiefer in die Stirn, um die Brillengläser vor der Nässe zu schützen. Es ist feucht und kalt, und er hat wenig Lust, auf einem Friedhof spazierenzugehen.

Aber Arnulf hat sich nicht von der Idee abbringen lassen. »Es ist nicht irgendein Gottesacker, Joe«, hat er gesagt. »Es ist der Stahnsdorfer Waldfriedhof, und er ist wieder ohne Probleme für uns zugänglich – nach all den Jahren. Ich will da hin. Und du mußt das auch sehen. Immerhin liegt dort Murnau begraben. Du, als Kind des Tonfilms, solltest dem Meister des Stummfilms die Reverenz erweisen.« Also fuhren sie im Volvo nach Stahnsdorf und fanden nach längerem Suchen am Potsdamer Damm die Zufahrt und den Haupteingang zum »Südwest-Kirchhof der Berliner Synode«. Der Wagen roch so intensiv nach Milena, daß Daimler erst in der frischen Waldluft wieder zu sich kam. Gottseidank ließ Arnulf sich während der Fahrt nur über Redaktionsprobleme aus.

»Ich hoffe, du kommst jetzt ein wenig zur Ruhe.« Kranich fummelt ein Papiertaschentuch aus der Manteltasche und sieht Daimler streng an, bevor er sich auf die üblich manierierte Art die Nase putzt. »Das soll natürlich keine Anspielung auf das hier sein.« Mit einer weiten Armbewegung über die Gräber hinweg würgt er mögliche Hintergedanken ab.

Daimler betrachtet ihn. Milenas Gatte hat sich eine russische Pelzmütze auf das schüttere Haar gedrückt. Der weite Wintermantel kaschiert zwar den Kugelbauch, unterstreicht aber die Hängeschultern.

»Komm«, sagt Kranich. »Ich war natürlich schon mal hier. Ist aber lange her. Da vorne muß irgendwo das Siemens-Grab sein.« Er steuert eine größere, mit einer Mauer umfaßte Gedenkstätte an, die zwischen den anderen Mausoleen unter den hohen Kiefern aufragt.

Daimler folgt, und sie umgehen die Mauer, um an die Vorderseite des Ehrenmals zu gelangen. Er spürt, wie der lockere Waldboden unter seinen Stiefelsohlen nachgibt. Nadeln und Laub federn seine Schritte ab. Er streift die Äste der Magnolienbüsche, die den Zugang zum schmiedeeisernen Tor säumen, und schaut in den Innenhof. Jenseits der mit Erika bewachsenen Fläche kann er die großen Lettern der Grabinschrift für Werner von Siemens entziffern.

»Zu so was werden wir es wohl nicht bringen, mein Lieber.« Kranich schüttelt den Kopf und pfeift leise durch die Zähne.

Daimler dreht desinteressiert ab und spaziert weiter. Es kommt ihm absurd vor, die Gräber bekannter Persönlichkeiten aufzusuchen. Er ist sich nicht einmal sicher, ob er das Grab seiner Mutter besuchen wird, wenn sie tot ist. Mutter! Er muß sie anrufen. Sie hat in der ganzen Hektik nach Blausturms Tod eine weitere Nachricht auf Band hinterlassen. Sie ist krank, liegt in einer Klinik. Sie hat nicht um seinen Besuch gebeten, aber peinlich genau Telefonnummer und Anschrift des Krankenhauses hinterlassen. Weiß der Teufel, was für eine Krankheit es diesmal ist. Sie hat so oft versucht, ihn mit Belanglosigkeiten zu erpressen, daß es ihn kaum noch interessiert, unter welchen Beschwerden sie gerade leidet.

Rechts ragt ein in Stein gehauener Adler unter einem Tannenzweig hervor. Der Raubvogel ist fast völlig mit Efeu überwuchert. Es sieht aus, als fesselten ihn die Ranken an den Grabstein, von dem er mit ausgebreiteten Schwingen abheben will. Links steht eine monumentale Familiengrabstätte im Wald. Der Name sagt Daimler nichts. »Sein Leben war nur Güte und Arbeit« kann er entziffern. Er hört, wie Kranich sich mit unbeholfenen Schritten hinter ihm durchs Gebüsch schlägt. Trockene Zweige brechen. Wie ein Trüffelschwein, geht es Daimler durch den Kopf, als Kranich an ihm vorbeizieht und ein blaßgelbes, fast verfallenes Rondell im klassizistischen Stil ansteuert.

Arnulf irrt durch die Ruine, kann keinerlei Plakette mit Inschrift oder vergleichbare Insignien entdecken und spaziert zurück auf den Hauptweg. Als sie nebeneinander hergehen, kommt er zum Thema. »Also, was deinen Film angeht... ich glaube, daß du ihn auf jeden Fall machen solltest.«

Nachdem Milena sich aus der Produktion verabschiedet hat, fällt dir der Zuspruch sicher nicht schwer, denkt Daimler. Aber er hat gelernt, daß es nützlich sein kann, Ratschläge einzuholen, auch wenn man sie nicht befolgt.

»Du solltest natürlich eine Weile abtauchen. Leg das Drehbuch ins Regal, bis sich der Staub, den der Mord an Blacky aufgewirbelt hat, legt.« Er wirft Daimler einen aufmunternden Blick zu. »Arbeite mal wieder als Reporter für uns. Wenn sich der Stoff mit deinen Recherchen verbinden läßt, um so besser.« Er räuspert sich. »Äh, ich meine, ich kann zu diesem teuflischen Thema im Moment nichts drucken. Die Rachhoff von *La Belle* hat mir übrigens letzthin anvertraut, daß eine ihrer besten Frauen, diese Baumann, Chris Baumann, wenn ich mich recht erinnere – sie hat vor Jahren mal was für *Transpolit* geschrieben –, auch über dieses Thema recherchiert. So wie die Rachhoff es schildert, muß sie geradezu besessen davon sein.

Vielleicht solltest du dich mal mit dieser Baumann kurzschließen.«

Daimler nickt und schweigt.

Kranich legt es als stummen Widerspruch aus. »Also, Joe, sehen wir es doch mal realistisch. Du kennst uns Deutsche doch und weißt um unsere Verfassung. Du kannst den klügsten und unideologischsten Film zum Thema drehen, und sie werden dir entweder vorwerfen, daß du judenfeindlich bist oder zu wenig nationales Ehrgefühl hast. Und stell dich bitte darauf ein, daß die Enkel der Wölfe dich gnadenlos hetzen werden. Nicht nur die unbelehrbaren Faschisten, die Blacky auf dem Gewissen haben, nein, auch die Bewältigungstheoretiker in den Medien, die Gralshüter des Philosemitismus. Die mit dem reinen Gewissen und dem richtigen Bewußtsein. Sie werden sich das Ersatzbild vom braven Juden nicht zerstören lassen, das sie sich seit Kriegsende so mühevoll als Schutzschild zusammengebastelt haben, damit sie sich mit den wirklichen Menschen, die dahinterstehen, nicht auseinandersetzen müssen. Und dann zu allem Überfluß auch noch ein Melodram! Für die paßt das wunderbar zu deinem Ruf als Rambo des deutschen Kinos, als Landserfilmer und Groschenheft-Drehbuchautor.« Er biegt vom Hauptweg ab und nimmt einen engen Pfad durchs Dickicht.

Daimler hält sich schräg hinter Kranich, bis der Pfad etwas breiter wird. »Es muß auch über sogenannte Unterhaltung gehen. Wissen allein reicht nicht. Emotionale Betroffenheit muß dazukommen.«

»Gerade das ist aber bei den Deutschen das Problem, Joe. Wenn die ihre Vergangenheit aufarbeiten wollen, dann bitte rein wissenschaftlich und ohne Trivialitäten. Wo kommen wir denn da hin? Kitsch, wird dir der ordentliche Bildungsbürger vorwerfen! Die sind selbstsüchtig und voll auf ihre Bewältigungsblähungen fixiert. Vergiß das nicht. Aus diesem Teufelskeis aus Mißverständnissen, Verlogenheiten und Heuchelei kommst du nicht raus. Alles Pseudo. Und warum? Weil wir unfähig sind, Konflikte, bei denen es um Nationalsozialismus und Rassismus geht, offen und ehrlich auszutragen. Was passiert? Die Gefühle werden ausgeklammert, und man verdrängt fleißig weiter.«

»Um so wichtiger ist es, daß man es versucht«, erwidert Daimler.

Ein Reh schreckt auf, springt durch das Unterholz davon und verschwindet in einer Kiefernschonung.

Kranich bleibt vor einem fast völlig überwucherten Grabstein stehen. Auf einer Bronzeplakette sind Engel zu erkennen. Über den Engeln steht in kantigen Buchstaben »Auf Wiedersehen!«. Grüne Oxydstreifen ziehen sich über den Marmor. »Ich kann dir jetzt schon das Kernargument vorbeten, das sie dir servieren werden: Die Spannung liegt im Gegenstand, Herr Daimler, sie braucht keine weitere Dramatisierung.« Hustend geht Kranich weiter.

Eine ganze Weile wandern sie schweigend durch den Wald. Vorbei an den Gräbern abgestürzter Segelflugzeugpioniere, preußischer Oberamtsräte, Domänenpächter und unbekannter deutscher Soldaten, die noch kurz vor Ende des Zweiten Weltkrieges gefallen sind. Dann erreichen sie die weißen Mauern des englischen Soldatenfriedhofs.

»Sehr kolonial«, stellt Kranich bissig fest.

»Wie der Vorhof zum Tadsch Mahal.« Daimler geht zu der Tafel neben dem Tor und studiert den Text.

DIESER FRIEDHOF IST VOM BRITISCHEN REICH
ANGELEGT UND WIRD DURCH BRITISCHE
FRIEDHOFSWÄRTER UNTERHALTEN. ZWISCHEN
DEN REGIERUNGEN DEUTSCHLANDS UND DES
BRITISCHEN REICHES BESTEHT EINE
VEREINBARUNG, WONACH BEIDE TEILE DIE
FRIEDHÖFE, AUF DENEN IHRE TOTEN DES
WELTKRIEGES RUHEN, NACH IHREM EIGENEN
GUTDÜNKEN AUSBAUEN UND DURCH EIGENE

FRIEDHOFSWÄRTER UNTERHALTEN LASSEN KÖNNEN.

»Eigene Friedhofswärter.« Kranich schüttelt den Kopf, öffnet das Tor, und sie betreten das Feld mit seinen endlosen Reihen weißer Steinkreuze.

Daimler spaziert über den Rasen und geht vor einem der Kreuze in die Hocke. Unter dem Regimentsemblem steht:

27947 PRIVATE / T. R. SLUGGETT / WILTSHIRE REGIMENT / NOVEMBER 23RD 1918 AGE 20 / ON JESUS' BOSOM / WE ARE SAFE AND THY GOD IS WISDOM / GOD IS LOVE.

Er richtet sich wieder auf, schreitet mehrere Reihen ab und überfliegt die Altersangaben.

»Alle blutjung«, sagt er zu Kranich, als er vor dem altarartigen Mahnmal wieder zu ihm stößt. Versonnen mustert er die Birken im Hintergrund. Die Stämme leuchten weiß im Regen.

»Their name liveth for evermore«, murmelt Kranich.

»So ein Wahnsinn.« Daimler schlendert zum Eingang zurück. Kranich schließt zu ihm auf, und gemeinsam gehen sie zu dem Schild, das rechts neben dem Ausgang angebracht ist.

HIER RUHEN SOLDATEN DES BRITISCHEN REICHES, WELCHE WÄHREND DES WELTKRIEGES 1914–1918 IN DEUTSCHLAND STARBEN. DIE DURCH IHRE GRÄBER GEWEIHTE ERDE IST ALS EWIGER BESITZ DURCH VERTRAG MIT DEM DEUTSCHEN VOLKE UND DER BERLINER STADTSYNODE GESICHERT. AUF DASS IHRE ÜBERRESTE FÜR IMMER IN EHREN GEHALTEN WERDEN.

»Hinterher sind sie sich dann wieder einig bis ins kleinste Detail.« Kranich zuckt die Achseln und blickt in die Richtung, in der die Landstraße liegen muß. Leiser Verkehrslärm dringt zu ihnen. »Aber vorher muß erst jede Menge Fußvolk ins Gras beißen.«

Sie kehren den toten Soldaten den Rücken zu und wandern zurück zum Haupteingang des Südwest-Friedhofes. Ein braungelber Streifen Heidelandschaft, auf dem ein Hochsitz steht, schneidet durch den Wald. In der Ferne, am Ende der Schneise, ist die Holzkirche zu sehen.

»Man sollte nicht in den Krieg ziehen, bevor man weiß, was für einen Frieden man will.« Kranich hat die Hände hinter dem Rücken verschränkt, blickt auf den nassen Weg vor seinen Füßen und marschiert zügig voran.

Daimler fragt sich, ob dies eine allgemeine Anmerkung zu den Gefallenen ist, oder ob es sich um einen dezenten Vermerk zu seinem Projekt handelt. »Man muß seinen eigenen Weg gehen und seine eigenen Fehler machen«, erwidert er.

»Und wer sagt das?«

»Ich. Frei nach Ibsen.«

Kurz vor dem Ausgang sehen sie auf der linken Seite das Grabmal des Regisseurs. »F.W. MURNAU / 28.12.1889-11.3.1931.« Es ist das letzte Grab, das sie betrachten, bevor sie den Friedhof verlassen. Daimler wertet es als gutes Zeichen. Er ist optimistisch. Genausogut hätte auf Murnaus Gedenkstein stehen können: WEITERMACHEN!

Das hohe Summen einer Stechmücke riß ihn aus den Gedanken. Er klappte das Buch zu, trank das Bier aus und griff nach dem Zimmerschlüssel. Er war müde. Morgen würde Staal hoffentlich zurück sein und ihn anrufen. Er war gespannt. Der Kellner brachte die Rechnung. Er zeichnete sie ab und legte etwas Trinkgeld dazu. Dann erhob er sich und ging langsam zum Seitentrakt, in dem sein Zimmer lag. Tief sog er die frische Nachtluft ein. Eine gesunde Stadt, dieses Harare. Eintausendfünfhundert Meter über dem Meeresspiegel. Hier waren die Tropen erträglich.

6

»Wußtest du, daß Tanga die Partnerstadt von Eckernförde ist?« Frost zog mit den beiden linken Rädern des Toyota auf das unbefestigte Bankett und versuchte, einer mittelgroßen Schlucht in der Fahrbahn zu entgehen. Der Geländewagen schwankte bedenklich, aber bevor er in den Straßengraben geriet, riß Frost das Vehikel mit einem Tritt aufs Gaspedal und einem jähen Lenkradeinschlag wieder auf die Piste zurück. Zur Belohnung rumste er mit den Vorderreifen in eine Serie von Schlaglöchern, die dem Land Cruiser fast die Achse wegrissen und Frost einen Moment lang das Steuer aus den Händen schlugen.

»Nein. Ist ja interessant. Paßt ins Bild. Woher hast du das?« Chris Baumann hatte sich wieder in ihrer Ecke zusammengekauert und ließ sich mit stoischer Gelassenheit durchrütteln.

»Haben sie mir gestern in der Abteilung für ländliche Kleinbewässerung erzählt. In der Eingangshalle hing übrigens noch eine Reliquie aus der Kolonialzeit. Eine riesige Landkarte des Kaiserlichen Instituts für Tropenlandwirtschaft, die exakt die Lage der *Urwaldreservate* auswies. Ansonsten hocken da nur Intellektuelle und Technokraten, die die Bauern beglücken wollen. Die sollten lieber mal ein paar Planierraupen organisieren und diese Kraterlandschaft plattmachen. Gibt nichts Schlimmeres als eine Teerdecke, die nur noch als Verzierung an Lateritkratern hängt. Dann lieber gleich die gute alte Wellblechpiste aus Erde und Schotter. Ist ja zum Kotzen!«

Chris Baumann lachte. »Du regst dich ja richtig auf. Siegmund.«

»Ist doch wahr. Dagegen war ja jede DDR-Autobahn glatt wie ein Kinderpopo.«

Die Baumann widmete sich wieder der Landschaft. Die Hügel beiderseits der Straße schienen bis hin zur blaugrünen Kette der Usambara-Berge mit nichts anderem als Sisalfeldern bedeckt zu sein. Die Agavengewächse standen in perfekt ausgerichteten dunkelgrünen Reihen, so als ob die Plantagen schon zu Kolonialzeiten generalstabsmäßig auf dem Reißbrett festgelegt worden wären. Ein Eindruck, den die Arbeitersiedlungen im deutschen Stil verstärkten.

Ein Schlackern in der Lenkung zwang Frost zum Anhalten. Der rechte Vorderreifen verlor Luft. Während Frost routiniert das Rad wechselte, betrachtete seine Begleiterin ein etwa zehn Zentimeter breites schwarzes Band zwischen den Dornbüschen. Es bewegte sich.

»Wanderameisen. Sind bei uns in Angola mal durch die Karnickelställe gezogen. Am nächsten Morgen konnten wir uns nur noch die blankgeputzten Gerippe angucken.« Er zog mit dem Kreuzschlüssel die letzte Mutter fest, warf Wagenheber und Werkzeug in den Laderaum und schlug die Tür zu. »Aufgesessen und weiter!« Er wischte sich die Hände an einem Stück Putzwolle ab.

Sie passierten Korogwe. Mit den Reisfeldern um Mombo kam ein frischer, hellgrüner Ton in die Landschaft. Sie machten eine kurze Pause, in der sie sich mit kalter Limonade über ihre Rückenschmerzen hinwegtrösteten.

»Wie weit ist es noch nach Marangu?«

»Ich muß vorher noch einen Abstecher machen«, merkte Frost vorsichtig an.

»Davon hast du mir gar nichts gesagt.« Chris Baumann nahm die Sonnenbrille ab und sah ihren Scout vorwurfsvoll an. »Ich dachte, wir übernachten heute im ›Kibo Hotel‹. Du weißt, daß ich dort eine wichtige Verabredung habe.«

»Ja...« druckste Frost herum. »Ich muß bloß mal kurz rauf nach Lushoto. Dauert nicht lange.«

»Lushoto? Das liegt doch gar nicht auf unserem Weg zum Kilimandscharo.«

»Ist gleich hier um die Ecke, oben in den Usambara-Bergen«, erwiderte Frost. »Das ehemalige Wilhelmstal. Ich dachte, so was ist bestimmt interessant für deine Reportage. Eine Hochburg der Deutschen.«

»Und was ist für dich so interessant an diesem Abstecher?« hakte sie nach.

»Na ja, weißt du…« Frost wand sich sichtlich. »Da oben in den Bergen ist eigentlich mein Projekt. Die Reparaturwerkstatt, die ich leiten soll. Ich müßte mich mal kurz vorstellen.« Er grinste schuldbewußt. »Aber danach hauen wir gleich wieder ab. Das Wochenende steht sowieso vor der Tür. Will nur meine Luftfrachtkiste abstellen.«

»Mein Gott, warum hast du mir das nicht gleich gesagt?« Sie setzte ihre Sonnenbrille wieder auf und bemühte sich um ein versöhnliches Lächeln. Vor lauter Selbstsucht hatte sie bislang noch nicht einmal gefragt, wo Siegmund überhaupt zu arbeiten gedachte. Und er, ganz der Afrika-Profi, hatte so getan, als wäre er völlig frei und ungebunden. Natürlich hatte er recht. Wenn sie ihre große Askari-Reportage schreiben wollte, dann tat er ihr einen Gefallen. Schließlich hatte sie ihm nicht erzählt, daß sie auf ihrer Reise auch noch private Ziele verfolgte.

Egoistische Kuh, sagte sie sich, nur auf deine eigenen Interessen bedacht. Der Mann, mit dem sie verabredet war, würde sicher nicht schon morgen wieder abreisen. *Ein paar Tage Urlaub im »Kibo Hotel«*, hatte er gesagt. Cool bleiben, befahl sie sich. Bleib cool. Du kommst der Sache immer näher. Du bist in Afrika. Und irgendwo hier, im östlichen oder südlichen Teil des Kontinents, liegt dein Ziel. Also ruhig Blut. Du brauchst Hilfe. Du bist zum erstenmal in dieser Ecke. Die Reisereportagen aus Algerien, Ghana und Kenia machen dich noch lange nicht zur Großwildjägerin. Also sei dankbar für diesen liebenswürdigen Ossi. Sei freundlich zu ihm.

»Ist doch klar.« Sie rang sich ein weiteres Lächeln ab.

»Wenn du willst, nehme ich gleich noch ein paar Tage frei.« Frost war erleichtert. »Noch eine Cola?«

»Nein, danke.« Chris Baumann langte nach ihrer Geldbörse. »Ich zahle.«

Der Weg in die Berge führte mit atemberaubender Geschwindigkeit durch enge Serpentinen bis auf eine Höhe von

1600 Metern über der Weite der Massai-Steppe. Ockerfarben verflimmerte die Ebene zwischen bläulichen Hügeln und Bergen. An alte Waldbestände, dunkel und knorrig, schlossen sich zartgrüne Aufforstungsflächen an. Die Fahrt durch die Hochtäler, vorbei an weidenden Kühen und Ziegen, erinnerte an das Allgäu. Die Luft war jetzt klar und kühl, mit dem würzigen Duft von Nadelhölzern angereichert.

»Tief durchatmen.« Frost machte es ihr vor.

Das »Dessie Hotel« lag im Hang über Lushoto. Eigentlich war es nicht mehr als eine Pension. Ein altes Haus mit Wasserproblemen, wie sie gleich nach der Ankunft feststellen konnten. Die beiden einheimischen Frauen, die das Haus bewirtschafteten, waren jedoch daran gewöhnt, das heiße Wasser in Eimern herbeizuschleppen, bis die alte Badewanne in der einzigen Gästetoilette randvoll war.

Jetzt saß Chris Baumann in frischer Kleidung auf der Veranda und sah auf die rauchenden Schlote des vormaligen Wilhelmstal hinab. Das Stadtbild wurde von rotbraunen Kolonialbauten geprägt. Manche sahen mit ihren verspielten Erkern und Türmchen wie romantische Burgen aus, andere wie Forsthäuser.

Der Abend dämmerte. Sie schenkte sich noch einen Schuß Konyagi ein und zog den Pullover über. Es wurde kühl. Aber der einheimische Zuckerrohrschnaps wärmte sie innerlich auf, und es würde noch eine Weile dauern, bis sie sich des Lichts wegen ins Kaminzimmer zurückziehen mußte. Sie hatte sich in ihre Handbücher, Notizen und Landkarten vergraben und nutzte die Zeit, während Siegmund Frost sich um seine tansanischen Partner kümmerte. Energisch griff sie nach dem Laptop und begann zu arbeiten.

»Jambo, Bwana Mzungu!« rufen die Kinder meinem Fahrer entgegen, als dieser sich an der Ortseinfahrt nach Lushoto aus dem Fenster beugt und nach dem Weg fragt. So heißt man den weißen Mann willkommen. Präzise übersetzt heißt Mzungu: der Herumirrende.

In den Usambara-Bergen forschten sich die Kapazitäten der kaiserlichen Institute für Tropenlandwirtschaft und -medizin zur damaligen Weltspitze. Unter ihnen die Bakteriologen Robert Koch, der 1905 für seine Erfolge bei der Behandlung von Malaria und Schlafkrankheit den Nobelpreis erhielt, und Paul Ehrlich, der den Preis 1908 für bahnbrechende Erfolge in der Serumforschung bekam.

Der deutsche Einfluß in Ostafrika geht auf Verhandlungen aus dem Jahr 1884 zurück, die der Präsident der Gesellschaft für Deutsche Kolonisation, Dr. Karl Peters, mit Stammeshäuptlingen führte. 1890 wurde vom Sultan von Sansibar ein Küstenstreifen auf dem Festland für 200 000 Pfund erworben. Das Protektorat Deutsch-Ostafrika wurde ausgerufen, und bald darauf wehte die Flagge mit dem Reichsadler über einem Gebiet, das dreimal so groß war wie das Deutsche Reich und die heutigen Staaten Burundi, Rwanda und Tansania umfaßte. Noch 1889 hatte Otto von Bismarck festgestellt: »Von Haus aus bin ich kein Kolonialmensch.« Es sollte sich zeigen, daß der Reichskanzler Peters' imperialistische Absichten unterschätzt hatte.

»Bluthand« nannten die Afrikaner den Kolonialpionier, der mit seiner bedenkenlosen Rücksichtslosigkeit sogar einen Cecil Rhodes in den Schatten stellte...

Eine der einheimischen Frauen kam auf die Veranda und hielt der Deutschen eine Art Urkunde hin.

Schon zuvor hatte sich die Afrikanerin mit großem Interesse die alte Kolonialkarte und den schwarzen Askari samt Gewehr angesehen, der den gelben Einband von *Heia Safari!*, den Ostafrika-Erinnerungen des Generals von Lettow-Vorbeck, zierte.

Was die Schwarze der Weißen in mühsamem Englisch zum Kauf anbot, war ein Sklaven-Freibrief des kaiserlichen Gouvernements von Deutsch-Ostafrika. Unter dem Reichsadler, der Kennung des Bezirksamtes und der Registernummer stand:

Freibrief No. 1004. Der Name des Freigekauften war Rajabu. Der Geburtsort war wegen der verschmierten Tinte unleserlich. Der Mann war 21 Jahre alt und wohnte in Wanyana. Als Beschäftigung war Schamba-Arbeit angegeben. Der Sklavenbesitzer war ein Schiman zu Wanyana. Der Sklave war von der katholischen Mission in Uhonda freigekauft worden. *…hat heute seine Freiheit erhalten, worüber ihm auf Grund der Verordnung vom 1. September 1891 der gegenwärtige Freibrief gebührenlos ausgestellt worden ist. Bagamoyo, den 2. 7. 1901. Das Kaiserliche Bezirksamt.* Darunter Siegel und Unterschrift. Und am unteren Rand der Urkunde: *Berlin, gedruckt in der Reichsdruckerei 4743. 97/98.*

Bagamoyo, die ehemalige Hauptstadt, rund siebzig Kilometer nordwestlich von Dar-es-Salaam und gegenüber der Insel Sansibar gelegen, war zentraler Umschlagplatz des Sklavenhandels gewesen. In ihrem Hafen endete die arabische Karawanenroute, die vom Tanganjika-See zum Indischen Ozean führte. Hier stellten große Expeditionen ihre Trägerkolonnen zusammen.

Baga moyo.

»Wirf dein Herz weg.«

Christa Baumann legte das Dokument auf den Tisch, hob den Laptop von ihrem Schoß und stellte ihn auf die Kacheln. Sie fingerte die beiden Resochintabletten aus der Hosentasche und spülte sie mit einem kräftigen Schluck Konyagi runter. Die Malariaprophylaxe erinnerte sie an die Schwierigkeiten des Generals. Als von Lettow-Vorbeck und die Seinen 1915 im Zuge der Kampfhandlungen von der Chininversorgung aus Europa abgeschnitten worden waren, war es dem Biologischen Institut Amani in Usambara gelungen, aus dort gewonnener Chinarinde ein Ersatzprodukt herzustellen. Trotzdem erkrankte von Lettow-Vorbeck insgesamt zehnmal an Malaria. Sie nahm noch einen Schluck.

Dann lächelten sich die beiden Frauen an und begannen zu feilschen.

7

Die Bar im »Meikles Hotel« war im traditionellen Pub-Stil eingerichtet.

Der Raum strahlte auch jetzt noch soviel koloniales Flair aus, daß die Gäste inmitten dieser Kulisse wie eine Fehlbesetzung wirkten. Statt der einstigen rhodesischen Herrenrasse, bleich, sommersprossig und mit karottengelben Haaren, tummelten sich jetzt agile Denzel Washingtons in modischen Anzügen und mit Designerbrillen an Tresen und Tischen. Sie diskutierten über Börsenkurse, kommentierten den weltweiten Niedergang des Kommunismus und bestellten gelegentlich mit lässiger Geste frische Drinks für ihre eleganten Begleiterinnen, die allesamt das Cover von *Ebony* hätten zieren können.

Im Augenblick war Daimler der einzige Weiße im Raum, aber er kam sich keine Sekunde lang ausgegrenzt oder gar abgelehnt vor. Hier gehörte man dazu, wenn man Lust hatte. Oder man ließ es sein. Daimler besah sich das Ganze lieber aus der Distanz. Er trank sein drittes Bier.

Staals Frau hatte nachmittags angerufen und mitgeteilt, daß sich die Rückkehr ihres Mannes um einen Tag verzögern werde. Sie bat um Verständnis. Da sich der Besucher aus Berlin schon lange zuvor angemeldet habe, sei der Aufschub besonders peinlich. Kein Problem. Daimler hatte Zeit. Er war gelöst wie schon lange nicht mehr. Warum also nicht ein paar Bier zur Happy Hour? Danach was essen und früh ins Bett. Der Rhythmus bewährte sich. Lag vielleicht an der Höhe. Jedenfalls war es gut für die Nerven.

Der Shona in der roten Jacke servierte das vierte Zambezi.

Daimler betrachtete sich in dem teilweise blinden Spiegel hinter den Flaschen. Um ihn herum summte das feierabendliche Treiben der Simbabwer. Er fühlte sich auf eine seltsame Art zu Hause. Man ließ ihn in Ruhe. Niemand wollte was von ihm. Na gut, auf dem Weg hierher hatte ein Kellner des »Brontë Hotel« um ein paar Simbabwe-Dollar gebettelt. Seine

Frau sei krank, und er müsse Medizin kaufen. Und ein paar Schritte weiter hatte ein alter Mann gefragt, ob er ihm nicht eine Anstellung als House Boy vermitteln könne. Beide waren schwarze Afrikaner gewesen. Aber zuvor hatte er im Hotel einen Fernsehbericht über den *White Trash* der Metropole gesehen. Ein bleichhäutiger Schnapsbruder hatte einer Reporterin vor dem Hauptbahnhof von Harare geduldig Frage und Antwort gestanden. Die Apartheid, so hatte der Weiße mit einem müden Grinsen geantwortet, sei von ihm und seinen schwarzen Leidensgenossen schon vor Jahren abgeschafft worden.

Weißer Müll.

Wann hatte er aufgehört, an das Drehbuch und den Film zu denken? Wann genau hatte er die Lust verloren, das Projekt weiterzuverfolgen? Vermutlich nach dem Spaziergang mit Arnulf Kranich. Mit neuer Energie war er vom Friedhof nach Hause gekommen, von dem Gedanken beherrscht, den Faden wiederaufzunehmen.

Der Umschlag liegt noch da, wo er ihn deponiert hat, bevor ihm die Ereignisse um Blausturms Tod das Heft aus der Hand genommen haben.

In der Lounge des Miami International Airport und auch noch im Flugzeug konnte Daimler kaum widerstehen, das Kuvert zu öffnen. Aber das Versprechen, das er dem Colonel geben mußte, lautete: erst in Deutschland. Als er jetzt den Manilaumschlag aus der Schublade nimmt, in der er die Sicherungsdisketten seiner Skripte aufbewahrt, ist die Spannung fast verflogen. Zurückgedrängt durch die Gewalt, die ihn nach seiner Rückkehr eingeholt hat.

Er bricht das Siegel und sondiert den Inhalt. Es handelt sich um einen Packen Fotokopien und einen handgeschriebenen Brief in einem schmalen weißen Kuvert, dessen Lasche nicht zugeklebt ist. Bevor er sich den Zeilen des Colonel widmet, sichtet er die Kopien. Neben Auszügen aus Standesamtsregistern der Lebensbornheime »Hochland« in Steinhöring bei

München, »Wienerwald« bei Wien und »Harz« in Wernigerode liegt eine Liste von Institutionen bei, die als Entbindungsheime dienten. So das Haus »Kurmark« in Klosterheide bei Berlin, »Schwarzwald« in Nordrach/Baden und »Pommern« bei Bad Polzin. Andere Kopien stammen von Geburtsurkunden, die gegen eine Gebühr von sechzig Reichsmark ausgestellt wurden und außer dem Namen des Kindes, dem Geburtsdatum und Geburtsort sowie der amtlichen Beglaubigung durch Siegel mit Reichsadler und Hakenkreuz und der Unterschrift des Standesbeamten keine weiteren Angaben enthalten. Die vorgedruckten Sparten *Vater* und *Mutter* sind mit Tinte ausgestrichen. Ferner liegen Ablichtungen von Urkunden bei, auf denen unter der Überschrift GEBOREN FÜR DEUTSCHLAND in den Spalten *Ein Sohn von:* und *Eine Tochter von*: die Namen beider Elternteile und das Geburtsdatum des Sprößlings angegeben sind. Darüber hinaus ist der SS-Rang des Vaters angegeben, und man hat festgehalten, um das wievielte Kind des jeweiligen Paares es sich handelt. Nicht genannt sind die Namen der Söhne und Töchter. Der größte Teil des kopierten Materials allerdings besteht aus Namenslisten adoptierter Lebensbornkinder, offenbar von US-Dienststellen zusammengestellt. Flüchtig überfliegt Daimler die Seiten und legt sie beiseite. Dann inspiziert er die Fotokopie eines einzelnen Schriftstücks.

Der Reichsführer-SS

Feld-Kommandostelle
Hegewald, d. 15. Aug. 1942

SS-Befehl an die letzten Söhne

SS-Männer!

1. Ihr seid auf Befehl des Führers als letzte Söhne aus der Front zurückgezogen worden. Diese Maßnahme ist erfolgt,

weil Volk und Staat ein Interesse daran haben, daß Eure Familien nicht aussterben.

2. Es ist noch niemals die Art von SS-Männern gewesen, ein Schicksal hinzunehmen und von sich aus nichts zu seiner Änderung beizutragen. Eure Pflicht ist es, so rasch wie möglich durch Zeugung und Geburt von Kindern guten Blutes dafür zu sorgen, daß Ihr nicht mehr letzte Söhne seid.

3. Seid bestrebt, in einem Jahr das Fortleben Eurer Ahnen und Eurer Familien zu gewährleisten, damit Ihr wiederum für den Kampf in der vordersten Front zur Verfügung steht.

Unter dem Befehl stehen die steilen, leicht nach rechts geneigten Tintenlettern der Unterschrift: H. Himmler. Daimler fällt auf, daß der SS-Chef auch hinter das »r« seines Nachnamens einen Punkt gemacht hat.

Er geht in die Küche und setzt Wasser für einen Tee auf. Bevor er zum Schreibtisch zurückkehrt, bleibt er eine Weile an der Glasfront stehen und schaut zu den Kindern, die trotz der Kälte auf dem Spielplatz gegenüber herumtoben. In ihren bunten Anoraks und Thermo-Overalls sehen sie aus wie Zwergastronauten.

Der Brief des Colonel trägt das Datum vom 30. Oktober 1990. Der Tag, an dem Norman Delano Miller ihm den Umschlag überreicht hat.

Lieber Joachim:

Lassen Sie mich Ihnen vorab nochmals für die vielen interessanten Gespräche danken, die wir geführt haben. Es war für einen alten Mann wie mich ein Vergnügen, am Entstehungsprozeß eines künstlerischen Werkes beteiligt zu sein. Oft genug habe ich fertige Arbeiten verkauft und somit – wie ich sicher in aller Bescheidenheit feststellen darf – zu ihrer Verbreitung und angemessenen Honorierung beigetragen. Aber keines dieser Bücher hat ein Thema behandelt, das so sehr mit meinem eigenen Leben und dem Leben meines Sohnes verknüpft ist. Ich hoffe deshalb, daß ich das eine oder andere von Interesse zum Inhalt Ihres Drehbuches beitragen konnte.

Sie finden in diesem Umschlag Auszüge aus Geburtenregistern, die von SS-Beamten im Standesamt Steinhöring II geführt wurden. Ich denke, daß dies für die Präzisierung der Herkunft ihres Hauptdarstellers Ganter und die Drehbuchszenen in Bogenhausen von Nutzen sein kann, denn seine Mutter wird naheliegenderweise zur Entbindung das Heim in der Nähe Münchens aufgesucht haben (obwohl nachweislich nicht wenige Frauen – wohl aus Gründen des guten Rufes – aus dem Umfeld Berlins in Bayern entbunden haben. Vermutlich fand eine ebensolche Wanderbewegung auch in entgegengesetzter Richtung statt, aber die Materialien aus dem sowjetischen Einflußbereich sind mir nur bruchstückhaft vertraut). Nun, wie ich von Ihnen gelernt habe, ist für den Film wohl die einfachste Erklärung die beste, um die Handlung für den Zuschauer nicht unnötig zu komplizieren. Neben den Auszügen aus den Steinhöring-Registern habe ich zum Vergleich weitere von anderen Heimen beigefügt. Die Geburtsanzeige mit dem pompösen Motto »Geboren für Deutschland« stammt aus den SS-Heften. Es gab in diesen Publikationen im übrigen auch vergleichbare Anzeigen mit dem Motto »Gestorben für Deutschland«, aber entsprechende Daten dürften für Ihr Vorhaben eher unbedeutend sein. Himmlers SS-Befehl an die letzten Söhne ist die Kopie einer Ablichtung aus Ihrem Bundesarchiv. Soviel zu Ihrem Film und zum Anlaß unseres Treffens in Florida.

Was mich aber heute an Sie schreiben läßt, ist die Gewißheit, daß dieses Projekt noch weit größere Bedeutung für Sie haben wird, als Sie bislang ahnen konnten. Sie werden sich an unseren kleinen Ausflug auf der Sloop erinnern. Als Sie und Robert mir nach dem Tauchen Gesellschaft leisteten, wollten Sie zunächst keine Auskünfte über Ihr eigenes Privatleben geben. Sie begründeten Ihre Zurückhaltung damals mit einer dramaturgischen Regel. »Rückblenden sollten in einem Film möglichst vermieden werden, denn sie hemmen den Erzählfluß, verlangsamen also die Handlung unnötig«, stellten Sie damals fest, wenn ich mich recht erinnere. Und Sie fügten hinzu, daß sie diese Regel auch gerne im Privaten beachten. »Es geht immer nach vorne«, sagten Sie. Ich erwiderte Ihnen darauf, daß nach meiner Auffassung der Mangel an erläuternden Rückblenden möglicherweise die einzige Schwäche von »Die beinharte Tänzerin« ist und mir deshalb die Identifikation mit den Figuren etwas schwerfällt.

Nun gut, jedenfalls haben Sie dann, an jenem späten Nachmittag auf dem Achterdeck, doch noch erzählt, daß Ihr Vater Anfang der fünfziger Jahre bei einem Arbeitsunfall ums Leben gekommen ist und Sie ihn deshalb so gut wie nicht gekannt haben. Sie haben auch von Ihrer Mutter erzählt. Es fiel Ihnen sichtlich schwer. Sie müssen eine harte Kindheit gehabt haben. Eine Kindheit, in der Ihre Mutter (verzeihen Sie mir diesen Vergleich) wie ein Blockwart herumgespukt haben muß. Es ist meiner Auffassung nach wenig hilfreich, Heranwachsende mit Prügeln erziehen zu wollen. Ich selbst kann behaupten, daß ich meinen Sohn ohne jede Ohrfeige soweit gebracht habe, daß er die Spielregeln akzeptiert – auch wenn er sie nicht immer einhält. Was es für einen Jungen bedeutet, ohne Vater aufzuwachsen und von einer Frau gezüchtigt zu werden, darüber möchte ich an dieser Stelle nicht spekulieren, jedenfalls verabscheuen Sie ihre Mutter. Sie haben es nicht direkt gesagt. Aber es klang bei jeder Ihrer Schilderungen durch. Vielleicht hassen Sie die Frau sogar.

Lieber Joachim, ich hätte Ihnen auch dazu keinen so langen Brief geschrieben, wenn ihre Worte nicht eine Saite in mir angeschlagen hätten. Als Sie den Namen Ihrer Mutter erwähnten, wurde der Warnton lauter. Erika Daimler, geborene Schmitt. Als ich mit meinen Männern im Frühjahr 1945; in Steinhöring einrückte und zum ersten Mal mit dem Problem Lebensborn in Berührung kam, geisterte der Name »Oberschwester Erika« durch die Ermittlungen über die Vorgänge im Heim. Jene Schwester Erika, auch als »Feldwebel Erika« bekannt, war wegen ihrer Aktivitäten im Heim Steinhöring verrufen.

Ich habe die Dame nie kennengelernt und hätte wohl auch die

Gerüchte um sie vergessen, wenn ich nicht später (und nunmehr in eigener Sache) unter den Namen der Adoptiveltern erneut und eher zufällig auf den Namen Erika Schmitt gestoßen wäre. Es lag zwar nicht mehr innerhalb meiner Zuständigkeit, der Angelegenheit nachzugehen, aber ich machte mich über den Vorgang sachkundig, da ich aufgrund der Informationen über das Wirken dieser Frau erhebliche Zweifel hatte, ob sie die ideale Adoptivmutter für ein Lebensbornkind sei.

Wie Sie wissen, wurde der Verein nie richtig belangt oder sogar verurteilt. Es gab Dunkelzonen, in die kein Licht gebracht werden konnte und seitens der deutschen Stellen wohl auch kein Licht fallen sollte. Frau Schmitt heiratete später, und die Person des Stiefvaters mag die Bedenken gegen die Adoption relativiert haben. Ich habe die Angelegenheit damals nicht mehr weiterverfolgt. Aber nach jenem Nachmittag am Riff habe ich das alte Material nochmals hervorgeholt und bin unter D wie Daimler auf die Angaben gestoßen, die auch Sie auf den Kopien finden werden. Adoptiveltern: Rolf Daimler und Frau Erika, geb. Schmitt, Kind: Joachim Karl, geboren am 7. Oktober 1944. Ich habe dann in den Geburtsanzeigen aus den SS-Heften unter dem entsprechenden Zeitraum nachgeforscht und die Angaben über die Eltern gefunden, die Sie selbst auf der Kopie überprüfen können.

Sie sind ein Betroffener, Joachim. Sosehr Sie dies überraschen oder erschrecken mag, ich sehe darin weder etwas Schlechtes noch etwas Böses, denn ich habe einen wie Sie großgezogen. Und wie ich meine, das damit verbundene Erbe überwunden. Die Tatsache, daß Schwester Erika »nur« Ihre Stiefmutter ist, mag ein Trost für Sie sein.

Ich grüße Sie herzlich. Bitte sehen Sie mir nach, daß ich Ihnen diese Wahrheit auftische. Aber was sollte ich tun? Einem Mann, der sich mit dem Thema schon in abstrakter Form voller Besessenheit befaßt, verheimlichen, daß er selbst ein Betroffener *ist? Ich bin sicher, daß Sie mich verstehen.*

Ihr

Norman Delano Miller

PS: Ihr Geburtsdatum mag nun eine besondere Bedeutung für Sie bekommen. Aber tun wir dem Hähnchenzüchter und Massenmörder nicht zuviel Ehre an, mein Sohn.

Unterbewußt nimmt Daimler wahr, daß der Deckel auf dem kochenden Wasserkessel scheppert. Wie versteinert bleibt er an seinem Schreibtisch sitzen und starrt auf den leeren Bildschirm des Computers. Daten und Schlußfolgerungen wirbeln in seinem Kopf herum. Er kneift die Augen zusammen, wirft einen Blick an die Decke und sucht dann aus dem Bündel Kopien diejenige hervor, die ihm das letzte Stück Wahrheit zeigen wird.

GEBOREN FÜR DEUTSCHLAND. Es hört sich an, als hätte er eine Goldmedaille bei den Olympischen Spielen gewonnen. Er steht auf dem Treppchen und weiß, daß sein Körper manipuliert ist. Ein klarer Fall von Doping. Der Medizinmann der Firma Lebensborn hat ihn zum Sieger gespritzt.

Ein Sohn von: Daimler fährt mit der Fingerkuppe an der Reihe mit den Geburtsdaten entlang. An dritter Position steht: *am 7. 10. 44 – 1. Kind.* Es ist die einzige Geburt unter diesem Datum. Daimlers Blick wandert nach links. *Frau Margot, geb. Becker.* Darunter steht: *SS-Standartenführer Kurt Hartlaug.*

»Joachim Hartlaug«, sagt Daimler leise vor sich hin. »Joachim Karl Hartlaug«, wiederholt er lauter.

In der Küche rasselt der Kessel.

Daimler erhebt sich. »Joe Hartlaug, Sohn des Standartenführers Hartlaug«, sagt er auf dem Weg in die Küche.

Der Wasserkessel tanzt in einer Dampfwolke auf dem Herd.

»Ein Patenkind des Reichsführers«, murmelt Daimler, während er den Griff packt und den Kessel von der Flamme hebt. Der Behälter ist seltsam leicht. Nur noch ein kleiner Rest Wasser ist übriggeblieben. Daimler spürt weder den kochendheißen Dampf noch das glühende Metall. Sekundenlang starrt er in die Flamme, geblendet von ihrem eisblauen Schein. Dann dreht er das Gas ab.

Erst jetzt nimmt er den Schmerz wahr.

8

»Mister Staal ist heute morgen abgereist.« Der Manager des »Kibo« lächelte mitfühlend. »Er fühlte sich nicht wohl. Die Höhe.«

»Scheiße!« Chris Baumann warf Frost einen vernichtenden Blick zu.

Siegmund Frost nahm die Anklage kaum wahr. Der Name Staal hatte ihn förmlich elektrisiert. Nur mit Mühe wahrte er eine gleichgültige Miene.

»Sind Sie ganz sicher?« Ihr fiel auf, daß der Hotelchef wie eine asiatische Ausgabe von Max Schmeling aussah.

»Er hat seine Rechnung bezahlt und ist mitsamt Gepäck zum Flughafen aufgebrochen.« Das Gesicht des Managers blieb unverändert freundlich.

»Hat er eine Nachricht für mich hinterlassen?«

»Bedaure.« Der Chef warf seinem Angestellten hinter dem Empfangstisch sicherheitshalber einen fragenden Blick zu, den dieser mit einem Kopfschütteln quittierte. »Offenbar nicht. Ich hoffe, daß Sie trotzdem bei uns bleiben. Soll ich das Gepäck auf die Zimmer bringen lassen?«

»Ja, natürlich...«

»Wenn Sie mich dann bitte entschuldigen wollen.« Er deutete eine Verbeugung an und verließ die kleine Empfangshalle des altmodischen Bergsteigerhotels.

»Tut mir leid«, meldete sich Frost.

»Ach, ist schon gut. Ich dachte, auf einen Tag käme es nicht an. Meine Schuld.« Chris Baumann versuchte ihren Scout versöhnlich anzugrinsen.

Frost wußte nicht, wie er die Grimasse auslegen sollte. Er entschloß sich für einen vorläufigen Rückzug auf sein Zimmer. »Sehen wir uns zum Abendessen?«

»Sicher. Ich nehme erst mal einen Drink an der Bar.«

Frost stieg in Begleitung des Boys, der sich um das Gepäck kümmerte, die Treppe in den ersten Stock hoch.

Die Bar wurde von einer Touristengruppe aus Österreich belagert, die lautstark ihren Frust über die Einreisebürokratie auf dem internationalen Flughafen Arusha kundtat. Chris Baumann entschloß sich, ihren Ärger noch nicht im Alkohol zu ertränken. Sie bestellte sich einen Tee.

Während sie an einem Tisch auf das Getränk wartete, lenkte die Reisegruppe sie mit ihrem Geschwätz von der Staal-Pleite ab. Die Formularattacke bei der Ankunft in Tansania hatte die Damen und Herren aus Salzburg und Wien anscheinend schwer verstimmt. Schon empfanden sie den Abstecher, der sie aus Kenia hergeführt hatte, wie einen Besuch beim ärmeren und bockigen Bruder. Kenia und das westliche Kapital vermittelten aller Welt den Eindruck, der Kilimandscharo liege in einer Oase des gepflegten Massentourismus, irgendwo zwischen Nairobi und Mombasa. Daß der Berg im Sozialismus aufragt, hatten die wenigsten Charterreisenden auf der Rechnung. Aber spätestens der Griff nach ihren Devisen hatte den Alpenländlern klargemacht, daß die europäischen Reiseveranstalter doch nicht die totale Kontrolle über alle Sehenswürdigkeiten für Globetrotter haben.

Auch Siegmund Frost und Chris Baumann waren bei der Ankunft ein wenig enttäuscht gewesen – allerdings wegen der Wolkenfelder, die den Berg über Marangu verhüllten. Aber Mr. Labrosse, der Hotelmanager aus Madagaskar, hatte gelassen darauf hingewiesen, daß der Kili sich meist nur früh am Morgen und am späten Nachmittag zeigte.

Der Tee kam. Chris Baumann trank zwei Tassen und flüchtete dann vor der deutschsprachigen Herde. Sie machte einen kurzen Rundgang im Garten und inspizierte das Gebäude, bevor sie sich auf ihr Zimmer zurückzog. Das »Kibo-Hotel« lag eintausendvierhundert Meter über dem Meeresspiegel in einer der landwirtschaftlich fruchtbarsten Regionen des Landes. Das Klima war angenehm frisch, und der Hotelgarten war ein einziges Blumenmeer. Das Gasthaus erinnerte mit seinem Dekor an eine Schutzhütte in den Dolomiten. Von hier aus brachen die Bergsteiger zu ihrem Kampf gegen die dünne Luft auf. Den Gipfel zu erreichen war weniger eine Frage der Kletterkunst, sondern von Kondition und Kreislauf abhängig.

Chris Baumann machte es sich auf dem Balkon ihres Zimmers gemütlich, atmete gierig die klare Luft ein und las in von Lettow-Vorbecks Erinnerungen, in denen der General seinen ersten Besuch in der Gegend beschrieb.

»Von Neu-Moschi, dem Endpunkt der Usambarabahn, bestieg ich den Kilimandscharo. Dieser herrliche Berg von über 6000 Meter Höhe trägt auf seinem höchsten Gipfel eine Krone von Schnee und Eis. Bis auf 3000 Meter Höhe reicht um das große Bergmassiv ein gewaltiger Urwaldgürtel, in dem alles wilde Getier Afrikas zu Hause ist. Oberhalb des Urwaldes hört die Vegetation fast gänzlich auf, und von dem Plateau in Höhe von 4800 Meter erheben sich die beiden gewaltigen Gipfel, der Kibo zu 6025 Meter und der Mawensi zu 5400 Meter. Bis auf das Plateau stieg ich mit meinem Begleiter in zwei Tagen hinauf und herunter, ein etwas anstrengendes Unternehmen. An dem oberen Rand des Urwaldes, bei dem 3000 Meter hoch gelegenen Bismarckhaus, trafen wir das Malerehepaar Ruckteschell und ihren Schweizer Freund, die, vor großen Leinwänden mit dem Malen des Kilimandscharo beschäftigt, uns dort einen kleinen Imbiß gaben. Von diesem Bismarckhügel aus hatten wir einen herrlichen Überblick über die Steppe, sahen die Grenze des deutschen Gebietes, sahen weit ins Englische hinein und sahen auch die fernen Berge an der Ugandabahn. Alle jene Gebiete, in denen wir uns noch im gleichen Jahr so intensiv mit dem Gegner beschäftigten. Meine guten Träger, die nicht so schnell unseren Maultieren folgen konnten, sondern mit ihren schweren Lasten mühsam den Berg heraufkeuchten, ließen wir dann zurück und ritten mit dem Schlüssel für die Petershütte durch die kurze, grasbewachsene Steppe hinauf zum Plateau bis über 4000 Meter. Große Elenherden weideten dort ganz unbefangen und ohne Scheu vor Europäern, die ihnen in dieser Gegend mit der Jagd nichts anhaben durften. Auf dem Plateau herrschte

gewaltige Kälte, und in der kleinen ungeheizten Petershütte, in der wir übernachteten, war am Morgen das Waschwasser gefroren. Wir waren hoch über den Wolken und sahen unter uns das Nebelmeer wie eine leicht gewellte Schneedecke, durch deren Öffnungen man das englische und deutsche Gebiet nördlich und südlich des Bergmassivs durchblicken sah. Im Gegensatz zu der Gluthitze der Küste und Steppe ist die frische Luft und frostige Kälte auf den Höhen des Kilimandscharo den Europäern eine wundervolle Erholung. Viele steigen aus den Pflanzungsgebieten am unteren Berghang in diese Höhe, die man mit den Maultieren noch bequemer als wie zu Fuß erreicht. Ruckteschells erzählten mir von ihrem interessanten Aufstieg auf den Gipfel des Kilimandscharo, dessen Krater zwei Kilometer im Durchmesser hat, voll Schnee und der merkwürdigsten Eisgebilde ist, und dessen Gipfel, die Kaiser-Wilhelm-Spitze, bisher nur vier Menschen erstiegen haben. Die Schwierigkeit liegt in der dünnen Luft. Aber die Mühe hatte sich gelohnt, auch wenn sie vierzehn Tage lang hinterher an den Folgen ihrer sonnenverbrannten Gesichter schwer zu leiden hatten, nur Flüssiges, und dieses auch nur durch Makkaroniröhren zu sich nehmen konnten. Sie meldeten mir voll Stolz, sie hätten auf der Kaiser-Wilhelm-Spitze zum Zeichen ihres Aufstiegs eine Steinpyramide errichtet mit einem Gipfelbuch und auf diesem Steinhaufen die deutsche Flagge befestigt, die dort von nun an »höchster Stelle« auf deutschem Boden wehen soll. Ich glaube nicht, daß der Feind diese deutsche Flagge niedergeholt haben wird und somit Besitz ergriffen hat von unserem herrlichsten, höchsten deutschen Berge…«

Es klopfte.

Als sie öffnete, stand Frost vor der Tür.

»Wollen wir nicht noch ein Stück die Straße hochfahren, dem Berg entgegen? Vielleicht ist er ja jetzt zu sehen.«

»Gute Idee.« Sie schlug das Buch zu. »Gib mir fünf Minuten.«

»Ich warte unten.« Er zog die Tür ins Schloß.

Als sie wenig später langsam über die gewundene Asphaltpiste bergauf fuhren, zauberte das schwächer werdende Tageslicht einen zarten Pastellton in die Landschaft. Üppige Vegetation begleitete sie, von Kaffeesträuchern bis zu Bananenstauden, Fruchtbarkeit, soweit das Auge blickte. Der Horizont jenseits der Ebene verschwamm in zarten blauen und grünen Streifen, so blaß, daß man die Welt dahinter nur erahnen konnte. Als Kontrast zu der vagen Weite im Tal stand der Berg in der Dämmerung, scharf wie ein gemeißeltes Monument über dem Land. Es ging auf die Nacht zu, und der Kilimandscharo zeigte sich. Hell schimmerte der Schnee unter dem Gipfel.

Frost hielt an und stellte den Motor ab.

»Wunderschön.« Chris Baumann schlug den Kragen ihrer Buschjacke hoch und verkroch sich tiefer in ihren Pullover. Es wurde kalt. Die Moskitos hatten sich bereits verabschiedet.

»Was wolltest du von diesem Staal?« Frost konzentrierte sich auf den weißen Schnee.

Sie musterte sein Profil, besah sich die kleinen, hellen Falten, die sich vom Auge durch die tiefgetönte Haut zur Schläfe zogen, und wußte, daß sie mit einer Lüge nicht durchkommen würde. Einen Moment lang dachte sie an Mayling. Sie sah die Chinesin in Frosts Armen. Sie waren beide noch so jung. Sie erschauderte und kroch noch ein bißchen tiefer in die Wolle.

»Und?« hakte Frost nach, ohne den Blick zu wenden.

»Was soll der Kommandoton?« Das Adrenalin half. »Weißt du übrigens, daß sich das Wort ›Kommando‹ unter den Einheimischen in Deutsch-Ostafrika einer großen Beliebtheit erfreute? Es war eine Art Zauberwort, das alles erklärte, und das man sich gelegentlich als Eigennamen zulegte.«

»Lenk nicht ab.«

»Okay.« Sie atmete tief durch. »Ich arbeite neben meiner Askari-Reportage noch an diesem Lebensborn-Thema, und Herr Staal war ein Kontakt, von dem ich mir Aufklärung erhoffte.« Sie zog Frost am Pferdeschwanz, damit er zu ihr hersah. »Und deshalb war ich auch so verdammt sauer, als wir ihn verpaßt haben. Ich glaube, ich habe schon gesagt, daß ich dir nicht die Schuld gebe – also sei bitte etwas versöhnlicher.«

»Aufklärung bei was?« Er sah ihr in die Augen. »Da steckt doch mehr dahinter.«

»Mag sein ...«

»Dann erzähl' ich dir jetzt mal, warum der Name Staal mir was sagt. Vielleicht bist du ja danach bereit, mir ebenfalls reinen Wein einzuschenken«, sagte Frost und schaute wieder zu dem Schnee.

9

»Niemand hat mit solcher Entschiedenheit gegen den Nationalsozialismus gekämpft wie wir Kommunisten«, stellte Ernst Staal fest.

Er nahm die Brille ab und putzte die Gläser sorgfältig mit einem Papiertaschentuch. Dann sagte er mit einer Spur Verachtung, bei der sein hanseatischer Tonfall noch deutlicher durchklang: »Und es waren nicht etwa irgendwelche Freundeskreise, die diesen Verbrechern nach fünfundvierzig beim Abtauchen geholfen haben. Nein, das war hauptsächlich die Kirche.«

Staal setzte die Brille wieder auf und steckte das Tuch in die Brusttasche seiner olivgrünen Safarijacke. Die mit Altersflecken gesprenkelten feingliedrigen Hände zitterten nur leicht. »Ich bin jetzt vierundsiebzig Jahre alt, und ich genieße jeden Tag, den ich noch dabeisein darf. Es geht mir gut. Die Knochen tun zwar weh, und die Augen wollen nicht mehr so. Aber wenn ich sehe, an welchen Wohlstandskrankheiten die Leute in Deutschland schon mit sechzig eingehen, dann kann ich nicht klagen. Afrika hält mich jung. Ich reise viel. Wenn auch etwas bequemer als früher. Man muß in Bewegung bleiben, Herr Daimler. Ich habe mir noch einmal den Kilimandscharo angesehen. Ich denke, das war nun wirklich das letzte Mal. Bei allem Optimismus.« Er lachte leise.

Er blickte über die Terrasse zu dem offenen Küchenfenster hinter den schmiedeeisernen Gittern. »Meine Frau ist erst fünfzig, aber sie wollte sich den kurzen Abstecher nicht mehr antun«, fuhr er in vertraulichem Tonfall fort. »Aber kochen, für einen wie Sie aus Deutschland, das tut sie gern.« Das Klappern von Töpfen war zu hören. »Marta?«

»Ja, Ernst?«

»Wie kommst du voran?«

»Gut, mein Lieber, gut. Noch ein halbes Stündchen. Trinkt noch ein Bier.«

»Sie ist eine gute Frau.« Staal rappelte sich aus dem Korbsessel hoch und griff nach den leeren Flaschen. »Entschuldigen Sie mich einen Augenblick. Sie trinken doch noch eins?«

»Gerne.« Daimler sah dem alten Herrn nach, der nur leicht gebeugt mit energischen Schritten zum Haus ging. Erwin Staal war ein schlanker, drahtiger Mann mit dichten grauen Haaren und einer glattrasierten, kantigen Kinnpartie. Er sah so aus, wie diejenigen, die ihn einst ins Konzentrationslager gebracht hatten, gern ausgesehen hätten.

Daimler gefiel das alte Steinhaus, das sich flach und weit über das riesige Grundstück erstreckte. Trotz seiner Größe war das hinter dichten Bäumen, Büschen und Blütengewächsen liegende Gebäude von der Straße her kaum zu sehen. Es stand in einem der vielen parkähnlichen Wohnviertel von Harare, inmitten öffentlicher Grünflächen, locker bebauter Grundstücke und von Bougainvilleen und Jacaranden gesäumten Alleen.

Staal kehrte mit dem Bier zurück. »Das Hauspersonal ist nur von Montag bis Freitagmittag da. Am Wochenende wollen wir unsere Ruhe haben.« Er schenkte Daimler nach. »Und wenn man nicht ab und zu selbst noch etwas tut, rostet man ein.« Er setzte sich und goß sein Bier ins Glas. »Der Wächter ist natürlich da. Obwohl es die Hunde auch alleine schaffen würden.« Er pfiff leise.

Die vier gelbbraunen, kurzhaarigen Tiere kamen jeweils pärchenweise aus verschiedenen Ecken des Anwesens herangesprintet, drängten sich um Staals Sessel, holten sich ihren Klaps ab und ließen sich dann neben ihrem Herrn auf dem Boden nieder. Der Rhodesian Ridgeback, so hatte Staal bereits bei der Ankunft erklärt, bellt kaum. Denn ursprünglich war er ein Jagdhund, der den Jägern die Löwen zutreiben mußte. »Sie gehen bis auf Lorna und Powder zurück«, hatte er Daimler stolz erklärt, »ein Hundepaar, das der Missionspionier Charles Helm 1875 von Swellendam am Kap zur Hope Fountain Mission im Matabeleland mitbrachte. Anschließend kreuzte der berühmte Großwildjäger Cornelius van Rooyen Tiere aus seiner Meute mit Helms Hunden, und heraus kamen ›van Rooyens Löwenhunde‹ wie sie genannt wurden.«

»Wann haben Sie sich darauf spezialisiert, ehemalige SS-Männer aufzuspüren?« fragte Daimler.

»Nicht nur Angehörige der SS ...« berichtigte Staal. »Ich nehme an, der Gedanke an Vergeltung beherrschte mich, seit sie mich auf ihrer Todesliste hatten. Ich war noch jung, als sie mich erwischten. Ich habe gelitten, und ich habe nur mit unendlich viel Glück überlebt. Als es vorbei war, prägten vor allem zwei Ideen mein Denken. Zum einen fühlte ich mich dem Sozialismus stärker verbunden denn je. Vor den Nazis hatte ich gar nicht soviel für die Bewegung übrig. Ich war eher von der Ideologie fasziniert, als daß ich politisch aktiv mitgearbeitet habe. Insofern ist es geradezu absurd, daß ich wegen meiner Mitgliedschaft in der KP einen derart hohen Preis bezahlen mußte. Erst nachdem ich gesehen und am eigenen Leibe erfahren habe, was der Nationalsozialismus ist, wurde ich aktiver Sozialist. Und Moskau war nun mal mein Parteibucherbe. Außerdem wollte ich Rache. Rache für die Genossen, die gekämpft hatten und dafür sterben mußten.«

»Warum sind Sie damals in West-Deutschland geblieben?«

»Erstens war Hamburg meine Heimatstadt.« Staal lächelte. »Und zum andern war ich, was meine politische Überzeugung angeht, schon immer Romantiker. Und was hätte ich in einem Staat suchen sollen, der sich zuallererst einen riesigen Sicherheitsapparat aufbaut? Die Tschekisten waren schlimmer als die Gestapo. Nein, da waren mir die italienischen Kommunisten lieber. Die tragen so etwas in Gold.« Er deutete auf Daimlers Armbanduhr. »Wenn jemand Spaß am Leben hat, erzeugt das bei mir Vertrauen.« Sein Lächeln war breiter geworden. »Mein Credo lautete immer: Vieles für alle – nicht nahezu alles für einige wenige und fast gar nichts für die Masse.« Er goß sich gerade soviel Bier nach, daß wieder Schaum auf seinem Glas stand. »In der DDR hat man doch nur die totalitäre Pest konserviert. Später bin ich dann aus der Partei ausgetreten, und ich konnte mich bis heute nicht entschließen, Sozialdemokrat zu werden. Ich war mit anderen Dingen beschäftigt…«

Daimler trank einen Schluck Bier und wartete, daß Staal fortfuhr.

»Ich habe der Justiz ein paar Schwerverbrecher zugeführt. Was nicht einfach war. Das Finden war oft weniger schwer, als sie der Gerechtigkeit zuzuführen. Anfangs war ich so naiv zu glauben, es reiche, wenn man die Kerle entlarvt, mit dem Finger auf sie zeigt und alles andere der Justiz überläßt. Aber oftmals mußte ich die Staatsanwaltschaft buchstäblich zur Jagd tragen.« Er streichelte einen der Ridgebacks. »Später habe ich meine politischen Aktivitäten in die Dritte Welt verlegt. Zunächst durch Entwicklungshilfe, wie man das gemeinhin nennt, später als privater Berater. Damals gab es noch Hoffnung. Kuba, Nicaragua, Tansania, Sambia, Simbabwe. Hierher hat es mich über Nkomos Lager verschlagen. Die Moskau-Fraktion im hiesigen Befreiungskampf. Hatten ihr Exil in Sambia. Mugabe ist ja ›Chinese‹ und hatte sein Quartier in Mozambique. Eine Zeitlang sah es so aus, als hätte ich auf das falsche Pferd gesetzt. Aber nun scheinen sich die beiden Widersacher einigermaßen arrangiert zu haben. Sie wissen ja – wenn zwei Elefantenbullen kämpfen, leidet das Gras.«

Einer der Hunde stieß mit dem Kopf gegen die Hand des alten Mannes. Staal griff nach den Ohren und kraulte sie zärtlich. Dann sah er wieder zu Daimler.

»Aber ich rede und rede … Was führt Sie zu mir?«

Bevor Daimler antworten konnte, stoben die Ridgebacks

plötzlich auf das Gebüsch zu. Vermutlich ein Vogel oder eine Katze. Er sah, wie die Hunde im Laub verschwanden. Womit sollte er anfangen? Mit dem Drehbuch? Mit dem Brief des Colonel? Oder mit dem Besuch bei seiner Mutter?

Ihr Gesicht erinnert ihn an die Einwanderungsbeamte am Flughafen von Miami, an deren Schalter er auf den Einreisestempel gewartet hat.

Der harte Zug um den Mund. Die schmalen Lippen. Allerdings sind sie bei der Frau, die vor ihm am Tropf hängt, fahl und ungeschminkt. Die Tränensäcke sehen aus wie vergilbtes Zigarettenpapier. Die einst blauen Augen sind grau geworden. Stechend mustern sie den ungeratenen Sohn.

Als er sich hinabbeugt, um ihr einen flüchtigen Kuß auf die Wange zu hauchen, denkt er an den Colonel. Norman Delano Miller hat recht. Der Sohn ist froh, daß die Frau nur seine Stiefmutter ist. Es ist leichter.

Unterbewußt nimmt er wahr, wie die Tür des Krankenzimmers zufällt. Eine ihrer beiden jüngeren Schwestern, die sich um sie kümmern, hat ihn mit stummer Verachtung und einem knappen Nicken begrüßt, um sich danach zu verabschieden. Er weiß nicht, ob es Emma oder Leni war. Er will sie nicht auseinanderhalten. Es reicht, daß er sie alle drei in seiner Kindheit ertragen mußte. Immer haben sie nur sein Bestes gewollt. Und sie haben es ihm aufgedrängt wie eine bittere Medizin.

An diesem Spätnachmittag auf der Privatstation hat er keine Lust mehr, sich an die Regeln zu halten, die Rituale ihrer verkrampften Beziehung. Er will nicht mehr höflich an den Problemen vorbeireden, alles hinunterschlucken, wenn es an kritischen Punkten zum Streit kommt. Vor allem aber will er ihr nicht das Wort überlassen. Er sieht, wie sie trotz ihrer Krankheit alle Kraft aufbietet, zu einem längeren Monolog ansetzt, ihn volljammern will, an sein schlechtes Gewissen appellieren.

Er wartet nicht, bis er ihr über den Mund fahren muß. Er ergreift einfach das Wort und berichtet. So laut und bestimmt, daß sie versteht: Es geht um etwas Wichtiges. Die flackernden Augen und die rosiger werdenden Wangen verraten ihm, daß sie ihm folgt.

Er bemüht sich um einen sanfteren, aber nicht weniger bestimmten Tonfall. In diesen Minuten wird ihm klar, daß es ihm gleichgültig ist, ob sie lebt oder stirbt – solange ihr Atem nur reicht, um ihm die Auskunft zu geben, die er von ihr erhofft. Sie ist es ihm schuldig.

»Wer war meine richtige Mutter?« fragt er schließlich.

In ihren Augen stehen Tränen. Sie sind echt. Er kennt seine Stiefmutter. Diesmal spielt sie nicht.

Und dann erzählt sie ihm die Wahrheit.

Sie ringt nach Luft, und einmal muß er die Bereitschaftsschwester holen, die ihr – nach einem kritischen Blick auf die tränenfeuchten Wangen der Mutter und dann auf den Sohn – ein Medikament verabreicht.

Die Geschichte dauert nicht lang. Seine Mutter ist ein halbes Jahr nach seiner Geburt gestorben. Sein Vater kämpfte damals an der Ostfront. Mehr ist nicht. Aber es ist in seiner schnöden Geradlinigkeit niederschmetternd.

»Stimmt es wirklich, daß sie an einer Lungenentzündung gestorben ist?« Er hofft, daß sie ihn wieder anlügt. Diesmal wäre er dafür dankbar.

»Warum sollte ich dir etwas vormachen? Deine Mutter starb, und dein Vater war damals vermißt.« Sie versucht den Kopf zu schütteln. »Sonst hätten wir dich ja nicht adoptieren können.« Sie hustet. »Deine Mutter war eine verzärtelte Person. Mit sehr fragwürdigen Überzeugungen.« Sie kann sich die Häme nicht verkneifen.

Er glaubt ihr. Trotz aller Hoffnungslosigkeit, die ihn dabei befällt. Dann greift er den letzten dünnen Hoffnungsfaden auf. »Was meinst du mit ›war vermißt‹?«

Sie blickt zur Decke, dann redet sie stockend weiter. »Erst wollte ich gar nicht wissen, ob dein leiblicher Vater noch lebte. Wir hofften, er wäre gefallen. Aber als dein Stiefvater plötzlich von uns ging, wollte ich der Sache auf den Grund gehen. Es gab Suchdienste. Ich war allein. Ich habe ja nie einen Hehl daraus gemacht, daß ich, was meine Person angeht, dem Führer nichts vorzuwerfen habe.«

Einen Moment lang fürchtet er, sie könnte ihre letzten Kräfte dafür vergeuden, wieder eine ihrer Endsiegphantastereien von sich zu geben.

Aber sie hustet nur, ringt nach Luft. Dann fährt sie fort. »Jahrelang habe ich nichts erfahren. Ich hatte es schon aufgegeben, als ich von diesem Staal hörte. Ernst Staal. Ein Bolschewik, der viele Kameraden deines Vaters ans Messer geliefert hat. Einer der Offiziere, denen man dank dieses Verräters den Prozeß gemacht hat, erzählte mir, daß Staal ihn aus Südafrika weggelockt hatte. Er wurde übrigens freigesprochen. Jedenfalls kannte dieser Offizier deinen Vater. Er erzählte mir damals, daß Hartlaug einen südafrikanischen Paß auf den Namen Richard Branwell besitzt. Angeblich soll Staal ihm dicht auf den Fersen gewesen sein.«

»Was hast du unternommen?«

»Was sollte ich tun? Nichts habe ich unternommen. Ich habe gehofft, daß man deinen Vater nicht findet.«

»Lebt dieser Staal noch?«

»Ich fürchte, ja.«

»Wo kann ich ihn finden?«

»Er soll in Salisbury leben, in Rhodesien.«

»Es heißt inzwischen Harare«, wendet er müde ein. »Und liegt in Simbabwe.«

Als er das Zimmer verläßt, fällt ihm auf, daß er sie nicht ein einziges Mal mehr »Mutter« genannt hat. Und er weiß immer noch nicht, an welcher Krankheit sie leidet, wie ihre Chancen stehen.

Es ist ihm gleichgültig.

Staal nickte bedächtig und schwieg eine Weile, während er über Daimlers Bericht nachdachte.

»Ich will sehen, was ich für Sie tun kann. Reden wir morgen darüber. Ich hole Sie zum Mittagessen ab. Meine Frau möchte nichts mehr mit diesen Geschichten zu tun haben – und ich habe ihre Wünsche immer respektiert.«

Daimler nickte. Er war erleichtert. Einen Augenblick lang hatte er befürchtet, Staal könnte ihn abblitzen lassen.

»Kommt ihr zu Tisch?« rief Frau Staal aus der Küche.

10

Nach dem Erfolg in Tanga verlegt von Lettow-Vorbeck seine Truppen so schnell wie möglich wieder in die Region von Neu-Moschi. Die Stadt zu Füßen des Kilimandscharo ist der Endpunkt der für Truppenverschiebungen lebenswichtigen Usambara-Bahn und somit ständig durch den Feind bedroht. Die deutschen Siedler im Norden der Kolonie empfangen die Schutztruppe mit Jubel und Siegesfeiern. Trotz der Hitze tragen die Askaris voller Stolz die erbeuteten Pullover und Skimützen, die das bei Tanga geschlagene britische Expeditionskorps mitgeführt hatte, um für die Schneefelder und Gletscher des Kilimandscharo gerüstet zu sein.

In der Folgezeit kommt es zu zahllosen kleineren Gefechten und Scharmützeln. Immer wieder gelingt es der Schutztruppe, dem weit überlegenen Gegner durch Flanken- und Umgehungsmanöver auszuweichen. Man tastet den Feind ab, wartet auf die Gelegenheit zum Zuschlagen und hält sich streng an von Lettow-Vorbecks Maxime: »Fehler macht jeder, wer die größeren macht, verliert.«

In endlosen Rückzugsgefechten lockt die Schutztruppe die Briten über Tausende von Kilometern quer durch Ostafrika. Von Moschi am Kilimandscharo über Kondoa Irangi bis Morogoro. Dann über Lindi bis hinein nach Portugiesisch-Ostafrika und später bis Nordrhodesien. Militärhistoriker sprechen gerne vom letzten »Gentlemen-Krieg« und verweisen auf von

Lettow-Vorbecks Gepflogenheit, alleine mit dem Fahrrad auf Erkundungstour zu gehen oder in den Feuerpausen mit dem Gegner zu Abend zu speisen. Doch dies darf nicht darüber hinwegtäuschen, daß es sich um einen zähen Buschkrieg handelte, der von beiden Seiten mit schweren Verlusten geführt wurde. Die Kampfbedingungen im größtenteils unerschlossenen Gelände waren mörderisch. Manchmal kamen die Askaris, wenn sie sich mühsam einen Weg durch gelbgraues Dornengestrüpp und blaugrüne Kandelabereuphorbien freihauen mußten, nur einen Kilometer pro Stunde voran. Nicht nur Maschinengewehrkugeln, Granatsplitter und Bayonettstiche forderten ihren Tribut, auch die Natur lichtete die Reihen. Dennoch gelang es von Lettow-Vorbeck, durch seine Guerilla-Taktik und das Operieren in kleinen, eigenverantwortlichen Verbänden mit einer insgesamt nie mehr als 3000 weiße Soldaten und 12000 Askaris zählenden Schutztruppe einem mehrere hunderttausend Mann starken Gegner quälende fünfzig Monate lang Widerstand zu leisten.

Erst zwei Tage nach Eintreten des Waffenstillstands in Europa gab auch die deutsche Schutztruppe in Afrika den Kampf auf. Unbesiegt streckte sie die Waffen vor einer sieglosen Großarmee, der sie eine Lektion erteilt hatte, wie man erfolgreich in den Tropen kämpft. Während die Briten weitestgehend auf afrikanische Dienste verzichteten, falsch ausgerüstet und von einer anfälligen Versorgungslinie aus Mombasa abhängig waren und den Buschkrieg nach europäischer Taktik führten, setzte ein kleines kaiserliches Offizierskorps hauptsächlich einheimische Soldaten ein, die das Land kannten, widerstandsfähig gegen Tropenkrankheiten waren und aus den Gärten deutscher Siedlerfrauen verpflegt wurden.

Die Askaris, wie sie genannt wurden, waren schwarze Preußen, arrogante Elitesoldaten, von denen ein jeder mit zwei persönlichen Burschen ins Feld zog. Während die Engländer in alter Kolonialherrenmanier Distanz zu den Einheimischen hielten, banden von Lettow-Vorbeck und seine Offiziere die afrikanischen Soldaten in die Truppe ein. Durch kluge Menschenführung erwarben sie sich die Achtung der Askaris, die sich für die Sache des Kaisers einspannen ließen, als gelte es, die eigene Scholle zu verteidigen.

General Paul Erich von Lettow-Vorbeck, den eine platonische Liebe mit der dänischen Schriftstellerin Tanja Blixen, der Autorin des Romans »Jenseits von Afrika«, verband – noch in hohem Alter besuchte sie ihn in seinem Haus in Norddeutschland zum Tee – , wurde nach der Kapitulation als Kriegsgefangener per Schiff nach Rotterdam gebracht und ins neutrale Holland entlassen. Am 2. März 1919 zog er unter dem Jubel der Berliner Bevölkerung mit den Überlebenden der Schutztruppe durchs Brandenburger Tor.

Sein Ruhm überdauerte den Krieg. Vor allem beim einstigen Gegner, den Engländern, war er so populär, daß Hitler ihn als Botschafter nach London entsenden wollte. Doch von Lettow-Vorbeck, der die Nazis verachtete, lehnte ab und zog so die Aufmerksamkeit der Gestapo auf sich.

Die Loyalität, mit der seine schwarzen Soldaten für ihn gekämpft hatten, vergaß von Lettow-Vorbeck nie. Noch in hohem Alter setzte er sich als Bundestagsabgeordneter für die Rechte seiner einstigen Untergebenen ein. Zehn Jahre vor seinem Tod am 9. März 1964 erlebte er seinen letzten Sieg: Der deutsche Bundestag erkannte die Pensionsansprüche der Askaris an.

Die Rachhoff würde die Hälfte der militärhistorischen Exkursion streichen und mehr Fakten über die Askari-Preußen und die Liebesbeziehung zwischen dem deutschen Kriegshelden und der dänischen Schriftstellerin verlangen. Aber Chris Baumann war froh, daß der Text lief. Kürzen und umschreiben konnte sie, sobald sie wieder in Deutschland war.

Was sie jedoch beunruhigte, war das wachsende Interesse, das sie für die Person des Generals entwickelte. Mit journalistischer Nüchternheit hatte das nichts mehr zu tun. Sie mußte aufpassen, daß sie den General nicht zu positiv zeichnete.

Schließlich wollte sie von Lettow-Vorbeck nicht als eine Art deutschen Übervater darstellen. Vielleicht sollte sie zur Einführung auf die Anfänge seiner Karriere in Deutsch-Südwest eingehen, auf den Völkermord an den Hereros.

Sie stand auf und ging hinaus auf den Balkon. Heute, am frühen Morgen, kam ihr der Berg noch größer vor.

»Ich habe Staal in Angola kennengelernt.« Frost stellt fest, daß der Schnee auf dem Kilimandscharo mit zunehmender Dunkelheit immer weißer wird.

»Ich war damals hinter meinem Vater her. Er hat meine Mutter und mich nach meiner Geburt im Stich gelassen. Neunundfünfzig war das. Mein Vater war damals zweiundzwanzig Jahre alt und hatte sich angeblich in den Westen abgesetzt. Später bekam ich über Kirchenkreise heraus, daß er für das DDR-Regime arbeitete. Angeblich als Verhörspezialist in einem Camp im angolanischen Busch. Er muß dort einer der übelsten Folterknechte gewesen sein. Frag mich nicht, ob für die dortigen Machthaber, für unsere Seite, das KGB oder gar für die Kubaner. Jedenfalls habe ich es schließlich geschafft, über die Brigaden der Freundschaft nach Afrika zu kommen. War nicht einfach, aber ich habe mich systemkonform gegeben. Reiner Opportunismus. Ich wollte meinen Vater finden.«

Kann ich gut verstehen, denkt Chris Baumann. »War das der Grund, weshalb du in Klosterheide warst?« fragt sie.

»Genau.« Frost sieht die Frau neben sich mit einem dünnen Lächeln an. »Ich war oft in Klosterheide…«

»Aber du bist doch viel zu jung, Siegmund.«

»Wenn du so willst, bin ich ein Enkel dieses Programms. Mein Vater war einer der ersten Prototypen. Da ich sein Grab nicht finden konnte, zieht es mich immer wieder an den Ort zurück, an dem seine Wiege stand.«

»Das heißt, du hast ihn damals doch nicht gefunden.«

»Nein. Ich war aber nahe dran.«

Das Flackern in seinen Augen verunsichert sie.

»Und Staal? Was hat der damit zu tun?«

»Er sucht Nazis. Er hat auch mit Ostberliner Stellen zusammengearbeitet, um Untergetauchte zu entlarven. Ich nehme an, daß die SED-Heinis ihm Leute ans Messer lieferten, auf die sie verzichten konnten. Außerdem kam das ihrer Absicht entgegen, das antifaschistische, vom Erbe Hitlers völlig unbeleckte Deutschland zu repräsentieren.«

Frost hustet.

»Jedenfalls treffe ich mich in Luanda über die FDJ-Schiene mit Staal. Naiv, wie ich bin, versuche ich ihn zu melken, weil ich gehört habe, daß er einem ostdeutschen Militärberater auf der Fährte ist. Ein Oberbonze. Kann schon vom Alter her nicht mein Vater sein, aber Staal schnüffelt in derselben Richtung wie ich. Ich bin offen zu ihm. Was in meiner Lage völlig idiotisch ist. Aber ich vertraue ihm. Er ist sichtlich mißtrauisch und läßt beim ersten Treffen nichts raus. Als ich glaube, daß er schon abgereist ist, bestellt er mich zum Flughafen und erzählt mir, daß Hermann Frost angeblich auf Druck der Russen kassiert wurde. Er soll's etwas übertrieben haben. Massenhaft Verhöre, wenig Antworten und zu viele Leichen. Staal sagt mir, daß sich mein Vater möglicherweise noch im südlichen Afrika aufhält. Angeblich ist er mit einem Südafrikaner namens Richard Branwell in Johannesburg gesehen worden. Mehr weiß er nicht. Dann wünscht er mir viel Glück, verspricht, an mich zu denken, wenn er was erfährt, steigt ins Flugzeug und verschwindet.« Frost läßt den Motor an, schaltet die Scheinwerfer ein, wendet und fährt langsam die Serpentinen hinunter.

»Und?«

»Nichts und. Meine Kontakte zu Staal sind genau registriert worden. Ich bekomme Ärger und dann den Rückmarschbefehl in die Heimat. Von da an war ich auf mich gestellt und mußte kleine Brötchen backen. Urlaub mit Neckermann gab's ja bei uns nicht.« Mittlerweile ist es völlig dunkel, und seine Zähne glänzen hell, als er lächelt.

»Denkst du, daß dein Vater zu den Südafrikanern übergelaufen ist?« Sie holt eine Packung Zigaretten und ein Feuerzeug aus der Tasche ihrer Buschjacke und zündet sich eine an.

Er schüttelt den Kopf. »Glaub' ich eher nicht. Aber wer weiß...«

»Und wieso hat sich Staal überhaupt für deinen Vater interessiert? Ich meine, er mag ja bei der Stasi oder sonstwo gewesen sein, aber wenn er erst Ende der dreißiger Jahre geboren wurde, kann er keine große Karriere bei den Nazis gemacht haben.« Sie inhaliert tief und bläst den Rauch langsam an die Windschutzscheibe.

»Staal interessierte sich nicht für meinen Vater. Er war hinter diesem Branwell her. Angeblich ein SS-Offizier.«

»Und Staal hat sich nicht mehr gemeldet?«

»Nein. Deshalb mache ich ja jetzt meinen zweiten Anlauf.« Er biegt von der Hauptstraße zum »Kibo Hotel« ab und hält wenig später vor dem Maschendrahttor.

Der Wächter öffnet und läßt den Toyota auf den Parkplatz.

»Ich bin wieder in Afrika, und ich habe jede Menge Zeit«, sagt Frost gelassen, während er mit dem Geländewagen in eine Lücke stößt. »Hätte ich allerdings vorher gewußt, wen du hier treffen willst, dann hätte ich natürlich auf den Abstecher in die Usambara-Berge verzichtet.« Er stellt den Motor ab. »Mach dir keine Sorgen wegen dem verpaßten Treffen. Ich weiß mittlerweile, wo dieser Branwell steckt – und den suchst du doch, oder nicht?«

Chris Baumann hat schon die Hand am Türgriff. Sie hält inne, zieht sie zurück und sieht Frost nachdenklich an. Sie ist fest entschlossen gewesen, seine Offenheit nicht mit einer Gegenleistung zu vergelten. Jetzt hat er sie auf dem falschen Fuß erwischt. Langsam drückt sie die Zigarette im Aschenbecher aus, um Zeit zu gewinnen. »Wie kommst du denn darauf?« Sie bemüht sich, gleichgültig zu klingen.

Er öffnet die Fahrertür, steigt aus und sieht sie an. »Du suchst doch einen ehemaligen SS-Offizier?« Wieder dieses dünne Lächeln.

»*Ich* suche einen SS-Mann?«

Er zuckt mit der Schulter. »Ich dachte nur…«

Genießerisch atmete Chris Baumann die frische Morgenluft ein. Wer wußte, wann sie auf ihrer Afrikareise wieder derart erträgliche Temperaturen erleben würde.

Sie hatte ein schlechtes Gewissen, weil sie ihren Begleiter gestern abend so unfair behandelt hatte. Zwar hatte sie nicht direkt gelogen, aber sie hatte sich doof gestellt – und das hatte der Junge nicht verdient. Der *Junge.* Jetzt, wo Siegmund Frost sich als Enkel zu erkennen gegeben hatte, kam sie sich um so älter vor. Doch alles Grübeln half nichts. Sie wußte immer noch nicht, ob sie ihn über ihre private Situation aufklären und als Verbündeten gewinnen sollte. Im Lauf der Jahre hatte sie sich an ein Dasein als Einzelkämpferin gewöhnt. Und woher wußte er überhaupt, wen sie suchte? Hatte er es einfach erraten? Oder wußte er mehr, als er zugab? Und woher sollte sie wissen, daß das, was er sagte, stimmte? Gut, sagte sie sich, im südlichen Afrika dürfte es in etwa genausowenig ehemalige SS-Männer wie Lebensbornkinder geben. Das läßt ein paar Rückschlüsse zu. Aber in ihrem Beruf hatte sie gelernt, Fakten nicht mit Spekulationen zu verwechseln. Was nun? Auf jeden Fall mußte sie eine versöhnliche Geste machen. Sie würde ihn zum Frühstück abholen und dann weitersehen. Er wollte mittags weiterfahren.

Als sie wenige Minuten später an seine Zimmertür klopfte, meldete sich niemand. Er war weder im Restaurant noch im Garten. Auf dem Hof war kein Land Cruiser mehr zu sehen. Beunruhigt suchte sie die Rezeption auf und fragte nach ihm. Mister Frost sei schon in aller Frühe abgereist, erfuhr sie, und er habe eine Nachricht für sie hinterlassen. Sie riß das Kuvert auf und las die wenigen Zeilen.

Liebe Frau Baumann,
Vertrauen gegen Vertrauen. Da ein Flughafen

in der Nähe ist, werden Sie sicher alleine weiterkommen.
Viel Glück.

Siegmund Frost

»Mistkerl!«

Der Empfangschef blickte besorgt auf.

Kopfschüttelnd steckte sie den Briefbogen wieder ins Kuvert. Dieser Rotzbengel aus dem Osten besaß doch tatsächlich die Frechheit, ihr das Du wieder zu entziehen.

11

Der Wind blies steif und stetig über den Lake Chilvero und kräuselte das Wasser, das in der Sonne grünblau leuchtete. Doch sobald die Wolken ihre Schatten warfen, wirkte es tintenschwarz und stumpf.

Als die beiden Männer im »Spillway Restaurant« am Hang über dem Abflußkanal des Stausees zu Mittag gegessen hatten, war ein kurzer, aber heftiger Regenschauer niedergegangen. Der See versorgte Harare mit Trinkwasser und war ein beliebtes Ausflugsziel der Städter. Seit geraumer Zeit bedrohten die wildwuchernden Wasserhyazinthen das Reservoir. Allerlei Experten hatten sich vergeblich an der Vernichtung des Unkrauts versucht, und schließlich hatte sich Robert Mugabe persönlich der Sache angenommen.

»Der Präsident hat Süßwasserkarpfen auf das Grünzeug angesetzt. Tilapia heißen sie, glaube ich. Funktioniert aber auch nicht so richtig, habe ich mir sagen lassen.« Rüstig stieg Staal zu dem Staudamm hinauf.

Daimler stand der Schweiß auf der Stirn, und er war froh, als ihn wenig später ein kühler Windhauch traf. Auf der Staumauer zog es wie auf der offenen Brücke eines Schiffes. Daimler ließ sich durchblasen und spürte, wie die Schläfrigkeit, die ihn nach dem Lunch überkommen hatte, langsam verflog.

»Haben Sie nie den Wunsch nach Rache verspürt, nachdem dieser Schriftsteller in Ihrem Auto getötet wurde?« Staal spazierte langsam auf dem Damm entlang. »Wollten Sie nicht wissen, wer hinter dem Anschlag steckt?«

»Nein, eigentlich nicht. Ich war mit meinem Film beschäftigt. Der extreme Widerstand dagegen hat mich regelrecht angestachelt, die Drehbucharbeiten voranzutreiben.« Daimler hielt sich neben Staal. »Und dann hat mich meine Vergangenheit eingeholt. Jetzt geht es um meinen Vater. Alles andere ist zweitrangig. Um die Attentäter soll sich die Polizei kümmern. Für mich sind das Irre. Ich habe immer gewußt, daß es sie gibt und daß sie uns eines Tages wieder Ärger machen werden.«

»Diese Irren, wie Sie sie bezeichnen, sind im Begriff, Oberwasser zu bekommen. Unterschätzen Sie deren Zusammenhalt nicht, Herr Daimler. Das sind nicht nur ein paar faschistoide Idioten. Es handelt sich um ein gut organisiertes Netzwerk, das ganz Europa überzieht. Haben Sie schon mal etwas von ›Gladio‹ gehört?«

Daimler schüttelte den Kopf.

»Der Deckname einer geheimen NATO-Gruppe, oder besser gesagt, einer antikommunistischen, paramilitärischen Front. In ganz Westeuropa aktiv. Auch in neutralen Ländern wie der Schweiz und Schweden. Ein Instrument des Kalten Krieges. Ohne jede Berührungsangst vor rechtsradikalen Bewegungen. Die würden jederzeit jemanden wie Ihren Vater rekrutieren. Gerade weil er ehemaliger SS-Mann ist. Unterschätzen Sie die Neonazis nicht. Das sind nicht nur ein paar randalierende Skinheads.«

Daimler schwieg.

»Die westlichen Politiker freuen sich zu früh über ihren vermeintlichen Sieg. Sie feiern den Triumph der freien Marktwirtschaft über den Marxismus und übersehen dabei, daß in Wirklichkeit der Nationalismus gegen die Internationale gewonnen hat. Was da passiert ist, geht nicht nur Deutschland etwas an. Die Menschen in Osteuropa haben sich gegen ein zentralistisches System erhoben, in dem ethnische Alleingänge nicht geduldet wurden. Jetzt ist der Deckel vom Topf, und die Suppe kocht über. Unterdrückung, Gewalt und Lügen funktionieren nur eine Zeitlang. Lediglich Zusammengehörigkeitsgefühl hält die Menschen auf Dauer beieinander.«

Daimler dachte an Conchita. Wie hatte sie gesagt? *Die Zeit des Schmelztiegels ist vorbei. Vielfalt ist gefragt.*

»Als die Industriegesellschaft noch eine in sich geschlossene Arbeiterschaft brauchte, war Angleichung das Ideal. In der neuen Ära sind Innovation und Initiative gefordert.« Staal blieb stehen und sah hinaus auf den See. »Ich verfolge die Vorgänge in Europa nur noch am Rande. Afrika liegt mir inzwischen näher. Aber hier, in unmittelbarer Nachbarschart, können wir demnächst erleben, wie so etwas ausgeht. Politische Einheit bei ethnischer Homogenität kann in einem Staatsgebiet nur auf dreierlei Art hergestellt werden. Erstens: Man verjagt alle Angehörigen fremder Nation und Rasse. Zweitens: Man bringt sie um. Und drittens: Man assimiliert sie. Mit letzterem haben die Buren ihre liebe Not. Die Republik Südafrika ist ein Mikrokosmos, Herr Daimler. Wenige Wohlstandsinseln in einem Meer der Armut. Das entspricht in etwa den Zuständen, die überall auf unserem Planeten herrschen.« Ernst Staal verstummte und sah über das Wasser, als könne er in der Ferne schon erkennen, wie diese Auseinandersetzung ausgehen würde.

Daimler hörte nur noch mit halbem Ohr zu. Staal hatte zwar auch bei diesem zweiten Treffen Verständnis für seine Interessen gezeigt, sich aber noch nicht verbindlich geäußert.

Staal schien zu spüren, was Daimler dachte. »Kurt Hartlaug hat sich damals nach Rhodesien abgesetzt und eine neue Existenz aufgebaut«, sagte er. »Er besaß ein Hotel in Chimanimani. Das ist unten in den Bergen, an der Grenze nach Mozambique. Nach dem Machtwechsel ging er nach Südafrika. Da war er allerdings nicht lange. Ich hatte ihn damals nicht auf der Rechnung, bin aber durch eine andere Sache auf ihn gestoßen. Wie sich herausstellte, gehörte er nicht zu den Personen, denen meine Aufmerksamkeit galt.« Staal sah Daimler kurz an und spazierte den Weg zurück, den sie gekommen waren.

Daimler ging schweigend neben ihm her.

»Ich bin gewiß nicht der Mann, der ehemalige SS-Schergen entschuldigt.« Staals Stimme war so leise geworden, daß die Worte fast vom Wind verweht wurden. »Aber da es sich um Ihren Vater handelt und das Leben Ihnen genug Ballast aufgeladen hat, will ich Ihnen folgendes sagen. Nicht alle SS-Männer waren Bestien. Ihr Vater war bei der Waffen-SS. Er war mit Sicherheit ein harter und wohl auch sehr guter Soldat. Man kann ihm vieles vorwerfen. Wie den meisten Deutschen, die damals nicht sehen wollten, was sie hätten sehen können, die Bescheid wußten und dennoch nichts dagegen unternommen haben. Die späteren Sieger nicht zu vergessen, die viel zu lange dem Morden der Nazis zugesehen haben. Ich kann lediglich sagen, daß Ihr Vater kein Fanatiker war. Er gehörte nicht zu den Schlächtern. Er war ein fehlgeleiteter Karriereoffizier, der seine letzte Chance bei der SS suchte, nachdem er bei der Marine nicht weit gekommen war.«

»Wie Reinhard Heydrich«, warf Daimler bitter ein.

Staal ging nicht darauf ein. »Das ist schlimm genug. Und eine Entschuldigung gibt es dafür nicht. Ich habe ihn kennengelernt. Ich weiß, daß er sich bis an sein Lebensende als Gezeichneter sieht und seine Schuld begreift. Er lebt zurückgezogen, kann sich aber frei bewegen. Wir haben uns ein paarmal getroffen. Natürlich sind wir keine Freunde geworden. Aber oft reicht es ja schon, wenn man sich gegenseitig duldet. Nicht nur die Deutschen hätten besser auf Goethe hören sollen, was das Verständnis unter den Völkern angeht: *Sie sollen sich begreifen, und wenn sie sich wechselseitig nicht lieben mögen, sich einander wenigstens dulden lernen.«*

Staal blieb stehen und sah Daimler mit einem leichten Lächeln an. »Sie werden es nicht glauben, aber Kurt Hartlaug hat sogar Hunde aus meiner Zucht.«

»Ist er hier in Simbabwe?«

»Nein. Er hat sich mit zwei seiner rhodesischen Freunde in den Busch zurückgezogen. Er interessiert sich nur noch für die Natur. Pflanzen, wilde Tiere und betuchte Reisende, die gern Geld für Wildlife ausgeben.«

»Wo kann ich ihn finden?« Daimler sah dem alten Herrn fest in die Augen.

Staal wich dem Blick aus. Er schaute hinaus auf den Stausee und atmete tief durch. »Sind Sie wirklich sicher, daß Sie ihn finden wollen.« Er wandte sich Daimler zu. »Manchmal ist es nicht gut, die Vergangenheit wieder heraufzubeschwören. So etwas kann zu einer Obsession werden. Man ist wie vom Teufel besessen. Glauben Sie mir – ich weiß, wovon ich rede.«

»Es muß sein«, flüsterte Daimler so leise, daß die Antwort kaum gegen den Wind ankam.

Der alte Herr verstand. Er nickte.

12

Irgendein Tier strich um die Hütte.

Besorgt dachte Chris Baumann an die dünnen Wände ihrer Unterkunft, als sie das Rascheln und Scharren hörte. Es mußte eine Raubkatze sein. Auf ihrer Uhr war es kurz nach fünf. Sie sehnte die Morgendämmerung herbei und machte sich auf der weichen Matratze so klein wie möglich. Die Luft unter dem Moskitonetz war feuchtwarm, und der modrige Geruch legte sich schwer auf ihre angegriffenen Bronchien. Sie kämpfte mit einer Erkältung. Nase und Hals waren verschleimt, aber sie getraute sich weder zu husten noch die Nase zu schneuzen. In der Hütte war es so finster, daß sie nicht das geringste erkennen konnte. Draußen in der Savanne ertönten seltsame Warnlaute. Ein rasselndes Schnauben, dann ein Keuchen. Vermutlich eine Herde Antilopen, die das Raubtier gewittert hatten. Sie hörte, wie das Tier von der Außenwand abließ und mit einem trockenen Knurren davonstob. Die Herde kam in Bewegung. Sie konnte das Trommeln der Hufe bis in die Wirbelsäule spüren. Dann kehrte Ruhe ein. Sie atmete tief durch und entspannte sich etwas. Nach einer halben Minute hob sie vorsichtig das Moskitonetz an und tastete auf dem Nachttisch nach den Papiertaschentüchern. Wieder lauschte sie in die Nacht. Kein Laut. Erleichtert schneuzte sie sich ins Taschentuch.

Danach wartete sie auf den Morgen. Sie war hellwach, und an Schlaf war nicht mehr zu denken. Schon gestern abend, als ihr bei der Ankunft im Mikumi Wildlife Camp der Bungalowschlüssel mit der Nummer 4 ausgehändigt worden war, hätte der Name der Unterkunft sie warnen müssen. Sie übernachtete in der »Simba«-Hütte. Aber sie war viel zu sehr mit dem Anblick friedlich grasender Impalas beschäftigt gewesen, um an die Gefahren einer Tropennacht zu denken. Und dann dieser riesige Elefantenbulle, der sich im glutroten Sonnenuntergang an einer Schirmakazie gerieben hatte.

Jetzt kam sie sich nur noch krank und verletzlich vor. Hilflos und allein in der Wildnis. Ein Tief war im Anzug. Plötzlich packte sie der Katzenjammer. Warum kroch sie auf den Spuren dieses Kolonialkriegers in Morogoro herum, um sich nur wenige Stunden später in einem Wildpark am Rande dieser Bandscheibenkillerpiste den Löwen zum Fraß darzubieten? Und all das war nur eine Zwischenstation auf dem Weg ins Herz der Finsternis. An einen Ort, den sie nicht kannte. In die Vergangenheit. Zu dem Mann, der sie gezeugt hatte. Was trieb sie? Warum vergaß sie nicht einfach, lebte für ihre Zukunft? Wie tröstlich wäre es gewesen, Maylings warmen Körper zu spüren. Eine Zeitlang streichelte sie ihre Brüste, dann den Bauch, aber die Spannung und das Verlangen, die sich sonst bei leichtem Fieber und einer starken Dosis Aspirin so rasch einstellten, ließen sie diesmal im Stich. Schließlich döste sie doch noch ein, bis das Morgenlicht dem Spuk ein Ende bereitete.

Um sechs Uhr hockte sie auf der winzigen Veranda vor ihrer Hütte und beobachtete durchs Fernglas, wie Elefanten, Giraffen, Kudus, Zebras und Gnus im Frühtau durch die Savanne zogen. Die Antilopen schienen in der kühlen Luft zu zittern. Ein Doktorvogel stelzte gravitätisch durchs nasse Gras. Der schwarze Frack und der rote Brustbeutel leuchteten wie lackiert. Drei Büffel standen dampfend unter einem Affenbrotbaum.

Zehn Minuten später brachte sie immerhin soviel Disziplin auf, daß sie sich bis zum Frühstück mit ihrer Reportage beschäftigte.

Morogoro ist 1916 die letzte Stadt der wilhelminischen Kolonie, die die Askaris unter von Lettow-Vorbeck gegen die Briten halten, bevor sie sich langsam nach Portugiesisch-Ostafrika absetzen. Boma Kubwa. Das große Fort.

Kurz nachdem er mit seinen Männern in Morogoro eintrifft, bemängelt der Chef der Schutztruppe, die Stimmung hinter der Front entbehre der »Frische«. Er ist unzufrieden darüber, daß ausgerechnet die Landsleute, die bislang weitgehend vom Krieg verschont geblieben waren, nichts von der »Fröhlichkeit eines gesunden Soldatenlebens« verstehen und keine anderen Sorgen haben, als sich nach eisgekühlten Getränken zu sehnen. »Dort aber«, so berichtet er später in seinen Kriegserinnerungen, »erschien verschiedenen Herrschaften das tägliche Leben schon unerträglich, als sie ihre Soda- und Whiskyflaschen nicht mehr aufs Eis legen konnten«. Die Stimmung in Morogoro indessen wird nach der Stationierung der Truppe zunehmend besser – trotz der schwierigen Lage.

Währenddessen rechnen die Briten damit, daß sich die Deutschen am Nordhang der Uruguru-Berge zum letzten Gefecht stellen werden. Aber von Lettow-Vorbeck hat nicht vor, in krasser Unterzahl mit dem Gebirge im Rücken zu kämpfen. Er geht wieder einmal mit dem Fahrrad auf Erkundungstour und sondiert das Gelände westlich von Morogoro. Er hält Ausschau nach Rauch und Staubwolken, die ihm Standort und Marschrichtung des Feindes verraten.

Die Pisten müssen damals besser in Schuß gewesen sein

als heutzutage. Die wichtigste Brücke entlang der Nationalstraße, die nach Norden durch den Mikumi-Nationalpark nach Sambia führt, ist seit Jahren kaputt. Die Behelfsüberführung, über die schwankend die Schwertransporter rumpeln, sieht nicht so aus, als ob sie die nächste Regenzeit überlebt...

Drei Stunden später hingen die Wolken tief an den Bergen, und es regnete. Wirkungslos schabten die Scheibenwischer des Jeep durch den Brei aus zerschmetterten Fliegen und Wasser. Salman, der indische Fahrer, den Chris Baumann in Dar-es-Salaam zusammen mit dem Wagen gemietet hatte, hielt blind auf die nächsten Kraterfelder zu. Sehnsüchtig dachte sie an Frosts Fahrkünste, als der Wagen mit einem gequälten Ächzen einbrach und sich wieder aufbäumte.

Kurz vor der Brücke über den Great Ruaha River bei Mbuyuni legten sie eine Pause ein. Salman bestellte in einem einfachen Straßenrestaurant für beide Reis mit Knorpelfleisch und Bohnen. Er würzte seine Portion mit einem kräftigen Schuß Pilli-Pilli-Soße und ermunterte die Deutsche, es ihm gleichzutun. Dankend winkte sie ab und schaute lustlos auf ihren Teller. Trotz des Schnupfens konnte sie den Duft nach Curry und Diesel riechen, der schwer in der Mittagshitze hing. Sie sah nach draußen. Ein Massai strich um den Jeep. Sein Gewand war zinnoberrot, genau wie der Wagen.

Salman folgte ihrem Blick. »Sehr neugierige Leute«, sagte er abfällig und schaufelte einen Löffel Reis in den Mund.

Der Massai betrat das Lokal und ging zum Waschbecken. Er säuberte sich die Hände, blieb eine Weile stehen und musterte die Weiße und den Inder in aller Ruhe.

»Sehr arrogante Leute«, sagte Salman. Er verdrehte die großen, runden Augen und klapperte affektiert mit den seidigen Wimpern.

Der Massai warf den Tragriemen seiner Tasche über die Schulter, nahm den Wanderstab und zog, nachdem er ein letztes Mal den Jeep umrundet hatte, von dannen. Chris Baumann starrte ihm fasziniert nach. Dann stürzte sie sich auf das Essen.

Auf der Weiterfahrt überholten sie lange Kolonnen fabrikneuer Personen- und Lastkraftwagen, die vom Hafen aus gen Norden chauffiert wurden. Bevor die Wagen Sambia erreichten, waren vermutlich neue Stoßdämpfer fällig. Sie näherten sich Iringa. Chris Baumann befürchtete bereits, Salman sei am wichtigsten Punkt der Strecke, bei Lugalu, vorbeigefahren. Ihres Wissens nach mußte die Stelle etwa zwanzig Kilometer vor der Stadt liegen. Bevor sie ihn fragen konnte, fuhr der Inder langsamer und bog nach links in eine unbefestigte, von Wolfsmilchgewächsen gesäumte Zufahrt ein. Salman blieb mit dem Jeep stehen, und sie stiegen aus. Das Gefallenendenkmal lag in einem Maisfeld. Sie ließ den Inder beim Wagen zurück und spazierte mit Notizbuch und Fotoapparat bewaffnet zu dem etwa acht Meter hohen Obelisken. Auf der Vorderseite war eine Messingtafel angebracht. Sie notierte den Text.

ES STARBEN DEN HELDENTOD / AM 17. VIII 91 / BEIM WAHEHE-ÜBERFALL / DIE ANGEHÖRIGEN / DER KAISERLICHEN SCHUTZTRUPPE / KOMMANDEUR EMIL VON ZELEWSKY / LIEUTNANT WILHELM VON ZITZEWITZ / LIEUTNANT EGON VON PIRCH / ARZT DR. RICHARD BUSCHOW / SERGEANT RICHARD VON TIEDEWITZ / SERGEANT FRIEDRICH TIEDEMANN / UNT.OFFZ. PAUL HERRICH / UNT.OFFZ. AUGUST SCHMIDT / LAZ.GEH. PAUL HEMPRICH / UNT.BÜCHSENM. ALEXANDER HENGELHAUPT / ZU EHRENDEM GEDENKEN / GEWIDMET VON DEN KAMERADEN / 1898.

Darunter verriet ein heller Fleck, daß eine weitere Plakette vermutlich als Souvenir den Rückweg nach Deutschland angetreten hatte. Dorthin, wo das Metall gegossen worden war: AKTIENGESELLSCHAFT – GLADENBECK – BERLIN – FRIEDRICHSHAFEN. Sie ging um das Denkmal herum. Auf der Rückseite hing eine wesentlich kleinere Tafel mit der Aufschrift UKIPITA HAPA, FIKIRI KAMA / ASKARI HODARI WAMEKUFA / KATIKA VITA PAMOJA / NA BWANA MKUBWA WAO. Sie winkte Salman zu sich und übersetzte mit seiner Hilfe den Text. Er war sichtlich unzufrieden mit dem holprigen Kiswahili, in dem die Kaiserlichen ihren Askaris die letzte Ehre erwiesen. Schließlich einigten sie sich auf: »Gedenke der tapferen Soldaten, die hier mit ihrem Kommandeur im Krieg gefallen sind.« Bevor sie wieder aufbrachen, fotografierte Chris Baumann das Denkmal von allen Seiten.

Auf dem letzten Stück Weges nach Iringa versuchte sie, ihre frisch angelesenen Geschichtskenntnisse mit dem Gesehenen in Einklang zu bringen. Von Lettow-Vorbeck mochte seinen »Gentlemen-Krieg« geführt haben. Aber nur zweiundzwanzig Jahre vorher kämpften seine Landsleute in Deutsch-Ostafrika noch gegen die Einheimischen. Die Hehe, die ihre Nachbarstämme in Halbsklaverei hielten, hatten es nicht mit den fremden Eindringlingen und hielten nichts von Zwangsarbeit, Hüttensteuer und der *kiboko,* der Nilpferdpeitsche, die beim *hamsa ishirimi* mit jedem einzelnen der üblichen fünfundzwanzig Schläge die Wirbelsäule eines Mannes freilegen konnte. Die großgewachsenen Krieger, die es an Stolz und Selbstbewußtsein mit jedem preußischen Junker aufnehmen konnten, widersetzten sich unter der Führung ihres Häuptlings Mkwawa den Kolonialherren. Die Deutschen boten 1891 ein Expeditionskorps auf, das unter dem Kommando von Emil von Zelewsky mit dreihundertsechzig Askaris, einem Feldgeschütz und einem Maschinengewehr zur Hehe-Hauptstadt Kalenga in der Nähe von Iringa zog. Die Truppe war so siegesgewiß, daß sie nicht einmal das MG in Stellung brachte und die Munitionskästen öffnete. Mkwawa spähte den Feind aus, und im Morgengrauen griff er mit seinen viertausend, mit Speeren und Vorderladern bewaffneten, Kriegern an. Ein Speer verwundete von Zelewsky tödlich am Hals, nachdem der deutsche Kommandeur seinen Revolver leergeschossen hatte.

Am Ende kam es so wie immer: Die Eingeborenen unterlagen der europäischen Militärtechnologie. Mkwawa wurde 1898 postum enthauptet, nachdem er sich der Verhaftung durch ein deutsches Kommando durch Selbstmord entzogen hatte. Erst 1954 wurde der Schädel des Widerstandskämpfers vom Völkerkundemuseum in Bremen zurückgegeben.

»Iringa ist völlig moskitoverseucht. Wenn Sie noch nicht die Malaria haben, dann kriegen Sie sie hier mit Sicherheit«, brummte der Inder, als sie in die Stadt einfuhren. Chris Baumann achtete nicht auf ihn. Sie hatte genug mit ihrer Grippe zu tun.

Sie stiegen im »Isimila Hotel« ab, einem stillosen, aber preiswerten Zementklotz. Anschließend begleitete Salman die Reporterin durch die Stadt, und danach gingen sie essen.

Mit der Abendkälte stellte sich bei Chris Baumann leichter Schüttelfrost ein. Salman verwies auf die heilende Kraft des Konyagi, und so fuhren sie zum »Griechischen Klub«. Der große, halbleere Saal strahlte im Stil der fünfziger Jahre. Wie aus einem Fassbinder-Film, schoß es Chris Baumann durch den Kopf, während der Inder Bier für sich und Schnaps für die Dame bestellte. An den Stirnseiten des Raums hingen hoch an der Wand und etwa dreißig Meter voneinander getrennt die Porträts des Parteivorsitzenden und des Staatspräsidenten. Es sah aus, als lächelten sich die beiden Männer kalt an. Die Getränke kamen. Das Bier war aus Malawi.

Da sich auch nach drei doppelten Konyagi noch keine Bettschwere einstellen wollte, setzte sich Chris Baumann nach der Rückkehr ins Hotel wieder an die Arbeit. Draußen regnete es. Die Zimmerwände und die Titelseite der *Daily News* waren mit winzigen Blutflecken verschmiert. Mittlerweile hatte sie die Jagd aufgegeben. Wußte der Teufel, wieso es bei der Kälte so viele Moskitos gab.

Iringa, als deutsches Fort im Krieg gegen die Hehe gegründet, liegt 1600 Meter hoch auf einem Felsplateau und hat heute

60 000 Einwohner. Hinter dem neuen Polizeigebäude am östlichen Ende der Jamat Street, der Hauptgeschäftsstraße mit asiatischen und afrikanischen Läden, steht ein Gefallenendenkmal für die Askaris, die im Maji-Maji-Aufstand in den Jahren 1905 und 1906 gefallen sind. Auch das alte Markt-gebäude, das Fort und das ehemalige Krankenhaus (in dem heute die Distriktverwaltung untergebracht ist) sind – neben den unzähligen rotbraunen Kolonialhäusern – steinerne Zeugen deutscher Vergangenheit.

Der Maji-Maji-Aufstand machte den Unterdrückern deutlich, daß sich die einheimischen Bauern nicht widerstandslos in Reservate abdrängen und zu landlosen Wanderarbeitern degradieren ließen, um den Interessen der reichsdeutschen Pflanzer zu dienen.

Liberalen Männern um den Gouverneur Rechenberg gelang es um 1906, eine etwas aufgeklärtere Landwirtschaftspolitik durchzusetzen, bei der auch die Afrikaner für den Export produzieren sollten. Doch die Berliner Siedlerlobby stürzte Rechenberg.

13

Diese Zicke hatte versucht, ihn als Pfadfinder zu benutzen.

Frost schüttelte den Kopf, als er den Land Cruiser auf dem Hof parkte. Die hielt ihn anscheinend für den kleinen Doofi aus dem Osten, den man manipulieren konnte. Dabei war sie durchaus ansehnlich. Ein bißchen zäh im Leder, aber nicht ohne Reize. Sie mußte Mitte Vierzig sein, vielleicht auch schon fünfzig. Dafür hatte sie sich gut gehalten. Er hatte auf der Fahrt ein paarmal überlegt, ob er sie anbaggern sollte. Aber entweder war sie lesbisch, oder sie hatte Muttergefühle für ihn entwickelt. Jedenfalls war der Funke nicht übergesprungen. Vielleicht besser so.

Vorsichtshalber hatte er im »Kibo Hotel« ihre Sachen durchsucht. Das Foto von diesem SS-Offizier deckte sich mit den Bildern, die er von Hartlaug gesehen hatte. Dem Mann, der seinen Vater kannte. Er wußte nicht, weshalb sie diesen Hartlaug suchte. War auch egal. Er mußte ihr zuvorkommen. Sie könnte Schaden anrichten. Und er brauchte Hartlaug. Er würde ihn zum Ziel bringen.

Seit Beginn seiner Suche hatte Frost jeden Tag darauf gewartet, daß ihm der lange Arm seines Vaters den Weg verbauen könnte. Aber nichts dergleichen war geschehen. Hermann Frost schien sich sehr sicher zu fühlen. Vielleicht dachte er gar nicht an seinen Sohn. Oder er traute ihm keine Rache zu. Die Vorstellung stachelte Siegmund Frost ebenso an wie das Gelübde, das er seiner Mutter gegeben hatte.

Erich Staal hatte ihm geholfen. In diesem Punkt hatte er die Baumann angelogen. Staal hatte ihm ein Jahr nach ihrem Zusammentreffen Hinweise auf Hartlaugs Aufenthaltsort zukommen lassen. Der Weg zu Hermann Frost führte über Kurt Hartlaug. Und weil die Baumann ebenfalls dorthin unterwegs war, drängte die Zeit.

»Ist der Chef da?« fragte er die einheimische Sekretärin, als er das Verbindungsbüro in Dar-es-Salaam betrat.

»Der Chef ist auf einem Seminar in Dodoma, aber Schröder ist da.« Die Sekretärin feilte eifrig an ihren Fingernägeln.

Schröder war der Assistent. Frost war es nicht unrecht, daß er seinen Urlaubswunsch beim zweiten Mann vorbringen mußte. Schröder verarbeitete seine Schuldgefühle gegenüber den ostdeutschen Brüdern und Schwestern durch kritiklose Bevorzugung. Natürlich war er nicht begeistert. »Du bist doch gerade mal angekommen, Siegmund – und dann sofort Erholungsurlaub? Was sagen denn die tansanischen Partner dazu?«

Frost legte das befürwortende Schreiben vor, das er seinem Projektleiter in Lushoto bei zwei Flaschen Konyagi aus dem Kreuz geleiert hatte und wartete, bis der Assi es gelesen hatte.

»Na, wenn der Kurs sowieso erst in einem Monat anläuft …« sagte Schröder und genehmigte den Urlaub.

14

Als der Reporter den alten Mann mit dem weißen Bart fand, wünschte er, er wäre allein in der Wildnis.

Er hatte es geschafft. Er hatte beharrlich gesucht und war schließlich nach unendlichen Strapazen belohnt worden. Sein Herz klopfte wie wild, und die Freude lähmte ihn fast. Er bemühte sich um würdevolle Haltung und stoische Miene. Als Weißer unter Schwarzen glaubte er sich dies in einem so historischen Moment schuldig zu sein.

Der Expeditionstrupp hatte inzwischen angehalten. Der Reporter ließ seine afrikanischen Begleiter zurück und schritt langsam durch ein Menschenspalier auf die Araber zu, die den Gesuchten im Halbkreis umstanden. Der alte Mann sah blaß und müde aus. Er trug eine bläuliche Mütze mit einem verblichenen Goldband, eine Weste mit roten Ärmeln und eine graue Hose. Am liebsten hätte der Reporter den alten Mann umarmt. Aber Vorsicht und Stolz zwangen ihn zur Bedächtigkeit. Er nahm den Hut ab und sagte: »Doktor Livingstone, nehme ich an.«

Ungefähr so hatte Henry Morton Stanley die Begegnung mit dem verschollen geglaubten Missionar, Arzt und Forscher in jenem berühmten Reisebericht geschildert, den Daimler auf dem Flug von Harare nach Victoria Falls zu Ende gelesen hatte. Jetzt betrachtete er die Bronzestatue, die lebensgroß im Regenwald stand. Livingstone trug eine Art Beduinentuch unter der Schirmmütze, um Nacken und Ohren vor der Sonne zu schützen.

Ein stetes Rauschen und ferner Donner lagen in der feuchtheißen Luft. Daimler kam sich vor wie in einem Treibhaus. Hemd und Hose klebten an seiner Haut, von Wasser und Schweiß durchtränkt. Er fühlte sich wie ein Schwamm. Ein hauchdünner Sprühregen überzog seine Brillengläser. Er nahm seine Umwelt wie durch einen Weichzeichner wahr. Felsen, Baumstämme und Blätter zerflossen zu einer Melange aus Grüntönen mit grauen und schwarzen Flecken.

Dann drehte er dem Denkmal den Rücken zu und marschierte in Richtung der Wasserfälle. Das Dröhnen des Teufelskatarakts schwoll mit jedem Schritt an. Die vereinten Wassermassen des Chobe und des Sambesi zwängten sich an dieser Stelle durch eine enge Felsspalte. Daimler konnte genau erkennen, wie in die öligen, träge dahinziehenden Fluten des oberen Flußlaufes plötzlich Bewegung kam, wie die Wirbel immer schneller wurden, bis das Wasser über die Felskante schoß und weiß in die Tiefe stürzte. Ein Regenbogen stand über Mosi-oa-Tunya, dem donnernden Rauch. Der Anblick war von einer derart erhabenen Urwüchsigkeit, daß Daimler eine Gänsehaut bekam. Er schüttelte die Beklommenheit ab und ging weiter durch den fettgrünen Dschungel, am größten Wasservorhang der Welt entlang. Er wanderte durch Farne und Mangroven, unter bizarr verschlungenen Luftwurzeln hindurch. In den Akazien hingen die Nester der Webervögel wie Kugeln an einem Weihnachtsbaum. Er marschierte hinein in die Nebelschwaden, die über den nackten Felszinnen von Danger Point hingen.

Schließlich hatte er genug von den Naturgewalten und rettete sich schnellen Schrittes zum Hotel zurück.

Nach dem Duschen saß er am Tresen der »I Presume Bar« und bestellte sich ein Zambezi. Hier, in der strengen Atmosphäre des alten Kolonialhotels, fühlte er sich wieder sicher. Das Bier entspannte ihn. Seit Staal ihm anvertraut hatte, wo er Hartlaug finden konnte, dachte Daimler oft an Stanley und Livingstone. Er mußte sich nicht auf eine strapazenreiche Suche begeben. Er mußte jetzt nur noch genauen Kurs halten. Victoria Falls lag an der Strecke. Als er in Berlin mit Hilfe von Arnulf Kranich und der Rachhoff ein Treffen mit Chris Baumann verabredet hatte, war nicht abzusehen gewesen, daß er mit Erreichen der Wasserfälle dem Ziel bereits so nahe sein würde. Das Treffen war für dieses Wochenende vereinbart.

Nachdem seine Stiefmutter ihm den Tip mit Afrika gegeben hat, ist er auf Arnulfs Angebot zurückgekommen. Sie einigen sich auf eine dreiteilige Reportage unter dem Arbeitstitel *»Doctor Livingstone, I presume«*, und Kranich nutzt seine Verbindungen und besorgt ihm einen weiteren Kontakt für die Drehbuchrecherche. Kranich löst einen längeren Faxverkehr zwischen München und Sansibar aus. Die Rachhoff ist sogar bei der Hotelreservierung behilflich. Dabei ist Arnulf alles andere als uneigennützig. Ihm ist alles recht, solange der Nebenbuhler dadurch möglichst weit weg ist.

Der Barkeeper brachte das zweite Bier.

Daimler spürte beim Trinken, wie ihn eine träge Müdigkeit überkam. Nachdem Staal ihn eingeweiht hatte, war Daimler wie von Furien gehetzt gewesen. Jetzt, da ihm das letzte Stück der Tour bevorstand, wurde er wieder ruhiger. Fast gelassen. Am Sonntag ging es auf die letzte Etappe.

Spät nachts wachte Daimler auf. Eine Weile lauschte er dem steten Rauschen der Klimaanlage. Er dachte an Milena, dann an Conchita. Aber ohne Verlangen. Er dachte an Bob Miller. Warum hatte er ihn nicht besser kennengelernt? Schließlich war er ein Leidensgenosse. War Leiden das richtige Wort? Wohl kaum. Bob war der lebende Beweis dafür, daß es auch anders ging. Ihm selbst fehlte jeder Sinn fürs Familiäre. An seine Kindheit hatte er nur schlechte Erinnerungen. *Joachim, sitz gerade! Wie oft muß ich dir noch sagen, daß du vorsichtig sein sollst, wenn du deinen Sonntagsanzug trägst? Iß auf! Was auf den Tisch kommt, wird gegessen! Punkt zehn Uhr Licht aus! Kein Fußball, Hausaufgaben machen!* Die Ohrfeigen für die durchnäßten Schuhe. Die Hiebe mit dem Kochlöffel auf den nackten Hintern, wenn er zu spät von der Schule heimkam. Die Schläge mit dem Ledergürtel auf Oberschenkel und Rücken, wenn wieder einmal Samenflecken auf dem Bettlaken waren. Der Stubenarrest. Das Kinoverbot. Die Taschengeldkürzungen. Manchmal war er sich vorgekommen wie in Beugehaft. Im Grunde genommen hatte er erst zu sich selbst gefunden, nachdem er sich auch innerlich von seiner

Stiefmutter gelöst hatte. Der Schlaf kam zurück. Er träumte.

Er fährt mit Bob in einem Kanu flußabwärts. Es ist der erwachsene Bob Miller, aber mit einem Kinderkörper. Lachend paddeln sie an einer Flußpferdfamilie vorbei. Gelangweilt beäugen die Tiere das Boot. Aus der Ferne tönt leiser Donner, und das Boot wird schneller. Der Sog nimmt zu. Daimler will gegensteuern, aber dann sieht er, daß Bob das Boot mit weitausholenden Paddelschlägen vorantreibt. Sein Gesicht glüht, und er lacht vergnügt. »Komm«, ruft er, »sei kein Frosch! Da vorne ist es.« Daimler zögert. Er weiß nicht, was auf sie zukommt, aber er vertraut Bob. Wie ein Pfeil schießt das Boot über das Wasser. Das Donnern wird lauter.

Daimler schreckte auf.

Jemand klopfte an die Zimmertür.

»*Your early morning tea, Sir*«, klang es leise durch das Rauschen der Klimaanlage.

15

Gleich bei ihrer Ankunft erkundigte sich Chris Baumann nach Joachim Daimler. Während sie das Anmeldeformular ausfüllte, sah der Empfangschef die Gästeliste durch.

»Herr Daimler hat Zimmer dreiundsiebzig.« Er griff zum Telefon. »Soll ich Sie durchstellen?«

»Nein, danke. Ich muß erst in Ruhe auspacken und mich frisch machen. Ich rufe ihn vom Zimmer aus an.« Sie lächelte verbindlich.

Der Boy nahm ihren Schlüssel vom Empfangstisch und ging mit dem Gepäck voraus. Sie folgte ihm durch den Innenhof in die Haupthalle. Draußen wie drinnen dominierten die Farben Weiß und Grün. Im Garten wucherten dunkelgrüne Pflanzen vor weißem Gemäuer, hier, im Hauptgebäude, standen weiße

Tische und Sessel aus Holz auf einem olivgrünen Teppichboden. Die Polster waren lindgrün. Einer der Kellner in schwarzen Hosen und weißen Jacken, die in der fast leeren Halle Dienst taten, verbeugte sich, als Chris Baumann an ihm vorbeiging. Eine geschwungene Treppe führte in den ersten Stock, aber der Boy bog nach rechts in einen Gang ein. Nach einem längeren Fußmarsch erreichten sie schließlich das Zimmer.

Sobald sie dem Boy ein Trinkgeld gegeben hatte, begab sie sich unter die Dusche. Das Treffen mit diesem Macho-Regisseur paßte ihr gar nicht mehr in den Kram. Aber sie pflegte ihre Verabredungen einzuhalten. Nachdem der Lettow-Vorbeck-Trip abgeschlossen war, ging es nur noch um den Kontakt mit Staal. Es wäre ihr lieber gewesen, wenn sie ihn gleich in Tansania angetroffen hätte. Jetzt mußte sie eigens ein paar Tage in Harare einschieben. Sie hatte seine Telefonnummer, so daß es kein Problem sein durfte, ihn zu Hause zu erreichen. Er hatte im »Kibo Hotel« keine Nachricht hinterlassen, was darauf schließen ließ, daß er beleidigt war. Das kam davon, wenn man Verabredungen nicht einhielt. Noch mal passierte ihr so was nicht. Deshalb sollte dieser Daimler zumindest eine Chance bekommen. Wer wußte, wozu es gut war.

Sie drehte den Warmwasserhahn zu und duschte so kalt wie möglich. Dann rief sie Daimler an und verabredete sich mit ihm am Pool.

Daimler war beeindruckt. Die Frau mußte in seinem Alter sein. Dafür hatte sie sich verdammt gut gehalten. Sie trug einen kanariengelben Einteiler, der gewagt geschnitten war. Aber bei ihrer Figur konnte sie es sich leisten. Gute Brüste. Endlose Beine. Sie war groß. Die ausgebleichten blonden Haare bildeten einen reizvollen Kontrast zu der tiefbraunen Haut.

Sie blieb vor seiner Liege stehen und zog die Sonnenbrille von der Nase. »Joe Daimler?«

Er rappelte sich auf, zog den Bauch ein und nahm aus Höflichkeit ebenfalls die Sonnenbrille ab. »Frau Baumann …« Er sah ihr in die Augen. Meergrün. Er war wieder über dem Riff, spürte den Druck auf der Brust.

»Sagen Sie Chris zu mir.« Sie ließ ihre Tragetasche und die beiden Poolhandtücher auf eine freie Liege fallen und setzte sich.

Er sah ihr zu. So wie sie sich bewegte, hätte sie auch im »Crazy Horse« auftreten können. Aber Arnulf hatte ihn gewarnt. *Und denk daran. Sie ist eine Lesbe.*

»Warum legen Sie sich nicht wieder hin?« Sie holte eine Flasche Sonnenschutzmittel aus der Tasche und ölte sich ein. Dieser Regisseur war ein großer Junge. Klein und schmal, mit dunkelbraunen Haaren, die zu lang waren. Nur der angegraute Dreitagebart wies auf sein Alter hin. Gute Augen. Grünbraun. »Sind Sie schon lange hier?«

»Seit gestern.« Er ließ sich wieder auf die Liege sinken. Sein Blick folgte ihren Händen, während sie das Sonnenöl auf den Oberschenkeln verteilte.

»Meine Chefredakteurin sagt. Sie machen einen Film über ein Thema, an dem ich seit Jahren recherchiere.«

»Richtig.«

»Was genau ist mit diesem Schriftsteller passiert? Ich habe was von einem Anschlag gehört.«

»Er ist an einer Überdosis Sprengstoff gestorben.«

Eine Pavianfamilie schnatterte über den Dächern.

»Vielleicht sollte man über ein so heikles Thema keinen Spielfilm machen.« Sie rieb sich die Nase ein.

»Seit ich das erste Exposé vorgelegt habe, höre ich nichts anderes.« Daimler hatte das Gefühl, er dürfe sich nicht weiter in die Defensive drängen lassen. »Und Sie schreiben über Lettow-Vorbeck?«

»Allerdings.« Jetzt kamen die Arme dran.

»Ist das nicht der General, dessen Truppe jede aufgegebene Stellung vollgeschissen hat, bevor sie dem Feind in die Hände fiel?«

»So ist es.« Sie schraubte den Verschluß auf die Flasche und warf sie auf die Tasche.

»Der Volksheld als notorischer Stinker. Die Lektüre wird unseren Landsleuten aber wenig Freude machen.« Er grinste. »Oder unterschätze ich da die Leserinnen von *La Belle*?«

»Ich denke nicht daran, so was zu erwähnen.« Sie legte sich auf den Rücken, setzte die Sonnenbrille auf und sah in den Himmel.

Er tat es ihr gleich und schwieg.

»Sie gelten als der zornige junge Mann des deutschen Films.«

»Sie kennen anscheinend jedes Klischee, das man mir angehängt hat.«

»Stimmt es nicht?«

»Ich bin ein Produkt der fünfziger Jahre. Die Männer, die aus dem Zweiten Weltkrieg zurückkehrten, wollten ihre Ruhe und ihren Frieden. Gefühle wurden unterdrückt, familiäre Schwierigkeiten überspielt. Die Lehrer waren streng. Die Frauen trugen Hüfthalter. Eine verklemmte Welt. Wenn man in so was aufwächst, wird man zornig.«

»Hat das die Presseabteilung ihrer Produktionsfirma verfaßt?«

»Stammt von Nick Nolte.«

Chris Baumann hustete. Es klang wie ein heiseres Bellen, das von tief unten kam. »Entschuldigung. Die letzten Nachwirkungen einer Erkältung, die ich mir in den Usambara-Bergen geholt habe.«

»Hört sich an, als hätten sie mit dem guten Lettow im Schützengraben gelegen.« Er stütze sich auf den Ellbogen und sah zu ihr hin.

»Okay, wir sind hier, um uns über ein ernstes Thema zu unterhalten. Fangen wir an.« Sie hob den Kopf und zog die Sonnenbrille so weit nach unten, daß er ihr in die Augen blicken mußte.

Er schaute in die grünen Lagunen und sah die Kälte und Tiefe. »Soll mir recht sein.«

Als sie gegen acht Uhr zum Diner im »Livingstone Room« erschienen, führte der Ober sie zu einem Tisch unmittelbar neben der Tanzfläche. Daimler hatte die Hände tief in die Jackentaschen seines grauen Safarianzuges geschoben und bewunderte Chris Baumanns Beine, als sie in einer schwarzen Bolerojacke, unter der eine weiße Bluse leuchtete, einem engen schwarzen Minirock und schwarzen Pumps vor ihm herstöckelte. Mittlerweile hatte er sich damit abgefunden, daß sie einen halben Kopf größer war.

Der Speisesaal war ein Gesamtkunstwerk in Rottönen. Roter Teppichboden, rosa Wände mit weißen Ornamenten, rote Samtvorhänge. Die lange Doppelreihe der Deckenventilatoren erinnerte Daimler an das »Casa Marina« in Key West. Auf dem Podium hinter der Tanzfläche spielte eine vierköpfige Band Jazzrock der Weichspülervariante.

Sie studierten die Speisekarte. Daimler kümmerte sich um die Weinkarte. Er schlug einen Mukuyo Gallery 90 Paradise vor. Der Getränkeober quittierte es mit einem anerkennenden Lächeln. Der Shona zog das linke Bein leicht nach. Mit dem kahlgeschorenen Schädel und den markanten Zügen über dem Stehkragen der weißen Jacke sah er aus wie ein schwarzer Zwillingsbruder von Erich von Stroheim. Nur das Monokel fehlte. Für einen Augenblick kam sich Daimler vor wie William Holden als Drehbuchautor in »Sunset Boulevard«. Nur daß die Baumann nicht annähernd so alt war wie Gloria Swanson. Er bemerkte ihre Sommersprossen. Sie standen ihr gut. Sie hatte etwas Make-up aufgelegt und sah großartig aus.

»Den Tropfen hat mir Ernst Staal empfohlen«, erklärte Daimler.

»Ich verlasse mich ganz auf Sie.« Sie nahm eine Zigarette aus der Packung und wartete, bis er ihr Feuer gab.

Der Kellner kam, um die Bestellung entgegenzunehmen. Sie wählten beide den Krokodil-Cocktail als Vorspeise. Sie entschied sich für das Pfeffersteak, das zu Ehren der Viktoriafälle »Danger Point Steak« hieß, er für ein Gazellenfilet.

»Ich bin natürlich beeindruckt, daß Sie schon bei Staal waren. Ich war mit ihm am Kilimandscharo verabredet, habe ihn aber dummerweise verpaßt.« Sie inhalierte tief und blies den Rauch zum Fußboden.

»Er ist eine Kapazität, was unser Thema angeht. Er hat mir sehr geholfen. Aber auch unser Gespräch heute nachmittag war wichtig für mein Vorhaben.« Er grinste. »Ich weiß, daß Sie nichts von einem Film über die Sache halten. Das ist Ihr gutes Recht, aber es wird mich nicht von meinem Weg abbringen.«

»*Ich* werde ein Buch darüber schreiben. Wie sich andere dem Problem nähern, geht mich nichts an.« Sie musterte ihn mit einem leichten Lächeln. Dieser Daimler war ein interessanter Knabe. Hatte eine Menge im Kopf. Wenn auch nicht gut sortiert, wie sie fand. Eigentlich entsprach er gar nicht seinem Image. Nicht zu seinem Nachteil.

Conchitas Prophezeiung ging Daimler durch den Kopf. Die Baumann faszinierte ihn. Sie hatte Stil. Trotzdem: Er hoffte, daß sie so bald wie möglich nach Harare weiterreiste. Auf eine Sensationsreporterin konnte er verzichten. »Wann wollen Sie zu Staal?«

»Sobald wie möglich. Am besten gleich morgen.«

»Die Flugverbindungen sind ausgezeichnet.«

Erich von Stroheim brachte den Weißwein, ließ Daimler verkosten und hinkte wieder davon.

»Auf Ihr Buch.« Er hob sein Glas.

»Auf Ihren Film.«

Sie stießen an und tranken. Die Band spielte »Mack The Knife« á la George Benson. Der Gitarrist war nicht schlecht. Das Essen kam. Sie redeten wenig und bestellten eine zweite Flasche Wein. Gegen neun Uhr wagte sich das erste Paar aufs Parkett. Er ein grauhaariger Familienvater in weißem Sakko und Turnschuhen, sie prall wie eine Praline in goldgelber Verpackung. Weitere Paare folgten.

Eine halbe Stunde später tanzten auch Baumann/Daimler. Es sollte eine Kür werden – engumschlungen und ohne Rücksicht auf Haltungsnoten.

Es blieb eine Pflicht, züchtig und mit Distanz.

16

»Sie sind Richard Branwell?« Frost stand von der Holzbank auf, als der alte Mann in den Schatten unter dem riedgedeckten Dach der großen, offenen Hütte trat, die als Versammlungsraum und Speisesaal des Camps diente. »Alias Kurt Hartlaug?«

Der Alte nickte zögernd.

Frost sah zu ihm auf. Der Mann war ein Hüne. Mußte um die einsneunzig sein. Vielleicht sogar größer. Er ging leicht gebeugt, als könne die Wirbelsäule den mächtigen Körper nicht mehr geradehalten. Die Haut war graubraun. Wie altes Leder, das die Tropen gegerbt hatten. Die Haare waren dicht und weiß. Er hatte sie einfach zurückgekämmt. Das kantige Gesicht war glattrasiert. Über der linken Augenbraue leuchtete eine weiße Narbe. Er trug ein olivgrünes Buschhemd, Khakishorts, die von einem Koppel gehalten wurden, und beige Kniestrümpfe. Die Schnürstiefel waren aus Wildleder und hatten eine grobe Profilsohle. Frost fiel auf, daß der Mann keine Uhr trug. Trotz der kraftvollen Statur strahlte er eine gewisse Müdigkeit aus. Nur die blaßblauen Augen leuchteten wach.

Hartlaug musterte den Pferdeschwanz des Eindringlings. Mißbilligend verzog er die schmalen Lippen. Er mochte keine Langhaarigen, und er haßte unangemeldete Besucher. »Wie haben Sie es geschafft, hierherzukommen? Soweit ich weiß, sind wir ausgebucht.« Er raffte sich zu einer höflichen Geste auf und bedeutete dem jungen Mann, er solle wieder Platz nehmen. Dann setzte er sich auf die andere Seite des Tisches und legte die Unterarme auf die geölten Hartholzbohlen.

»Ich habe den Piloten überzeugt, daß neben den Fässern mit Speiseöl und dem Postsack noch ein Platz für mich frei ist.« Frost achtete darauf, daß er nicht selbstgefällig wirkte.

»Sie haben den guten Roy also bestochen?« Hartlaug lachte kurz auf. Es klang bitter. »Mit Geld oder mit Schnaps?«

»Geld.«

»Immerhin. Ich bin schon froh, wenn Haywood beim Fliegen nicht säuft.«

Die beiden Ridgebacks kamen angezockelt und beschnüffelten den Fremden.

»Aus, Bussard, aus!« befahl Hartlaug. »Platz, Weihe!«

Die Hunde legten sich unter den Tisch.

»Wer sind Sie? Und was führt Sie her?«

Genüßlich zögerte Frost die Antwort einige Sekunden hinaus. Zwanzig Minuten war es her, seit der afrikanische Koch und seine Gehilfinnen ihn an der Flugpiste in Empfang genommen und mitsamt der Fracht ins Lager gebracht hatten. Zeit genug, um aufs Wasser hinauszusehen und all die Jahre vorbeiziehen zu lassen, in denen er auf diesen letzten Schritt gewartet hatte.

»Ich heiße Siegmund Frost. Ich bin der Sohn von Hermann Frost.«

Hartlaug musterte den Besucher erneut. Diesmal genauer. Wieder blieb sein Blick an den langen Haaren hängen. »Und?«

»Ich suche meinen Vater. Ich habe Informationen, daß Sie ihn kennen und wissen, wo er ist.«

»Informationen?« Hartlaug ließ den Blick über die Riedfelder und das Wasser schweifen, das in der Mittagshitze funkelte. »Von wem?«

»Erich Staal.«

»Staal«, wiederholte der Alte nachdenklich nickend. Er schaute sein Gegenüber ruhig an. »Er muß Sie schätzen, wenn er Ihnen hilft.« Er sah wieder aufs Wasser. »Erich Staal hat seine Überzeugungen.«

Der Alte schwieg eine Weile, als lausche er dem Konzert der Natur. Frost rutschte einen Zentimeter vor und stützte die Ellbogen auf den Tisch. Er war nervös.

»Und Sie sind also Frost junior?«

Frost nickte schweigend.

»Sind Sie sicher, daß Ihr Vater Sie sehen will?«

»Ich hoffe…« Frost räusperte sich. Die Lüge mußte sein.

»Und Sie?« fragte der Alte.

Der jüngere Mann sah die Härte in den Augen. Es war derselbe Blick, mit dem ein Infanteriegeneral sein letztes Aufgebot verabschiedet, bevor er es an die Front wirft.

»Sind Sie sicher, daß Sie Ihren Vater sehen wollen?«

Frost hielt dem Blick stand. »Sonst wäre ich nicht hier.«

Hartlaug dachte eine Weile nach. Er strich sich mit der Hand über die weißen Haare und kratzte sich den Nacken. Dann schien er zu einem Entschluß gekommen zu sein. »Ich werde Sie morgen hinbringen lassen«, sagte er.

Frost spürte, wie sein Herz hämmerte. Es war soweit! Der Alte wollte ihm helfen. »Danke«, stieß er hervor. »Sie wissen nicht, was das für mich bedeutet...« Mit einem Mal war der Tag der Entscheidung ganz nah. Er hatte nicht damit gerechnet, daß es so schnell gehen würde. *Ich werde Sie hinbringen lassen,* hatte Hartlaug gesagt. Es konnte also nicht weit sein. »Danke«, sagte er noch einmal.

»Danken Sie mir, wenn Sie wissen, ob es richtig war. Sie können in einer der Hütten übernachten. Die Gruppe ist bis übermorgen auf Safari – mit Ihrem Vater.«

»Wo ist er?«

»Da drüben.« Der Alte streckte den Arm aus und deutete über das glitzernde Wasser und das endlose Dickicht aus Schilf, Papyrus, Farnen und Mangroven. »Chief's Island. Die größte zusammenhängende Landmasse in dieser Gegend. Eintausend Quadratkilometer Trockensavanne.« Er sah den Jungen an und lächelte zum ersten Mal. »Keine Angst. Ich werde Ihnen einen Führer mitgeben.« Er stützte sich mit den Händen an der Tischkante ab und stemmte sich mit leisem Ächzen hoch.

Die Hunde sprangen ebenfalls auf und tänzelten aufgeregt um ihren Herrn. Auch Frost erhob sich und blieb abwartend stehen.

»Ist das alles, was Sie an Gepäck dabeihaben, mein Junge?« Hartlaug sah auf den schwarzen Seesack, der neben der Bank auf dem Boden lag.

»Ja.«

»Legen Sie sich ein bißchen hin. Die Mittagshitze ist mörderisch. Duschen ist kein Problem. Wir haben genug Wasser. Gegen sieben Uhr gibt es Abendessen. Sie können mir Gesellschaft leisten. Ich schicke jemand vorbei, der Ihnen Ihre Unterkunft zeigt. Bis dann…«

Der alte Mann ging hinaus in die Backofenhitze. Frost sah ihm nach. Es kam ihm vor, als löse sich die Gestalt in der flirrenden Luft auf. Wie ein Negativ, das man in die Flamme hält.

17

Daimler tastete nach dem Schalter der Nachttischlampe. Das Licht blendete ihn einen Augenblick. Er griff nach der Rolex. High Noon! Er sank ins Kissen zurück. Er fühlte sich leer und unzufrieden.

Dann stand er auf, ging zum Fenster und schob die Vorhänge auf. Die Mittagssonne traf ihn wie ein Blitzlicht. Er kniff die Augen zusammen und sah nach draußen. Die Hitze waberte über den Dächern der Nebengebäude. Auf dem Rasen tummelten sich vier weiße Gören. Sie wurden von einem schwarzen Kindermädchen beaufsichtigt. Die Afrikanerin hatte sich in den Schatten eines Baumes zurückgezogen, aber die Kinder spielten ohne Rücksicht auf die Sonne Kricket mit einer Juniorenausrüstung aus Plastik.

Er stellte die Klimaanlage etwas höher und spürte, wie der kühle Luftzug ihn umstrich. Im Bad fiel ihm wieder die Verabredung zum Lunch ein.

»Ich werde bereits heute nachmittag nach Harare fliegen«, teilte sie mit, als sie unter dem Sonnenschirm auf der Terrasse saßen.

»Ich werde Sie vermissen.« Das war nicht einmal gelogen. Aber wenn er ehrlich war, wollte er sie auch nicht aufhalten.

Sie lächelte flüchtig. »Bringen Sie mich zum Flughafen?«

»Gerne«, sagte er und dachte: Dann weiß ich wenigstens, daß du wirklich weg bist. »Sind Sie sicher, daß Sie noch einen Platz in der Maschine bekommen?«

»Ich werde mich gleich drum kümmern. Im Foyer habe ich ein Reisebüro gesehen. Ich kann bei so was sehr hartnäckig sein.«

»Das bezweifle ich nicht.«

»Und Sie? Bleiben Sie noch länger hier?«

»Ich will noch ein paar Tage am Drehbuch arbeiten«, log er. »Und danach werde ich mich um Livingstone kümmern.« Er grinste. »Lettow-Vorbeck für *La Belle* und David Livingstone für *Transpolit.* Ist doch nicht schlecht.«

Nachdem sie bestellt hatten, entschuldigte sie sich einen Augenblick, um das Reisebüro aufzusuchen. Während die Vorspeise serviert wurde, ließ er den Blick über die Ebene bis zu der Stelle wandern, wo eine Wolke über dem Busch zu schweben schien. Es war der Nebel über den Wasserfällen.

»Alles klar«, rief sie ihm gutgelaunt entgegen, als sie wieder auftauchte. »Air Zimbabwe, kurz nach fünf.« Sie setzte sich.

Er zeigte ihr den Nebel.

»Sieht aus, als hätte jemand einen Wattebausch in die Landschaft fallen lassen.«

Eine zweimotorige Propellermaschine zog mit kaum hörbaren Motorgeräuschen über den Himmel.

»Bereuen Sie es nicht, daß Sie die Viktoriafälle gar nicht gesehen haben?«

»Es gibt Wichtigeres. Man kann nicht alles haben.« Für den Bruchteil einer Sekunde zog ein Schatten über ihr Gesicht.

Er sah ihr in die Augen und wußte, daß er sie vermissen würde.

18

Nach dem Abendessen saßen Hartlaug und Frost in bequemen Klappstühlen am Lagerfeuer und sahen in die Nacht über dem

Wasser. Wie Scherenschnitte hoben sich die Papyrusstauden vom kobaltblauen Himmel ab. Kalt und klar standen die Sterne am Firmament. Ab und zu hustete ein Flußpferd in der Dunkelheit.

Der Alte hatte eine Flasche gekühlten Paarl-Riesling spendiert. Er rauchte eine der Zigarren, die Frost ihm mitgebracht hatte. *Wenn Sie ihn jemals aufsuchen sollten, dann bringen Sie ihm eine Kiste Havannas mit, als Tauschobjekt oder Opfergabe. Er liebt gute Zigarren,* hatte Staal geschrieben. Siegmund Frost war dankbar für den Tip.

»Ich bin jetzt über siebzig, mein Junge, und wenn es mich mal erwischt, ist es mit Sicherheit Lungenkrebs.« Das dunkle Lachen ging in ein Husten über und klang in einem Röcheln aus.

Für Frost klang das Keuchen des alten Mannes genauso wie die Töne aus dem Busch. »Bei den Geräuschen da draußen kann man ja eine Gänsehaut kriegen«, sagte er. »Man hat das Gefühl, Tausende von Feinden lauern im Dunkeln.«

»Wir Zweibeiner sind hier nur zu Gast.« Hartlaug blies einen Rauchring in die Luft, der langsam über das Feuer davontrieb.

Ein Grollen ertönte aus dem Busch. Einer der Hunde schlug kurz an und richtete sich mit den Vorderläufen auf.

»Ruhig, Bussard«, brummte der Alte, und der Ridgeback legte sich wieder hin.

»Sie haben meinem Vater geholfen, als er untertauchen mußte?« fühlte Frost vorsichtig vor.

»Nun, mein Junge, die Russen waren damals hinter ihm her. Und ich war ihm etwas schuldig. Also habe ich ihn zum Rhodesier gemacht und als Wildhüter ausgebildet.«

»Was waren Sie meinem Vater schuldig?«

»Reden wir nicht drüber.« Hartlaug zog an seiner Zigarre.

Frost sah in die Glut des Lagerfeuers. »Jetzt bin *ich* Ihnen etwas schuldig.«

»Wenn Sie mir unbedingt einen Gefallen tun wollen, dann lassen Sie sich noch die Haare schneiden, bevor Sie Ihren Herrn Vater aufsuchen. Einer meiner Buschmänner ist ein vorzüglicher Friseur. Seine Spezialität ist das, was man bei uns zu Hause gemeinhin einen Pottschnitt nannte.« Hartlaug lachte mit einem tiefen Kollern.

»Damit kann ich Ihnen leider nicht dienen«, sagte Frost leise. »Sie sind ein Symbol.« Er schwieg einen Moment. »Aber ich habe Ihnen was anderes zu bieten.« Er legte eine Pause ein. »Ich kann Sie warnen.«

»Warnen?« Hartlaug blies erneut einen Ring.

Das Lachen einer Hyäne drang zu ihnen.

»Eine Journalistin ist Ihnen auf der Spur. Kann nicht mehr lange dauern, bis sie hier auftaucht.«

Der Alte sah im sanften Schein des Feuers zu Frost. »Eine deutsche Journalistin?«

»Ja.«

»Beschreiben Sie sie, mein Junge.«

»Mitte Vierzig. Sieht für ihr Alter blendend aus. Kurze blonde Haare, grüne Augen, Sommersprossen.«

»Kurze Haare?«

»Ganz kurz.«

»Wie heißt sie?«

»Christa Baumann.«

Schweigend starrte Kurt Hartlaug in die Finsternis. Er rauchte eine Zeitlang und blies den Qualm hinaus in die Nacht. Dann sagte er leise: »Danke, mein Junge.«

Spät nachts legte er eine Platte auf. Zarah Leander. Die richtige Musik nach den Ereignissen des Tages. Frosts Sohn im Anmarsch auf seinen Vater und eine Nachricht von Christa. Er schüttelte den Kopf. Es war zu befürchten, daß sie ihn finden würde. Furcht? Fürchtete er sich wirklich davor, oder sehnte er sich danach?

Hermann Frost hatte ihm nie etwas von einem Sohn erzählt. Eigentlich erstaunlich, dachte Hartlaug, wo er es doch war, der mich ständig mit Informationen über meine Kinder versorgt hat. Warum hat er so wenig Vertrauen zu mir?

Er ging zu der wackligen Kommode aus Schilfrohr, zog eine Schublade auf und nahm die blaue Aktenmappe heraus. Auf dem neuesten Foto, das er besaß, war Christa bei der Verleihung des Egon-Erwin-Kisch-Preises zu sehen. Damals hatte sie noch für dieses linksliberale Blatt geschrieben. Die Haare waren schulterlang, aber die Augen strahlten wie Smaragde. Schade um die Haare. Aber so war das heutzutage nun mal. Die Jungs trugen Frauenfrisuren, und die Mädchen waren kurzgeschoren wie Rekruten. Auf jeden Fall sah sie ihrer Mutter sehr ähnlich.

»Margot«, sagte er leise.

Er sah sich das Foto ein Weile an, legte es dann wieder in die Mappe und schob sie in die Schublade. Sein Blick fiel auf die Videokassette.

Mit dem Lebensweg seines Sohnes war er weniger zufrieden. Er hatte den Film zum letzten Mal in einem Hotel in Johannesburg gesehen. »Die beinharte Tänzerin«. Absurder Titel. Überhaupt, zuviel Sex und Gewalt. Was war bloß mit dem Jungen los? Nun, er hatte kein Recht, solche Fragen zu stellen. Was hatte er zur Erziehung seiner Kinder beigetragen? Nichts. Absolut nichts! Und alles, was er wußte, verdankte er dem Geheimdienst eines Gegners, gegen den er einst erfolglos gekämpft hatte.

Wenn er bedachte, daß er mit Joachims Mutter immer gerne ins Kino gegangen war, kam es ihm gar nicht so abwegig vor, daß der Kleine Filmemacher geworden war. Er erinnerte sich noch genau an jenen Wintertag. Sie hatten »Der große König« mit Otto Gebühr gesehen.

Januar 1943.

Sie kommt auf ihn zu, bleibt stehen und mustert sein Gesicht.

»Ein entsetzliches Machwerk! Normalerweise mag ich ja wenigstens Gustav Fröhlich...« Er öffnet den Kragenknopf seines Hemdes und lächelt sie an. »Diese Söderbaum bekommt ihre Rollen doch nur noch, weil sie mit dem Herrn Regisseur verheiratet ist.«

Die Nacht, in der er seine Kinder gezeugt hatte.

Die Kinder!

Die Kinder kamen. Für den einen der Sohn, für den anderen die Tochter.

Hermann Frost würde noch etwas daraus machen können. Er war erst vierundfünfzig. Aber mit einundsiebzig sahen die Dinge anders aus. Er nahm sich vor, den Jungen morgen zu begleiten. Ein Gefühl sagte ihm, daß es besser sein würde. Daß Frost seinen Filius nie erwähnt hatte, beunruhigte ihn.

»Der Wind hat mir ein Lied erzählt...« sang die Leander.

Kurt Hartlaug summte mit.

19

Erst nachdem er sie zum Flughafen gebracht und der steigenden Maschine so lange nachgesehen hatte, bis sie in der auskommenden Abenddämmerung über Victoria Falls verschwand, spürte er, daß die Dame eine Saite in ihm zum Schwingen gebracht hatte. Er nahm ein Taxi für die Rückfahrt.

Im Hotel suchte er unverzüglich die Bar auf und verlangte etwas Stärkeres als Bier. Später speiste er allein an einem Ecktisch im »Livingstone Room«. Er aß das gleiche, was sie am Vorabend gegessen hatte, und trank die Flasche Wein alleine aus. Tanzen war nicht. Also trank er, bis das Restaurant geschlossen wurde, und ging dann an die Bar, bis auch die dichtmachte. Er kaufte dem Barmann noch eine halbe Flasche Bourbon ab, setzte sich auf die verwaiste Terrasse und starrte zu der Dunstglocke hin, die weiß unter dem Sternenhimmel leuchtete. Das tiefe Rauschen der Fälle war nur schwach zu vernehmen. Es klang wie schallgedämpfte Turbinen in einem Kraftwerk.

Als er spät nachts in sein Zimmer kam, lag ein Kuvert unter der Tür. Er bückte sich, hob es auf und rappelte sich wieder schwankend in die Höhe. Er schaltete das Licht an, stellte die Flasche mit dem restlichen Whiskey auf den Nachttisch und nahm sich die Nachricht vor. Es war ein Fax von Arnulf, wie er anhand des Briefkopfes der *Transpolit*-Redaktion erkannte.

Mr. Joachim Daimler
Victoria Falls Hotel
Victoria Falls
ZIMBABWE

Lieber Joachim,

in Anbetracht der Nachricht, die ich zu übermitteln habe, benutze ich ausnahmsweise einmal Deinen vollen Vornamen. Ich vermute zwar, daß es Dich kalt läßt, aber Leni Schmitt und Emma Riedel lassen Dir mitteilen, daß ihre Schwester Erika an einem Hinterwandinfarkt verstorben ist. Die Beisetzung findet am kommenden Mittwoch in Nürnberg statt. Ich werde auf jeden Fall in Deinem Namen einen Kranz schicken. Ich habe Dich bei Frau Leni telefonisch entschuldigt und darauf hingewiesen, daß Du derzeit schwer zu erreichen bist. Sie schien erleichtert, daß Du in Afrika steckst. Es ist alles geregelt, soll ich Dir ausrichten. Klang wie: Er hat sich ja sowieso nie um sie gekümmert.

Herzlichst
Arnulf
PS: Gieß Dir einen hinter die Binde. Vergiß den Mist, und bleib an der Reportage. Ich hoffe, die Baumann ist wenigstens nett.

Daimler setzte Arnulfs Anweisung sofort in die Tat um. Er griff nach der Flasche. Jetzt wußte er wenigstens, an welcher Krankheit seine Stiefmutter gelitten hatte. Das Herz. Warum sollte es ihr besser ergehen als anderen? Das Herz war immer für eine Krise gut.

»Von hinten durchs Herz«, sagte er und trank.

20

Vor Tagesanbruch holte Siegmund Frost die Makarow aus dem Seesack. Er wickelte das weiche Baumwolltuch auf und starrte auf die bläulichschwarze Waffe und das Magazin mit den golden schimmernden Projektilen. Dann schob er das Magazin in den Griff, schlug es fest, lud durch und sicherte. Er hatte die Waffe mühelos über alle Grenzen gebracht – in Einzelteile zerlegt und im ganzen Land Cruiser verteilt.

Er duschte und zog sich an. Dann steckte er die Automatik in die rechte Hüfttasche seiner Safariweste, holte sie wieder heraus und schlang das Tuch locker um die Waffe, damit man die Umrisse nicht sah. In die linke Hüfttasche steckte er die kleine Rollei, und in den Brusttaschen verstaute er drei Filmpatronen. Er hatte nicht vor zu fotografieren, wollte aber keine unnötige Aufmerksamkeit auf sich ziehen. Er frottierte seine Haare noch einmal und ließ sie offen über die Schulter hängen. Dann verließ er die Hütte. Es war sechs, und die Sonne ging auf. Eine vollkommene Stille hing über Land und Wasser.

An der Anlegestelle wartete einer der Flußbuschmänner. Er begrüßte Frost freundlich und servierte ihm im Stehen Kaffee aus einer Thermoskanne. Dazu gab es Sandwiches. Frost kaute und trank. Der Führer sah schweigend zu. Er war klein und grazil, sein Körperbau hätte aber einem voll austrainierten Bantamgewichtler alle Ehre gemacht. Muskelstränge und Sehnen zuckten unter der Haut, wenn er sich bewegte. Er hatte sanfte Augen und lange Wimpern. Über seinem linken Lid saß eine Fliege, aber er schien sie nicht wahrzunehmen.

Lautlos tauchten die Hunde auf.

Dann erschien Hartlaug. Er trug einen Filzhut mit flacher Krempe und einem geflochtenen Lederband. Am Koppel hingen eine Streifenlader-Mauser im Holzfutteral und eine Segeltuchscheide, in der ein Buschmesser steckte.

»Guten Morgen«, begrüßte er Frost. »Ich habe mich doch zum Mitkommen entschlossen.«

»Guten Morgen.« Frost war erleichtert. Der stumme Afrikaner hatte ihn verunsichert.

»Das ist Dinyando«, sagte der Alte. »Mein bester Askari.«

Dinyando lächelte Frost an, als sein Name fiel, und reichte Hartlaug einen Becher Kaffee. Dann hob er einen Speer vom Boden auf und joggte zum Steg.

»Sie sehen wie der Erzengel Gabriel aus«, sagte der Alte mit einem kritischen Blick auf Frosts Haartracht. Er trank den Becher aus und stellte ihn neben der Kanne auf den Boden. »Dann mal los«, rief er und ging zur Anlegestelle, wo mehrere Einbäume im Wasser dümpelten. Die Boote waren extrem schmal, wie ausgehöhlte Bleistifthälften. Hartlaug bemerkte Frosts besorgten Gesichtsausdruck. »Keine Angst, mein Junge. Ein Mokoro ist in der Hand eines Profis so stabil wie ein Panzerkreuzer.«

Der Buschmann stand im Heck und hielt den Einbaum mit einer langen Stange ruhig. Frost stieg vorsichtig ein und setzte sich in die vordere der beiden geflochtenen Sitzschalen. Das Boot schwankte bedenklich. Hartlaug nahm hinter ihm Platz. Die Hunde kamen zuletzt an Bord und hockten sich zwischen den Afrikaner und ihren Herrn.

Dinyando stieß das Boot mit einem Fuß vom Steg ab und stakte bedächtig ins offene Wasser. Sie pflügten durch ein Seerosenfeld, dessen große Blätter träge vom Einbaum beiseite geschoben wurden. Die rosa Blüten schwankten in den flachen Wellen. Dinyando trieb die Stange in stetem Rhythmus in den sumpfigen Grund, und das Boot glitt fast geräuschlos über das kristallklare Wasser dahin. Frost kam sich vor wie ein Zwerg, während er, fast auf dem Rücken liegend, durch die Papyruswiesen trieb. Aus der Froschperspektive wirkten die Gräser wie ein dichter Wald. Libellen, groß wie Modellflugzeuge, surrten um den Einbaum. Frost bestaunte ihre schillernden Rümpfe. Sie sahen aus wie aus Glas geblasen und schillerten in allen Farben, von Zartrot über Honiggelb und Grasgrün bis zu Lapislazuliblau. Die Aderung der Insektenflügel wirkte wie eine Landkarte des weit verästelten Flußsystems.

Hier gingen Himmel und Erde nahtlos ineinander über. Die Oberkante der Gräser war der Horizont. In der dichten gelbgrünen Wand taten sich immer neue Kanäle auf, durch die Dinyando den Einbaum navigierte. Woran mochte er sich orientieren? Hatte er einen inneren Kompaß? Nach einer Weile bemerkte Frost angeknickte Stauden und verknotete Halmbüschel, die als Wegweiser dienten.

Immer wieder passierten sie offene Teiche, wie Lichtungen im Wald, die mit Seerosen übersät waren. Ab und zu tauchten Baumgruppen auf. Schmetterlinge und Mücken umschwirrten das Boot. Hartlaug wies auf die feisten Tsetse-Fliegen mit den gekreuzten Flügelenden hin. »Die Überträger der Schlafkrankheit«, sagte er.

Frost schwieg. Es dauerte eine halbe Stunde, bis er sich wieder darauf besann, weshalb er hier war. Er befand sich auf einem Kommandounternehmen. Er mußte sich konzentrieren. Vorsichtig tastete er die rechte Hüfttasche ab. Er saß in einem Landungsboot, gehörte zur ersten Welle, die einen vom Feind gehaltenen Strand ansteuerte. Er versuchte an seine Mutter zu denken, rief sich ihr verschwollenes Gesicht in Erinnerung. Jetzt, wo es darauf ankam, packten ihn Zweifel.

Sie mochten eine knappe Stunde unterwegs gewesen sein, als das Mokoro Chief's Island erreichte. Der River Bushman sprang leichtfüßig an Land. Die Hunde folgten ihm. Hartlaug und Frost stiegen aus, und Dinyando zog den Bug des Einbaums an Land. Erst jetzt bemerkte Frost, daß vier weitere Mokoros im Ried lagen. Mit einem dieser Boote mußte sein Vater gekommen sein.

Der Wind trug ein heiseres Stöhnen und Grunzen zu ihnen.

»Büffel«, sagte Hartlaug.

Dinyando nahm seinen Speer und übernahm die Spitze. Er bewegte sich fließend, aber kerzengerade durch die Wildnis. Frost folgte ihm. Die Ridgebacks hielten sich dicht bei Hartlaug. Sie kamen über ein Stück versteppter Savanne, braun und vertrocknet, auf das wieder üppiggrüner Busch folgte. Das Morgenlicht war noch schwach, und die Natur wirkte fahl. Dinyando kletterte auf einen Termitenhügel, um sich zu orientieren. Dann trabte er wieder voraus.

Das brusthohe Gras öffnete sich zu einer weiten Grassteppe, auf der eine Herde Gnus weidete. Das Schnauben und Röhren der blauschwarzen Tiere schallte über die Ebene. Frost bestaunte die Büffelhörner und Eselsschweife der Antilopen. Ein sonores Rasseln brachte den Boden zum Beben. Es mußten um die fünfzig Tiere sein, die nur wenige hundert Meter entfernt dampfend in der Morgenluft grasten.

»Der Wind steht günstig«, sagte Hartlaug. »Noch haben sie uns nicht gewittert.«

Frost war erstaunt, wie ruhig sich die Hunde verhielten. Fast schien es, als ob sie das Wild ignorierten.

»Man nennt sie hier Wildebeest.« Der Alte nickte zu den Gnus hin. Im selben Moment riß eines der Leittiere witternd den Kopf herum, und die Herde stob mit lautem Hufdonnern davon.

Sie zogen weiter, vorbei an Zebras, Impalas, Büffeln, Giraffen, Kudus, Elefanten und Warzenschweinen. In der Ferne quengelte ein Schakal. Dann stießen sie auf Menschen. Die Zelte standen im Schatten einiger Schirmakazien am Rande eines Palmenhains. Rauch stieg von einer Feuerstelle auf. »Sie werden noch frühstücken«, sagte Hartlaug. Als sie näher kamen, konnte Siegmund Frost mehrere Männer und Frauen erkennen. Sieben Leute insgesamt. Zwei waren Buschmänner, die anderen Weiße. Geschirr klapperte.

»Lauft!« rief Hartlaug den Ridgebacks zu.

Die Hunde jagten davon. Aufgeregt sprangen sie im Camp an einem Mann hoch und begrüßten ihn. Der Mann trug einen Safarianzug und Stiefel. Er mußte um die Fünfzig sein. Schädel, Wangen und Kinn waren mit grauen Stoppeln überzogen. Er ähnelte keinem der Männer auf den alten Fotos, aber Siegmund Frost war sich seiner Sache trotzdem sicher. Dieser Mann war sein Vater.

Die Gruppe war beim Essen. Einige winkten ihnen zu und empfingen den Alten mit Grußworten, als er ins Camp kam. Der Grauschädel im Safarianzug richtete den Blick auf den jungen Mann mit den langen blonden Haaren. Er grinste verächtlich, sah Hartlaug an und fragte: »Wen hast du uns denn da mitgebracht, Kurt? Den Vortänzer vom Bolschoi-Ballett?«

Ein paar Touristen kicherten.

Der Duft von gebratenem Speck stieg Siegmund Frost in die Nase. Etwa zehn Meter vor seinem Vater blieb er stehen.

Hartlaug ging weiter, baute sich vor Hermann Frost auf, legte ihm eine Hand auf die Schulter und sah ihm ernst ins Gesicht. »Ich habe dir deinen Sohn mitgebracht.« Er nahm die Hand wieder von der Schulter und trat einen Schritt zur Seite. Während die beiden Hunde um seine Beine strichen, drehte er sich zu dem Jungen um und winkte ihn näher. Dann bückte er sich zu einem der Ridgebacks und tätschelte ihm den Kopf.

Siegmund Frost wollte es nur noch hinter sich bringen. Die Motive oder gar eine Entschuldigung seines Vaters interessierten ihn nicht. Er war nicht zur Vernehmung gekommen. Er war der Vollstrecker. Er riß die Makarow heraus, als habe er lediglich gewartet, bis der Mann identifiziert war, und zielte mitten hinein in das zynische Grinsen seines Vaters.

Er traf ihn Sekundenbruchteile bevor das Grinsen in ein ungläubiges Staunen umschlug. Die Kugeln erwischten den Mörder seiner Mutter einmal im Gesicht, einmal im Hals und zweimal im Bauch. Beim fünften Schuß warf sich Hartlaug dazwischen und fing die letzte Kugel mit seinem Körper ab.

Wie im Traum nahm Siegmund Frost wahr, daß sein Vater leblos am Boden lag. Nur zwei Meter davor hockte der alte Mann mit den weißen Haaren und blutete aus einer Brustwunde. Dann tauchte Dinyando mit dem Speer vor ihm auf, und das hysterische Kreischen der Touristen vermischte sich mit dem Knurren der angreifenden Hunde.

21

Die Propellermaschine der Botswana Airways, die Daimler in zwei Stunden von Victoria Falls nach Maun brachte, landete um zwei Uhr nachmittags auf einem armseligen Flugplatz.

Staub und Hitze hingen über der Piste. Der Ort mochte der wichtigste Verkehrsknotenpunkt am Rande des Okavango-Deltas sein, wirkte aber wie eine weit verstreute Ansammlung von Rundhütten inmitten einer ausgeglühten Landschaft.

Daimler hatte einen Kater, gegen den nicht einmal das Castle-Bier, das er sich während des Fluges genehmigt hatte, angekommen war. Aber mit dem Schweiß, der ihm in dieser Trockensauna aus allen Poren lief, verschwanden die Kopfschmerzen.

Am Ausgang hielt er den Voucher der Reisegesellschaft hoch, die für die weiteren Arrangements in Botswana verantwortlich war. Eine stämmige Motswana kam auf ihn zu, entriß ihm den Aluminiumkoffer und die Reisetasche und marschierte davon. Anscheinend erwartete sie keine weiteren Kunden. Er wollte ihr wenigstens ein Gepäckstück abnehmen, doch sie lehnte lachend ab. Er folgte ihr über den Parkplatz, dessen Buckel und Schlaglöcher aussahen, als wären sie mit einer Mischung aus Splitt und Mehl bestreut. Neben einem Andenkenladen lag das Reisebüro.

Die Frau bot ihm einen Sessel an und setzte sich hinter ihren Schreibtisch. Sorgfältig studierte sie die Buchungsunterlagen, dann legte sie besorgt die Stirn in Falten. Der Blick, den sie Daimler zuwarf, ließ seine Kopfschmerzen wieder aufleben.

»Probleme?« fragte er. »Ist doch alles fest gebucht und bestätigt. Flug, Übernachtung und Verpflegung, alles bezahlt.«

»Ja, Sir«, sagte sie. »Aber in der Hankuzi Lodge hat es einen Unfall gegeben, und ich weiß nicht, wie es da draußen weitergehen soll. Ich warte selbst noch auf Anweisungen. Sie müssen sich leider eine halbe Stunde gedulden.« Ihr Lächeln war wie eine Werbung für Okavango-Reisen. Hier ging es um Abenteuer.

Daimler ergab sich in sein Schicksal. Er wischte sich den Schweiß von der Stirn. Die Motswana versorgte ihn mit einer kalten Cola und führte mehrere Telefongespräche in der Landessprache. Dann entschuldigte sie sich und verschwand.

Aus der halben Stunde wurde eine ganze. Bis die Frau wieder auftauchte, hatte sich Daimler den Andenkenladen angesehen.

»Die Maschine aus dem Camp ist soeben gelandet. Wir gehen am besten rüber und sprechen mit Mister Haywood. Er ist der Pilot. Das Gepäck lassen Sie bitte erst mal hier«, sagte sie, als Daimler erleichtert aufsprang.

Als sie vor dem Hangar der Northern Air Maintenance eintrafen, tuckerte eine einmotorige Cessna von der Landebahn auf das staubige Feld. Die Maschine rollte aus und ging auf Parkposition. Der Motor erstarb, die Propellerblätter kamen zum Stillstand. Drei Schwarze, die neben einem Polizei-Landrover gewartet hatten, gingen zur Maschine. Zwei trugen Uniform.

Der Pilot kletterte aus der Kanzel. Haywood war ein alter Haudegen mit einem rotblonden Schnäuzer. Sein kurzärmeliges weißes Uniformhemd war völlig durchgeschwitzt. Ein Achselstück fehlte. Die Schirmmütze sah aus, als käme sie jeden Tag in die Waschmaschine. Die Cowboystiefel unter der verwaschenen Jeans hatten seit Jahren weder Fett noch Bürste gesehen.

Der Polizist in Zivil unterhielt sich eine Zeitlang mit dem Piloten. Dann holten die beiden Uniformierten einen langen Segeltuchsack aus dem Flugzeug und legten ihn vorsichtig zu Boden.

Als Daimler mit der Frau näher trat, konnte er dunkelbraune Flecken rechts und links des Reißverschlusses sehen. Es schien eine Art Leichensack zu sein.

»Augenblick, Rita«, sagte der Pilot zu der Motswana und lächelte Daimler entschuldigend zu. »Der Alte will immer noch nicht raus. Ich bezweifle allerdings, daß er's jetzt noch übersteht«, sagte er zu dem Mann in Zivil.

»Ist seine Entscheidung«, erwiderte der Polizist. »Ich habe von Anfang an nicht geglaubt, daß wir ihn überreden können. Der Arzt muß jeden Moment kommen.«

»Er will auch keinen Arzt«, sagte Haywood.

»Wir sollten den Doktor trotzdem hinbringen. Ich fürchte, Roy, Sie müssen noch mal los.«

Der Pilot grinste. »Ich fliege jetzt seit gestern nachmittag ununterbrochen Shuttle-Service. Da kommt's auf ein paar Touren mehr oder weniger auch nicht mehr an, solange sie bezahlt werden und die Kiste nicht auseinanderbricht.« Er deutete auf den Sack. »Wollten die Krauts nicht einen Konsularbeamten schicken?«

Der Zivile sah Daimler an und bemerkte dessen ernste Miene. »Sind Sie das etwa?«

»Nein«, antwortete Daimler. »Ich bin Tourist.«

»Das wird wohl heute nichts mehr«, stellte der Zivile fest und ging in die Hocke. Mit einem raschen Handgriff öffnete er den Reißverschluß, zerrte das Tuch von Kopf und Oberkörper und verzog angewidert das Gesicht, als ihn der Geruch traf.

Viel war nicht zu erkennen. Aber es war ein Weißer. Die Motswana wandte sich stöhnend ab und schlug die Hände vors Gesicht. Daimler sah lange verklebte Haare, die einmal blond gewesen sein mußten. Die hellen Augen starrten blicklos in die Sonne. Am Hals klaffte ein unregelmäßiger, an den Rändern ausgefranster Riß. Die Wunde unter dem Schlüsselbein war vergleichsweise klein und sauber.

»Branwells Löwenhunde...« murmelte der Zivile und erhob sich.

»Wer ist denn für Sie der Täter?« fragte Haywood sarkastisch. »Die Ridgebacks oder Dinyando?«

»Die Leute im Camp haben ausgesagt, daß der Buschmann schneller war.«

»Sie werden ihn da draußen nicht finden.« Der Pilot deutete über das Flugfeld zum Horizont.

»Ich glaube kaum, daß wir ihn suchen, Roy.« Der Polizist

lockerte seinen Krawattenknoten. »Was denken Sie denn? Daß wir mit ein paar Bluthunden das ganze Delta abkämmen? Lächerlich…«

Ein Toyota Crown fuhr auf den Hof und blieb neben dem Hangar stehen.

»Der Doktor«, sagte einer der Uniformierten.

»Packt den da wieder ein, und bringt ihn in den Rover«, sagte der Zivile zu den beiden Uniformierten. Sie zogen den Reißverschluß zu und trugen die Leiche zum Wagen.

Der Arzt war ein Einheimischer. Er hatte seine große, massige Gestalt in einen frischgebügelten Safarianzug gezwängt und trug eine Designer-Sonnenbrille mit wuchtigem Hornrahmen. Der weißgraue Afro stand lang und drahtig von seinem Kopf ab.

»Na, Doktor, heute kein Zweireiher?« Der Zivile warf einen anzüglichen Blick auf die beiden juwelenbestückten Goldringe, die der Arzt an der Hand trug, mit der er ein weißes Seidentaschentuch umklammerte.

»Scheißhitze.« Der Arzt wischte sich mit dem Tuch über den Nacken. »Sollte heute morgen nicht die andere Leiche zur Obduktion reinkommen?«

»Wer hat denn so was behauptet, Doktor? Der Mann hatte vier Kugeln im Leib, und ein halbes Dutzend Zeugen hat gesehen, wie er starb. Der Täter steckt in dem Leichensack da. Wozu also jemand aufschneiden? Das Opfer ist schon unter der Erde.«

»Ich schlage vor. Sie bleiben noch eine Weile im Auto, Doc, und lassen die Klimaanlage laufen«, sagte Roy Haywood. »Ich muß erst auftanken. Dauert mindestens eine halbe Stunde.«

Der Arzt nahm das Angebot sichtlich erleichtert an und ging zu seinem Wagen zurück.

»Was ist mit den Gästen im Camp, Mister Haywood?« fragte die Frau vom Reisebüro.

Der Pilot nahm die Schirmmütze ab und strich sich über den rotblonden Stoppelkopf. »Die drei, die unbedingt nach Hause wollten, sind gestern mit rausgeflogen, Rita.«

»Ich weiß. Ich habe sie eben zum Flugzeug nach Gaborone gebracht. »Aber was ist mit dem Betrieb in der Lodge? Wie soll es weitergehen?«

»Der Alte hat angeordnet, daß alles seinen gewohnten Gang geht«, sagte Haywood. Er lachte. »Er meint, daß er nicht zum erstenmal krank ist.«

»Der hat Nerven.« Der Zivile schüttelte den Kopf.

Haywood setzte die Mütze wieder auf. »Watson wird in den nächsten Tagen aus Johannesburg zurückerwartet. Er wird das Camp leiten. Jetzt gehört ihm ja bald alles alleine ...«

»Der letzte aus dem Rhodesientrio.« Damit verabschiedete sich der Polizist und ging zum Land Rover zurück.

»Und Sie wollen mit rein?« Haywood sah Daimler an.

»Ich bin fest entschlossen.« Daimler schob das Kinn vor.

»Wie Sie wollen. Sie haben ja mitgekriegt, was der Chef des Hotels auf dem Sterbebett geflüstert hat.« Er bleckte die Zähne. *»The show must go on.«*

Daimler schwieg.

»Also alles weiter wie gehabt?« fragte Rita unsicher.

»Yes, Ma'm.« Haywood tippte mit dem Zeigefinger an den Mützenschirm. »Viel mehr kann ja an diesem Wochenende nicht mehr passieren.« Er klopfte Daimler auf die Schulter. »Dann holen Sie mal Ihr Köfferchen. Ich muß noch zur Tankstelle.«

Noch bevor sie in der Luft waren, hatte Haywood die Ereignisse auf Chief's Island für Daimler zusammengefaßt. Der Doktor kauerte stumm auf einem der hinteren Sitze und war froh, daß er in Ruhe gelassen wurde. Die Maschine hatte sechs Sitze. Ziemlich viel für diese Seifenkiste, fand Daimler. Während sie zur Startbahn rollten, roch er Haywoods leichte Schnapsfahne. Doch der Pilot machte nicht den Eindruck, als ob ein paar Promille mehr oder weniger seinem fliegerischen Können schadeten. Konzentriert nahm er den Sicherheitscheck vor, wechselte ein paar knappe Worte mit dem Tower und gab der

Cessna die Sporen. Der Vogel rumpelte mit zornig sägendem Motor über die Startbahn und stieg mühelos auf. Daimler hatte das Gefühl, in einem Papierdrachen zu sitzen, der jeden Moment auseinanderbrechen konnte.

Auf die staubige und vertrocknete Gegend um Maun folgten bald immer grünere und feuchtere Regionen. Erste Flußläufe und Wasserlöcher waren zu erkennen. Der Okavango, von den Niederschlägen im Hochland Angolas gespeist, hatte sich nicht für die nur dreihundert Kilometer lange Strecke zum Atlantik entscheiden können. Statt dessen strömte er zum dreitausend Kilometer entfernten Indischen Ozean und endete auf halber Strecke in der Kalahari. Dort, wo er versickerte, gebar er eine einzigartige Flora und Fauna. Ein Weltwunder, das Daimler jetzt aus der Vogelperspektive bestaunte.

»Fünfzehntausend Quadratkilometer Paradies«, rief Haywood über den Motorenlärm hinweg, als er Daimlers Miene sah. »Das einzige Flußdelta der Erde, das nicht in ein Meer mündet.«

Daimler nickte und blickte hinab auf die Lagunen, Kanäle, Bäche und Seen, die blau zwischen den gelben und grünen Inseln und Festlandsmassen leuchteten. Er hatte wieder das gleiche Gefühl wie seinerzeit über dem Riff, vor der Küste von Florida.

»Da unten gibt's vor allem eins«, brüllte Roy Haywood. »Wilde Tiere in jeder Größe und von jeder erdenklichen Art! Die einzigen Zweibeiner, die da mitkommen, sind die River Bushmen und die baYai.«

Eine halbe Stunde später landete die Cessna auf einer Lehmpiste, die auf einem inselartigen Stück Festland am Boro River südwestlich von Chief's Island lag.

»Die Landschaft hier verändert sich fast jedes Jahr, je nach Wasseraufkommen«, sagte Haywood, als Daimler fragte, ob die Insel im oder am Fluß liege. »Ständig entstehen neue Flußläufe und Inseln.«

Am Ende der Landebahn warteten schwarze und weiße Bewohner des Camps auf die Neuankömmlinge. »Meine Visage müßte denen mittlerweile doch zum Hals raushängen«, brummte Haywood, als er mit Daimler und dem Arzt im Schatten der Baumriesen die wenigen hundert Meter zum Lager marschierte.

Sobald sie das Camp erreichten, trug einer der Einheimischen Daimlers Gepäck zu der Hütte, in der Empfangsraum und Verwaltungsbüro untergebracht waren, während Haywood mit dem Doktor die entgegengesetzte Richtung einschlug.

Daimler blieb einen Moment unentschlossen stehen. Dann rief er nach Haywood.

Der Pilot und der Arzt hielten inne und drehten sich um. »Was gibt's?« fragte Haywood.

»Kann ich Sie einen Augenblick sprechen?«

»Jetzt sofort?«

»Es ist wichtig.«

Haywood zögerte, dann zeigte er dem Doktor, in welcher Hütte der Kranke lag, und schickte ihn alleine los. »Und beeilen Sie sich Doc! Ich will hier noch bei Tageslicht raus«, rief er ihm nach. Er kam zu Daimler zurück, nahm die Mütze ab und fuhr sich durchs Haar. »Wo brennt's denn?«

»Der schwerverletzte Chef dieser Lodge, das ist doch Richard Branwell?«

»Ganz recht.«

Das laute Keckern eines Vogels war zu hören.

»Ich muß ihn sprechen.«

»Ich glaube kaum, daß Branwell derzeit in der Lage ist, einen Gast zu empfangen«, stellte Haywood fest. »Seien Sie froh, daß das Camp nicht geschlossen ist.« Er setzte die Mütze auf und wollte gehen.

»Ich bin sein Sohn.«

Haywood blieb stehen und sah Daimler prüfend an. Er nahm die Mütze wieder ab, kratzte sich den Schädel und verscheuchte eine Fliege.

»Sagen Sie ihm, daß sein Sohn ihn sprechen will. Ich heiße Joachim. Sagen Sie ihm, es geht um Margot und Kurt. Ich warte hier.«

»Okay, okay, ganz wie Sie wollen. Ich werd's ausrichten.« Haywood zuckte mit der Schulter, setzte die Mütze auf, zog den Schirm ins Gesicht und ging zu der Hütte, in der der Arzt verschwunden war.

Daimler blieb in der Sonne stehen, ertrug mit Gleichmut die Schmeißfliegen, die ihn umschwirrten, und wartete.

Fünf Minuten später kam Haywood zurück. »Gehen wir ein Bier trinken«, sagte er. »Wenn der Doktor fertig ist, können Sie zu ihm.« Er rief etwas in die Küche und ging zu der großen, offenen Hütte am Wasser.

Sie setzten sich auf die Holzbänke. Der Nachmittag klang aus. Das Licht wurde weicher, und ein Pastellton legte sich über die Wildnis. Ein Adler stieß mit einem schrillen Jagdschrei aus dem Himmel und schlug einen Fisch.

Daimler dachte an den Colonel.

»Eisenbahnschwellen.« Haywood schlug mit der Faust auf den Tisch. »Solides Hartholz, gut abgelagert.« Er lachte.

Daimler bemerkte die Löcher, die in regelmäßigen Abständen die Bohlen zierten. »Wie kommen die hierher?«

»Keine Ahnung. Ich hab' sie jedenfalls nicht eingeflogen. Nehme an, daß Branwell sie als Floß den Okavango runtergeschippert hat.« Er lachte dröhnend. »Dick Branwell trau' ich alles zu. Wenn Sie wirklich sein Sohn sind, haben Sie 'nen Pionier zum Vater.«

Eine junge Afrikanerin brachte ihnen zwei eiskalte Büchsen Bier.

Haywood riß die Lasche auf und trank.

»Wie hat er reagiert?« Daimler konnte sich nicht mehr zurückhalten.

»Tja, anscheinend hat er jemand wie Sie erwartet. Jedenfalls will er Sie sehen.« Er trank die Büchse in einem Zug aus, drückte das Blech mit den Daumen ein und sah Daimler nachdenklich an. »Allerdings hat er etwas von einer Tochter gesagt.« Er lachte leise und schob sich die Mütze ins Genick. »Muß am Wundfieber liegen.«

22

Es wurde eine lange Nacht.

In den klaren Momenten zwischen den Fieberschüben weihte Kurt Hartlaug seinen Sohn in die Geheimnisse der Natur ein. Das hysterische Heulen und Jaulen, das in einem fiesen Gelächter ausklang, stammte von einer Hyäne. Das Blöken gehörte zu einem Impala. Das pfeifende Winseln, das Daimler eher einem Vogel zugeordnet hätte, war das Wiehern eines Zebras. Und mit dreckigem Grunzen und einem keuchenden Husten machten die Flußpferde, die grasend durch das Lager zogen, auf sich aufmerksam. Unter diesen Soli zirpte, quiekte und kreischte ein dichter Klangteppich, den die Affen, Frösche und Vögel lieferten.

»Was ist das?« Daimler lauschte einem hellen Ton nach, der wie ein Echolot klang.

»Peter's Epauletted Fruit Bat.«

Daimler zog die Augenbrauen hoch. Er versuchte sich eine obstfressende Fledermaus mit Schulterstücken vorzustellen. Vielleicht nahm der Alte ihn auf den Arm. Oder er phantasierte. Obwohl er trotz seines Zustands die meiste Zeit erstaunlich klar im Kopf war. Nachdem er es erneut abgelehnt hatte, sich in ein Hospital bringen zu lassen, hatte der Arzt klein beigegeben, ihm eine Injektion verpaßt und düster angedeutet, der Patient werde die Nacht nicht überleben. Der Alte hatte es gelassen zur Kenntnis genommen und mitgeteilt, er wolle auf Chief's Island begraben werden. Er wirkte völlig gefaßt. Danach waren Haywood und der Doktor im letzten Tageslicht losgeflogen.

Daimler wunderte sich immer noch, wieso der Alte ihn sofort erkannt hatte. Aber bislang hatte er sich nicht zu fragen getraut. Es kam ihm ungehörig vor, in diesen letzten Stunden, die seinem Vater noch blieben, in der Vergangenheit zu wühlen, dem Sterbenden all die Fragen zu stellen, die ihm auf der Seele brannten. Statt dessen paßte er sich den Stimmungen des Alten an, dem Rhythmus des Okavango. Vielleicht war das hier der

Waldspaziergang mit dem Vater, den er als Kind nie erlebt hatte. Vielleicht begriff er hier, in Afrika, kurz vor einem ganz harten Schnitt, was es für einen Mann hieß, eine Familie zu haben.

Mit dem frischen Verband und den schlohweißen, nach hinten gekämmten Haaren wirkte sein Vater robust und kräftig. Nur die Augen glänzten fiebrig. Ab und zu stöhnte der alte Mann auf, und die beiden Hunde, die am Fußende des Lagers wachten, hoben kurz den Kopf, um dann wieder geduldig zu verharren.

Daimler erhob sich von der Bettkante, drückte das Kreuz gerade und ging vorsichtig in der Hütte auf und ab, damit seine Beine wieder durchblutet wurden. Was sollte er ihn fragen? Wie es in Rußland gewesen war? Und danach? In Rhodesien? Südafrika? Warum er ausgewandert war, wenn er kein Kriegsverbrecher war? Wieso er sich nicht um seinen Sohn gekümmert hatte?

Es war zu spät.

Ein Schatten tauchte im Halbdunkel vor der Hütte auf. Die Hunde hoben den Kopf, blieben aber liegen. Anscheinend kannten sie den Besucher. Der Mann kratzte am Fliegendraht der Tür. Daimler öffnete und musterte den Buschmann. Dann blickte er zu seinem Vater und bemerkte, daß dieser freudig lächelte, als er den Afrikaner sah. »Dinyando«, rief er leise.

Daimler ließ den Mann in die Hütte. Der Afrikaner ging leichtfüßig zum Krankenbett. Schweigend schaute er auf den Alten hinab. Dann kauerte er sich auf die Riedmatte neben dem Bett.

»Dinyando ist mein bester Führer«, sagte Kurt Hartlaug. »Ohne ihn wäre ich hier am Anfang verloren gewesen. Er hat mir viel beigebracht. Keiner kennt das Land und die Tiere so wie er.«

»Hat er versucht, dich zu verteidigen?« Daimler dachte an die Stichwunde unter dem Schlüsselbein der Leiche.

»Ja, der Gute, er war schneller als die Hunde.« Der Alte lächelte versonnen. »Wäre aber nicht nötig gewesen. Bussard und Weihe hätten es auch alleine geschafft. Es war sowieso zu spät. Selber schuld. Ich hatte die Pistole dabei, aber ich war zu dumm. Ich hätte ahnen müssen, daß da etwas nicht stimmte.« Er lachte, dann mußte er husten. »Bin halt doch schon zu alt.«

Er lag eine Zeitlang schweigend da und atmete ruhig.

»Ich habe Dinyando befohlen, abzuhauen und sich zu verstecken, bis Gras über die Sache gewachsen ist. Aber nachts kommt er mich besuchen. Gestern war er auch da.« Er lächelte. »Ein echter Askari desertiert nicht.«

Dann unterhielten sich der Alte und der Afrikaner in einer Sprache, die Daimler fremd war und nur aus Klick- und Schnalzlauten zu bestehen schien. Er setzte sich in den Korbsessel neben der Gaslampe und lauschte deren gleichmäßigem Zischen. Er kam sich vor wie am Ende der Welt. Alles hatte seine Ordnung. Er spürte, wie sich eine innere Ruhe in ihm ausbreitete, und er nahm seine Umgebung mit einer Schärfe wahr, die er noch nie erlebt hatte.

»Joachim?«

Daimler stand auf und ging zum Bett.

»Bring mir die Pistole.« Der alte Mann deutete zur Kommode. »Sie liegt in der untersten Schublade.«

Er holte das Holzfutteral und gab es seinem Vater.

»Weißt du, was das ist, mein Junge?«

»Eine Mauser. Man kann den Anschlagkasten, in dem die Waffe steckt, am Griff befestigen und als Schulterstütze benutzen.« Es sprudelte aus ihm heraus. So als mache er seinem Vater damit eine Freude. Oder wollte er dem Alten nur imponieren? »Ich habe es im Kino gesehen«, fügte er rasch hinzu. »›Leichen pflastern seinen Weg‹ von Sergio Corbucci, mit Jean-Louis Trintignant und Klaus Kinski.«

»Im Kino?« Es klang ein bißchen enttäuscht. Kurt Hartlaug betrachtete das Futteral in seinen Händen. »Ist vielleicht besser, daß deine Generation so was nur aus Filmen kennt. Da muß noch eine Blechbüchse mit Munition sein.«

Daimler holte den Aluminiumbehälter aus der Schublade und reichte ihn seinem Vater. Es war eine der rechteckigen Dosen, in der deutsche Arbeiter normalerweise ihre belegten Brote aufbewahrten. Sie war mit einem Weckgummi umwickelt und schwer.

»Siebendreiundsechziger Flaschenhals. Die eiserne Reserve. Die Mauser schluckt zur Not aber auch Tokarew-Patronen«, klärte Kurt Hartlaug seinen Sohn auf. Er gab dem Buschmann Waffe und Dose und sagte dabei ein paar Worte in dieser seltsamen Sprache.

Dinyando hielt das Geschenk einen Augenblick auf den flachen Händen. Dann ergriff er es, stand auf und verließ lautlos die Hütte.

Daimler sah noch einige Sekunden in die Dunkelheit, dorthin, wo der Afrikaner verschwunden war, als habe seine natürliche Umgebung ihn aufgesogen.

»Es wird ihn an mich erinnern«, sagte der Alte leise.

Daimler nickte. War da eine Spur Neid?

»Gibst du mir ein bißchen Wasser?«

»Natürlich – Vater.« Im selben Moment wurde Daimler bewußt, daß er ihn zum ersten Mal so genannt hatte.

Kurt Hartlaug trank gierig.

Dann sagte er: »Weißt du, wo Christa bleibt?«

Daimler verstand nicht. »Christa?«

»Bist du ihr nicht begegnet?«

Daimlers Hirn arbeitete auf Hochtouren. Christa? Christa Baumann? Woher wußte er von ihr? Und warum nannte er sie beim Vornamen? Oder meinte er jemand anderen?

»Hermann hatte recht«, sagte der Alte, als er den verständnislosen Gesichtsausdruck seines Sohnes bemerkte. »Ihr wißt nichts voneinander…«

»Was hast du gesagt?«

»Zieh die obere Schublade auf«, befahl der Alte, »und bring mir die blaue Mappe.«

Daimler tat es.

Hartlaug nahm die Fotos aus der Mappe und reichte eines seinem Sohn. Es war der Schnappschuß von der Preisverleihung.

Daimler besah sich die Aufnahme. Es war Chris Baumann. Auf dem Bild sah sie sehr viel jünger aus.

»Sie ist meine Tochter.«

Daimler hatte das Gefühl, er würde seekrank. Er schluckte und starrte erst den Alten und dann die Frau auf dem Foto an. »Du meinst... sie ist meine Schwester?« Er schmeckte sauren Speichel im Mund.

»Deine Zwillingsschwester.«

Daimler kam sich vor, als habe er Fieber. Kalter Schweiß stand ihm auf der Stirn. Er setzte sich auf die Bettkante. Dann fügte er mit dem Alten das Mosaik zusammen.

Kurz nach Mitternacht waren sie fertig.

Erschöpft sank Kurt Hartlaug ins Kissen. Daimler saß neben den Utensilien, die sein Vater im Verlauf des Gespräches erwähnt hatte. Sogar eine Videokassette seines Films hatte dieser Hermann Frost besorgt. Unter den alten und neuen Fotografien aus obskuren Quellen – selbst ein Bild von der Verleihung des Bundesfilmpreises, das den Regisseur mit seiner Produzentin zeigte, hatte der alte Mann – befanden sich auch die »Weihnachtsbilder«, wie Kurt Hartlaug sie nannte. Zum erstenmal sah Daimler ein Bild seiner leiblichen Mutter. Sie mußte eine sehr schöne Frau gewesen sein. Angesichts der Ähnlichkeit mit Christa Baumann verflog auch der letzte Funke Hoffnung, sie könnten vielleicht doch keine Geschwister sein. »Du hast die zierliche Figur deiner Mutter geerbt«, hatte sein Vater festgestellt. »Christa ist genauso groß und zäh wie ich, aber das Gesicht hat sie von Margot. Schade«, hatte der Alte zuletzt geflüstert, »daß deine Schwester nicht mehr gekommen ist.«

Dein Sohn hat sie weggeschickt, dachte Daimler. Er blätterte die beiden Gedichtbände durch, auf die sein Vater ihn hingewiesen hatte. George Forestier und Heinrich Heine. Was für eine Mischung! Beides Deutsche. Und trotzdem so gegensätzlich, wie es nur ging. Er blätterte auch in dem abgegriffenen Exemplar von *Mein Kampf.* Sein Vater schien es in langen Stunden durchgearbeitet zu haben. Er hatte den Text mit Bleistift und Kugelschreiber redigiert und kommentiert. Häufig waren lose Blätter mit ausführlichen handschriftlichen Kommentaren eingelegt. Und immer wieder sprangen Daimler die gleichen Worte entgegen. *Quatsch! Lüge! Verräter! Größenwahnsinniger! Volksverführer! Der dumme Hund! Jämmerlicher Feldherr!* Offenbar hatte sich der alte Mann eine Art Nachhilfeunterricht verordnet. Vielleicht hatten ihm die Erkenntnisse, die er dabei gewonnen hatte, geholfen weiterzuleben.

Auch in dem fast völlig zerschlissenen Heft mit dem Titel *Reichskunde für junge Deutsche* hatte der Alte in seiner steilen Sütterlinschrift gewütet. Unter der Überschrift »Wir sind als Kinder deutscher Erde geboren« hatte er einen ganzen Absatz mit Rotstift hervorgehoben:

So sind wir mit unserer Heimaterde auf Gedeih und Verderb verbunden. Wir lieben sie, wenn sie der Frühling aus ihrem Dornröschenschlafe zum Erwachen bringt, wenn der Sommer in ihren wogenden Kornfeldern uns ihren reichen Segen offenbart, wenn im Herbst die Sense des Schnitters wieder eine Ernte verkündet, und wenn der kalte Winter den neuen Samen in seine weiße Decke hüllt. Heilig, wie das Blut, ist uns unsere Muttererde, die – von den frühen Zügen unserer germanischen Vorfahren bis zum heutigen Tage – so oft getränkt wurde mit dem Blut der Besten unseres Volkes. An den Rand hatte Kurt Hartlaug notiert: »Pathetisches Geschwätz mit einem Schlüsselwort: Sense.«

In dem Abschnitt »Wir sind vergänglich – unser Volk lebt ewig« hatte er ebenfalls zugeschlagen. Neben die Passage *Wir sind als Menschen deutschen Blutes glücklich, daß wir nicht als einzelne unser Dasein fristen müssen, sondern daß wir Bestandteil und Glied einer großen und unlöslichen Gemeinschaft sind* hatte er angemerkt: »Endlich entkommen! Nicht jeder Wolf braucht das Rudel.«

Daimler bemerkte, daß sein Vater leise schnarchte.

Auch die Hunde schliefen.

Plötzlich fühlte er sich hilflos und allein gelassen. Er legte die

Fotografien in die Schublade zurück, drehte die Flamme der Gaslampe kleiner und ging durch die Nacht zu seiner Hütte.

Er schlüpfte unter das Moskitonetz und schlief ein. Drei Stunden lang träumte und phantasierte er. Mehrmals wachte er auf und lauschte hinaus in die Wildnis: tiefes Grollen und helle Angstschreie, Leben und Tod. Raubtiere rissen ihre Beute. Die Auslese sorgte für ein natürliches Gleichgewicht. Darwins Nächte.

Er ist ein kleiner Junge. Milena, Conchita und Chris sind erwachsen. Die Frauen tragen lange weiße Nachthemden. Er hat einen gestreiften Schlafanzug an.

Die Kubanerin führt das Wort. »Wir sind deine Schwestern, Joe«, sagt sie, »und wir lieben dich sehr. Komm«, sagt sie und schlägt die Bettdecke zurück.

Er gehorcht.

Sie nehmen ihn zwischen sich und streicheln ihn. Sie sind gut zu ihm.

Es ist angenehm, warm. Er ist glücklich und zufrieden – bis er plötzlich einen feuchten Fleck am Oberschenkel spürt und merkt, daß seine Hose an der Haut klebt. Er schreckt auf und sieht zwei weiße Fleischberge, die ihn zu ersticken drohen. Sein Blick wandert zum Gesicht der Frau, die ihn bedrängt. Er sieht die harten Augen seiner Stiefmutter.

Noch bevor sie ausholt, öffnet er den Mund zu einem Schrei.

Daimler schreckte von seinem Lager hoch.

Er sah, daß es dämmerte. Die tiefschwarze Finsternis war in eine anthrazitfarbene Dunkelheit übergegangen, die bald der Morgendämmerung weichen würde. Er stand auf, duschte und kleidete sich an. Einen Augenblick lang zog es ihn zu dem Kranken. Aber vielleicht schlief er noch. Er wollte den alten Mann nicht stören. Er konnte die Ruhe gebrauchen – wenn er überhaupt noch eine Chance hatte.

Er ging durch das stille Lager zum Wasser. Die Geräusche

der Natur schwollen zu einer Symphonie an, als die Vogelwelt den neuen Tag begrüßte. Gegen sechs Uhr sah Daimler, daß sich dunkle Wolken an einem grauen Himmel zusammenballten. Heute gab es keinen Sonnenaufgang. Aus dem schwarzen Geäst der Bäume am anderen Ufer löste sich der grauweiße Schatten eines Adlers und glitt über die Papyrusfelder zum offenen Wasser. Der Vogel segelte auf breiten Schwingen über die Fluten und schlug wie beiläufig einen Fisch. Als er mit der silbernen Beute in den Fängen aufstieg, stieß er einen Jagdschrei aus.

Daimler lief bei dem Laut ein Frösteln über den Rücken. Er ging ins Camp zurück. Auf dem Weg zur Hütte seines Vaters gellte ihm immer wieder der Schrei des Raubvogels in den Ohren. Bis er die Hunde winseln hörte.

Er drängte sich zwischen die Ridgebacks, blieb neben dem Lager stehen und sah in die gebrochenen Augen des alten Mannes. Die Hunde stießen mit den Schnauzen an die gefalteten Hände des Toten.

Daimler bemerkte das Lächeln im Gesicht seines Vaters und hörte, wie die ersten Regentropfen fielen.

Nachspiele

BAGAMOYO – *Mai 1872*

Bei Einbruch der Abenddämmerung kehrt der Journalist und Entdecker Henry Morton Stanley am 6. Mai 1872 nach Bagamoyo, dem Ausgangspunkt seiner Expedition, an der Küste des Indischen Ozeans zurück. Der *Kirangozi,* der Führer, bläst in sein Horn, als sie die Stadt erreichen, aus der Stanley und seine Karawane gut ein Jahr zuvor aufgebrochen sind, um den Verschollenen zu suchen. Afrikaner und Araber scharen sich um das zerfledderte Sternenbanner, das der Amerikaner auf seiner Mission mit sich geführt hat.

Stanley ist stolz und glücklich, daß er sein Unternehmen so erfolgreich zu Ende gebracht hat, und nach einem Jahr der Entbehrungen, der Angst, der Tropenkrankheiten und der Qualen freut er sich auf gutes Brot, Kartoffeln und Schinken. Er hat es geschafft! Er hat den englischen Arzt und Forscher lebend gefunden und ihn mit genügend Vorräten in Unjanjembe zurückgelassen, damit er seine Suche nach der Nilquelle fortsetzen kann. Am 14. März 1872 hat der Reporter ein letztes Frühstück mit Doktor Livingstone eingenommen und dann den Rückmarsch vom Tanganjika-See zur Küste angetreten. Die beiden Männer sehen sich nie wieder.

An diesem Abend in Bagamoyo ist Stanley erleichtert, zufrieden und froh. Die endlose Marschiererei ist zu Ende.

BAGAMOYO – *Februar 1874*

Am 24. Februar 1874 erreicht ein Trupp erschöpfter afrikanischer Träger das katholische Missionsgebäude in Bagamoyo. Die Männer betreten schweigend das Gelände, legen ein Lastenbündel vor das Kirchentor und warten geduldig, bis einer der Geistlichen kommt.

»Mwili wa Daudi«, sagt einer der Träger.

David Livingstones Leichnam.

Nach Stanleys Abreise war der Doktor auf der Suche nach der Quelle des Nils weitergezogen. Südwärts, immer an der Ostseite desTanganjika-Sees entlang, bis zum Bangweulu-See. Dieses letzte trotzige Aufbäumen war zuviel für seinen ausgemergelten Körper gewesen. Seine Diener fanden ihn am Morgen des 1. Mai 1873 in einer Dorfhütte, in der er Rast gemacht hatte. Er kniete vor dem Bett. Sein Kopf ruhte auf den gefalteten Händen.

Die ihm treu ergebenen Afrikaner begruben sein Herz unter einem Baum. Den Leichnam balsamierten sie mit einfachen Mitteln ein. Dann begaben sie sich mit den Überresten des Entdeckers auf die lange Reise zum Meer.

KASAMA, RHODESIEN – *November 1918*

Am Mittag des 13. November 1918 radelt Oberst Paul Erich von Lettow-Vorbeck seinen Askaris voraus, um einen Lagerplatz zu suchen. Die Überlebenden der deutschen Schutztruppe marschieren entlang der englischen Telefonleitung, nahe dem Chambezi-Fluß bei Kasama, nicht weit vom Bangweulu-See entfernt. Nachdem er einen geeigneten Rastplatz gefunden hat, wartet von Lettow-Vorbeck auf das Eintreffen der ersten Kompanien. Statt dessen kommt ein anderer Radfahrer. Es ist Hauptmann Müller. Er meldet, daß seit dem 11. November Waffenstillstand herrscht. Kurz darauf hat der Kommandeur der Schutztruppe ein Telegramm des feindlichen Generals van Deventer in Händen.

Der Premierminister von England hat angezeigt, daß am 11. November um 5 Uhr ein Waffenstillstand unterzeichnet worden ist, und daß die Feindseligkeiten auf allen Fronten um 11 Uhr des 11. November aufhörten. Ich befehle meinen Truppen, die Feindseligkeiten von nun an einzustellen, ausgenommen, wenn sie angegriffen werden, und ich erwarte, daß Sie dasselbe tun werden. Die Bedingungen des Waffenstillstandes werden Ihnen sofort zugestellt, wenn ich sie erhalten habe. Ich schlage vor, daß Sie in der Zwischenzeit in Ihrer jetzigen Gegend bleiben, um die Verbindung zu erleichtern.

General van Deventer

Lettow-Vorbeck hält das zunächst für einen weiteren Trick des Feindes. Dann beugt er sich den Tatsachen und teilt seinen Askaris mit: »*Vita amekhwisa!*« Der Krieg ist zu Ende.

Am darauffolgenden Tag übergibt er dem britischen Bevollmächtigten ein Telegramm an Seine Majestät den Kaiser, in dem er die Vorkommnisse meldet und mitteilt, daß er sich dementsprechend zu verhalten gedenke. Der britische Bevollmächtigte teilt von Lettow-Vorbeck mit, die deutsche Flotte habe revoltiert und Deutschland sei in Aufruhr. Nach noch unbestätigten Informationen habe der Kaiser am 10. November abgedankt.

Der Chef der Schutztruppe glaubt es nicht. Erst Monate später, auf dem Dampfer nach Europa, bekommt er die Bestätigung.

CHIEF'S ISLAND, OKAVANGO – *Dezember 1991*

Die letzte Ruhestätte lag unter einem Affenbrotbaum. Durch den Steinhügel, der sie vor den Raubtieren schützte, sah sie aus wie ein Hünengrab.

Roy Haywood stand schweigend im Schatten des Baobab und betrachtete die Steine. An Heiligabend wollte Richard Branwell immer seine Ruhe haben. »Laßt mich alleine«, hatte der Alte gesagt, wenn die anderen sentimental wurden.

»Ich will dich ja nicht belästigen. Dick«, sagte Haywood, schob die Schirmmütze in den Nacken und beugte sich zu dem grauen Plastikkoffer hinunter, den er zusammen mit einer Tasche der South African Airways im Einbaum über die Gewässer geschippert und dann auf der Schulter durch die Savanne geschleppt hatte. »Aber alleine schaffst du das nicht mehr.« Er nahm den Deckel des Koffers ab und inspizierte den Inhalt der Umhängetasche. »Fangen wir damit an. Dick. Ich hoffe, es ist dir recht.« Er zog die Platte aus der Hülle und legte sie auf den Teller. Dann schaltete er das Grammophon ein und setzte vorsichtig die Nadel in die Rille.

Haywood hockte sich neben den batteriebetriebenen Plattenspieler und lauschte der Musik, die in die Wildnis schallte.

Billie Holiday sang »Moonlight in Vermont«.

»Ist zwar noch ein bißchen früh am Nachmittag, aber sie singt von Winter und Schnee. Dachte, es paßt vielleicht zu Weihnachten«, sagte der Pilot. *»I see fingers wave«,* klang es über die Savanne, *»skitrails on a mountainsight, snowlight in*

Vermont …« Haywood holte die Flasche Bourbon aus der Tasche, prostete dem Steinhügel zu und nahm einen kräftigen Schluck. Bei »Stars fell on Alabama« sang er lauthals mit.

Weiter draußen in der Savanne hockte eine Gestalt auf einem Termitenhügel und beobachtete das Geschehen am Grab. Die Musik wehte leicht verzerrt herüber. Eine Weile sah die Gestalt der Weihnachtsfeier zu, dann stand sie auf und trabte auf den Steinhügel unter dem Baobab zu.

Als er die Schritte hörte, sah sich Haywood kurz um. Dann nahm er einen weiteren Schluck aus der Flasche.

Der Buschmann blieb stehen und sah schweigend auf den Weißen hinab.

»Auch 'nen Schluck?« Haywood hielt Dinyando die Flasche hin.

Der Afrikaner lehnte höflich ab.

»Na ja, ist auch gesünder. Magst du die Musik?« Ohne die Antwort abzuwarten, begleitete Roy Haywood die Holiday ein Stück. *» Southern trees bear strange fruits, blood on the leaves and blood on …«* Er hustete. *»Dead bodies swinging in the southern breeze …«*

Dinyando blieb gelassen.

Haywood bemerkte das Holzfutteral. Er rappelte sich auf, nahm neben dem Afrikaner Haltung an und rückte die Schirmmütze zurecht. »Gönnen wir ihm einen Salut, mein Guter«, sagte er zu Dinyando.

Der Buschmann sah Haywood an.

»Hol einfach die Kanone raus, und baller drauflos. Wir haben Weihnachten.« Haywood grinste von einem Ohr zum anderen. Er pochte mit dem Fingerknöchel an das Futteral. »Nur keine falsche Bescheidenheit, alter Junge. Gönn der Broomhandle 'n bißchen Arbeit.«

Dinyando lächelte und zog die Waffe.

Haywood machte es ihm vor. Er hob den rechten Arm, winkelte ihn an und legte den Zeigefinger um einen imaginären Abzug.

Der Afrikaner brachte die Pistole in Position und feuerte.

Der Schuß hallte über die Savanne. Ein Vogelschwarm flatterte aus einer Gruppe Schirmakazien auf, und ein Warzenschwein brach aus dem Dickicht.

»Noch mal«, befahl Haywood.

Ein zweiter Schuß peitschte durch die Äste des Affenbrotbaums in den hellblauen Himmel.

»Gut so, Captain Dinyando, Sir!« Haywood nickte beifällig. »Mach das ganze Magazin leer. Der Mann ist ein Feuerwerk wert.«

KEY WEST – *Juni 1992*

»Immerhin hatte dein alter Herr soviel Schamgefühl, daß er unter falschem Namen durch Afrika gegeistert ist.« Carlos Libre schenkte sich noch einen Rum ein. »José Mengele stand in Buenos Aires im Telefonbuch.«

»Mehr Eis?« fragte Conchita und ging zur Küche, ohne die Antwort abzuwarten.

»Sí hermana«, rief Calibre, wie ihn seine Freunde nannten, ihr hinterher. Er sah Daimler wieder an. »Und wieso ist dir nicht schon früher aufgefallen, daß du eine Schwester hast? Ich meine, ihr seid immerhin Zwillinge. Warum war das nicht aus den Unterlagen ersichtlich, die Miller dir geschickt hat?«

»Ich hätte es wissen können, aber ich war zu scharf darauf, meine persönlichen Probleme zu klären. Zu hastig. Der Colonel hatte mir alles geliefert. Aber ich war blind. Sie hatten lediglich die Jungen und die Mädchen getrennt aufgeführt. Schon in der Geburtsanzeige aus diesem SS-Heft wäre es zu erkennen gewesen. Aber ich war so mit mir selbst beschäftigt, daß mich alles andere nicht mehr interessiert hat. Ich war ja ein *Sohn.* Hätte ich auch die Rubrik *Eine Tochter von* beachtet, wären mir die Augen aufgegangen. Und der Colonel hatte mir natürlich nicht ohne Grund auch die Adoptionslisten der Mädchen geschickt.«

Daimler griff nach der Rumflasche.

»Kannst du dir vorstellen, daß ich Kopien von dem ganzen Schrott mit durch Afrika geschleppt und erst im Camp meines Vaters *alles* durchgelesen habe – nachdem er mir die ganze Wahrheit gesagt hatte? Vorher habe ich es nicht erkannt. Im Grunde genommen bin ich genauso vorgegangen, wie ich meine Drehbücher schreibe. Erst schnell hinschmieren, dann überarbeiten.« Er schenkte sich einen Doppelten ein. »Diesmal aber kam ich nicht zum Überarbeiten. Die Ereignisse haben sich überstürzt.«

»Trink nicht soviel, *mi amor«,* sagte Conchita zu Daimler und füllte Eis in die Gläser. *»¿Un poco de limón?«* fragte sie.

Beide Männer nickten.

»Mit mehr Distanz zum Thema wäre mir das nicht passiert. Ich meine, nur wenige Monate vorher habe ich mit Norman Miller in aller Sachlichkeit die Aspekte der Rassenpolitik diskutiert. Aber als ich plötzlich selbst betroffen war, habe ich nur noch reagiert. Ich habe mir die Schallplatten- und Fotosammlungen meines Vaters angesehen. Ich war Zeuge, als er seinem Askari seine Mauser vererbte. Verstehst du das? Ich meine, ich war verdammt dankbar, daß es nicht der Ehrendolch der SS oder die Mütze mit dem Totenkopf war.«

»Reg dich nicht so auf, Joe.« Conchita setzte sich neben ihn auf das Korbsofa.

»Trotzdem«, hakte Carlos Libre nach. »Eins verstehe ich nicht. Selbst wenn die Bürokratie euch auf dem Papier getrennt verwaltet hat, wieso habt ihr dann nicht dieselben Adoptiveltern gehabt?«

»Das war die eigentliche Leistung von Oberschwester Erika. Sie wollte einen Talisman. Ein Souvenir vom Führer. Sie wollte einen Sohn. Mädchen interessierten sie nicht. Adolf Hitler war schließlich ein Mann, und meine Stiefmutter hat noch nie etwas von Konkurrenz durch andere Frauen gehalten. Sie hat es irgendwie gedeichselt. Das Töchterchen erinnerte sie zu sehr an ihre labile Mutter. Bei mir ging sie wie selbstverständlich davon aus, daß ich meinem SS-Vater nachgerate.« Daimler atmete tief durch. »Für Christa haben sich später andere Pflegeltern gefunden.« Dann sagte er leise, als wolle er auf sein Schicksal als Pflegekind hinweisen: »Sie waren gut zu ihr.«

»Oh, Mann!« Calibre verschränkte die Hände im Nacken. »Ist das ein Stoff!« Er schüttelte den Kopf. »Als du mir damals in Cannes davon erzählt hast, dachte ich, laß El Aleman ruhig seinen Landserfilm machen. Wenn er nur halb so gut wird wie sein Erstling, lohnt es sich schon. Und jetzt?« Der Exilkubaner lachte.

Daimler genehmigte sich einen weiteren Schluck.

»Du trinkst zuviel«, rügte Conchita.

Er faßte ihre Hand fester und sah Calibre beim Denken zu. Carlos Libre hatte ihn zu Colonel Miller geführt, und Calibre würde auch sein Thema auf die Leinwand bringen. Wenn er es schon nicht mehr selbst machen konnte, dann war der Kubaner der richtige Mann. Mittlerweile hatte er es nach Hollywood geschafft. Sie rissen sich um den Latino-King aus Brooklyn. Seine beiden letzten Filme hatten ihn hochkatapultiert. Die Fans nannten ihn »Don Andy« oder »El Warhol«. Schließlich gab es nicht viele gute Regisseure, die negroid und weiß waren. Safrangelbe Afrofrisur, weißrosa Haut, Boxernase und Lippen wie Gladys Knight.

»Ich werde ihn machen, Joe!« Kichernd griff Calibre zu seinem Glas. »Ich werde ihn machen, Bruder, wer sonst? Diesen Stoff kann nur ein bizarres Wesen wie ich inszenieren. Ein Albino. Ein Zombie. Hinterher werden die Kritiker ihre Ahnentafeln überprüfen, bevor sie lospöbeln. Baby, das wird der gottverdammt genialste Streifen, der je in Kalifornien produziert worden ist.« Er trank sein Glas in einem Zug aus. »Ich weiß, es ist dein Kind, dein Ding, *hermano.* Aber du hast recht, du wirst die Regie nicht bekommen. Aber ich! Ich brauche einen Stoff, der nichts mit der beknackten Latinoszene zu tun hat. Nicht schon wieder Salsa. Ich habe Salsa als Liebesgeschichte gemacht, als Thriller, als Komödie und als Abenteuerfilm. Aber diesmal will ich allen beweisen, daß ich auch ohne ein Wort *castellano* klarkomme. Und hier haben wir dieses wunderbare Drehbuch, das du mir bitte zu Ende schreiben wirst. Ich werde dir den Golden Globe und den Oscar bescheren, Joe. Ich werde sämtliche Schreiberhorden Hollywoods unter dein Kommando stellen. *Carlos Libre goes Hitler. Fuck!* Unglaublich. Wir werden deine Schwester zur Premiere einfliegen. Ihr werdet euch im Blitzlichtgewitter küssen, und ich werde den Journalisten leise zuflüstern: *Blutschande!*« Lachend klopfte er sich auf die Schenkel.

Das Telefon klingelte.

Conchita ging ran. »Es ist Arnulf«, rief sie.

Daimler ließ Calibre mit dem Rum zurück. »Arnie, altes Haus«, meldete er sich.

»Hallo, Joe«, sagte Arnulf Kranich mit Echohall, »die Tennessee-Williams-Reportage ist großartig. Erscheint in der übernächsten Nummer.«

»Danke, ich war sie dir lange genug schuldig.«

»Also, wir wollen mehr davon. Wie wär's mit einer mehrteiligen Serie über bekannte Schriftsteller, die in Key West leben? Ich meine die zweite Garde. Die Guten, die hier aber noch nicht jeder kennt.«

»Wenn wir ganz Südflorida mit einbeziehen, könnte es was werden.«

»An wen denkst du?«

»Jim Hall, Carl Hiaasen, Peter Matthiessen ...«

»Gut, gut, leg einfach los. Junge. Wir waren übrigens letztes Wochenende an Blackys Grab. Die Blumen waren auch von dir.«

»Danke.« Daimler räusperte sich.

»Um über das Leben zu reden...« fuhr Arnulf fort, »wir bekommen ein Baby ... Ich wollte sagen ... Milena kriegt ein Kind.« Stolz klang durch.

»Glückwunsch, Arnie.« Daimler lächelte. »Gib ihr einen Kuß von mir.«

»Werde ich machen, Joe. Also, dann arbeite mal fleißig, und laß wieder von dir hören.«

»Wird gemacht.«

»So long.«

»Adios.« Er legte auf, hörte, daß Calibre und Conchita ins Gespräch vertieft waren, und ging hinaus auf die Veranda.

Die Hitze hing schwer zwischen den Holzhäusern. Er spürte den Rum im Blut und setzte sich in den Schaukelstuhl im Schatten der Fächerpalmen. Die Hunde hoben nur kurz den Kopf, als sie ihn sahen.

Kinder.

Das Thema verfolgte ihn.

Dafür hatte er Berlin endgültig hinter sich gelassen.

Und die deutsche Filmszene.

Er kommt gegen acht Uhr ins »Boheme«.

Afrika liegt mehrere Flugstunden und drei Tage hinter ihm. Und doch ist es, als habe sich die Erde nicht weitergedreht. Alle sind da. Sabeth Goldschmiedt, die Kupferrote, bearbeitet Vico von Tempelruh. Das Dekolleté bringt ihren Busen vorteilhaft zur Geltung. Ottokar gleitet auf rahmengenähten Schuhen zum Tisch des Fassbinder-Clans und serviert Schnitzel und Seezunge. Unter dem Gummibaum im Erker bewirtet Dr. Albrecht zwei Jungfilmer. Die Liedermacherin teilt ihren Ecktisch mit dem Komiker. Milena Kranich sitzt mit ihrem Gatten an der Bar.

Noch bevor Arnulf, der ihn sofort bemerkt, zur Begrüßung ansetzen kann, verzieht sich Daimler wieder.

Er erhob sich aus dem Schaukelstuhl, streifte eine Hängepflanze und ging wieder ins Haus.

»Wir müssen diesen Frost, ich meine den Jungen, Bob-de-Niro-mäßig herausarbeiten«, empfing Calibre den Hausherrn. »Vielleicht sollten wir ihn überhaupt in den Mittelpunkt der ganzen Geschichte stellen. Der Mann der zweiten Generation. Der Rächer. Er ist nur von einem Gedanken erfüllt: Vergeltung.

Gleich in der ersten Einstellung sehen wir nur seinen Kopf auf der Leinwand, dann näher ran, auf die Augen. Wir können dieses irre Flackern erkennen, und wir wissen: Das geht nicht gut!«

»Ja, Carlos.« Daimler stellte den Ventilator eine Stufe schneller, bevor er wieder neben Conchita auf dem Sofa Platz nahm.

»Vielleicht sollten wir in Schwarzweiß drehen?« Calibre bemerkte, daß Daimler abschlaffte. »Also, *queridos amigos,* ich ziehe mich zur Siesta zurück.« Er stand auf. »Sehen wir uns heute abend zum Essen?«

»Gerne«, antwortete Conchita.

»Wie wär's mit ›Sam's Place‹?«

»Italienisch?« Daimler zog die Stirn in Falten.

»*Where dinner is always a testimonial«,* lockte Calibre.»Also?«

»Okay«, sagte Conchita. »In der Grinnell Street, oder?«

»Exacto, mi amor.«

»Wann?« fragte Daimler.

»So gegen neun? Ich lasse einen Tisch reservieren.«

»De acuerdo.« Conchita küßte Calibre auf die Wange.

Daimler dachte an die Arbeitsessen im »Boheme« und im »Folie«.

»Bitte begleite mich an diesen Bestien vorbei«, bat der Kubaner ihn auf dem Weg zur Tür. »Manchmal hab' ich das Gefühl, die Biester riechen, daß ich gut schmecke.« Er kicherte.

Wie zur Bestätigung knurrten die Ridgebacks, als Carlos Libre auf die Veranda trat.

»Aus!« befahl Daimler.

»Also dann, meine Lieben«, sagte Calibre und torkelte zu seinem dottergelben Mustang-Kabrio.

Daimler setzte sich an seinen Schreibtisch und blickte auf den Friedhof. Kaum zu glauben, daß er erst seit gut einem Jahr hier war. Er schaltete den Computer ein und versuchte sich abzulenken. Er lud GANTER.TXT und starrte auf die Zeilen, die er so oft überarbeitet hatte. Dann rief er den Befehl WECHSELN auf und gab hinter ERSETZE *Ganter* und hinter DURCH

Daimler ein. Aber bevor er die ENTER-Taste drückte, machte er den Befehl wieder rückgängig.

Anstatt weiterzuarbeiten, holte er die drei Briefe aus der Schublade, die ihm seine Schwester geschrieben hatte. Der letzte kam aus Hongkong.

Lieber Joachim,
es mag Dir seltsam erscheinen, aber manchmal vermisse ich Dich. Vielleicht ist das bei Geschwistern nur normal. Wußtest Du übrigens, daß Geschwisterliebe unter Paragraph 173 *StGB mit Freiheitsstrafen bis zu zwei Jahren oder einer Geldbuße geahndet wird? So ist das in Deutschland! In Frankreich, den Niederlanden, der Türkei, Belgien, Portugal, Argentinien und anderen südamerikanischen Ländern ist der Geschlechtsverkehr unter Blutsverwandten nicht verboten. Hätte ich damals geahnt, daß es sich um einen Akt blanken Anarchismus handelt, hätte ich möglicherweise doch eine Ausnahme für Dich gemacht.*

Es sieht so aus, als ob Mayling (ich habe Dir von ihr geschrieben) hier mit dem Geld ihres Ex-Gatten (der legendäre Frazier!) ein Fotojournal gründet, das ab und zu auch vernünftige Texte braucht. Könnte sein, daß ich die Chefredaktion übernehme. Wenn ich hart an meinem Englisch feile, könnte es hinhauen. Die Rachhoff hat mir den Lettow-Vorbeck-Artikel in einer Art verhunzt, daß ich mich fragen muß, ob ich die Autorin war. Inzwischen spült die deutschnationale Welle die Hirne unserer Landsleute dermaßen weich, daß Typen wie Paul Erich die gefundene Medizin gegen die Wiederauferstehung des Dritten Reiches sind. Scheiß drauf! Ich arbeite an der Buchversion und schwelge in Passagen, in denen die Schutztruppe zum Überleben Hippos abknallt und sich daran weidet, daß das Schmalz so weiß ist. Wußtest Du, daß P.E.v.L.-V. in seinen Memoiren behauptet, Flußpferd schmecke wie derbes Rindfleisch?

Irgendwie war der Mann auch nur ein armes Schwein. Er hat mit seinen kaiserdeutschen Kolonialträumen Schiffbruch erlitten. Im März 1919 kommt er mit knapp hundert Soldaten in Deutsch-

land an. Hunderttausende jubeln ihm zu, als er hoch zu Roß durch Berlin reitet. Er begreift sich mit seinen Männern im krisengeschüttelten Deutschland als »wir Afrikaner«. Aber die Entwicklung geht über ihn und seinesgleichen hinweg. Man speist ihn mit irgendeiner Garnison ab. Mit sechsundvierzig Jahren kann er nicht mehr den erhofften Nutzen aus seiner Afrikakarriere ziehen. Scheiß Revolution, wird er gedacht haben. Er schließt sich einem Freikorps an und versucht die Revolution zu zerschlagen. Er macht beim Kapp-Putsch gegen die Weimarer Republik mit. Nachdem Adolf Hitler die Macht ergriffen hat, wirbt von Lettow für die Rückgabe der Kolonien. Unter den Nazis steht unser patriarchalischer Afrikanerfreund plötzlich einer ganz anderen Art von Rassismus gegenüber. Seine schwarzen Askaris, die er immer so liebevoll ob ihrer Tapferkeit und Treue zu loben wußte und manchmal auch als »die braven Mohren« oder »meine Wollköppe« titulierte, werden von den neuen Herrenmenschen plötzlich als »negroides Kroppzeug« abgestempelt. Es spricht für die prägende Kraft von längeren Auslandsaufenthalten, daß der gute von Lettow diesen Looping nicht mehr mitflog. Ich denke manchmal…

Lautes Hupen vor dem Haus unterbrach Daimler. Er stand auf und ging zur Treppe. »Wer ist es?« rief er nach unten.

»Bob«, antwortete Conchita.

»Soll reinkommen.« Er legte den Brief aus der Hand. »Bin gleich soweit!« rief er. Dann druckte er die letzten Seiten von GANTER.TXT aus, die er Calibre zum Abendessen in »Sam's Place« mitbringen wollte.

VERANDA, GANTERS HAUS, KEY WEST – AUSSEN/TAG

ROBERT MILLER spielt mit den RIDGEBACKS. Die Tiere scheinen ihn zu lieben. Er hat etwas Gewicht zugelegt, und die flachsgelbe Haarpracht ist dünner geworden.

GANTER kommt mit CONCHITA ins Bild.

MILLER (munter) Wie wär's mit einem kleinen Spaziergang zum Tagesausklang?

GANTER (lächelt) Keine schlechte Idee.

CONCHITA (bestimmt) Diesmal passen die Hunde auf das Haus auf, und ich komme mit.

SCHNITT

Zehn Minuten später schlenderten sie die Frances Street entlang. Daimler konnte sich stets aufs neue an der architektonischen Vielfalt der Holzhäuser begeistern. In Gedanken zog er permanent um. Bob war als Makler ein guter Partner bei diesen Exkursionen. Er kannte fast jedes Objekt, und die Häuser, die er noch nicht von innen gesehen hatte, schätzte er schon von weitem mit professionellem Blick ein. Dabei zerstörte er so manchen von Daimlers Träumen. Gnadenlos analysierte Robert Miller Bausubstanz, Lage und Wiederverkaufswert.

Wie immer machten sie auch einen Abstecher auf den Friedhof. Zielstrebig wanderten sie zwischen den Marmorsteinen entlang und blieben vor Norman Delano Millers Grab stehen.

Sie hatten den Colonel vor vier Monaten beerdigt. Alles, was in Literaturszene und Maklerwesen Rang und Namen hatte, war zur Beisetzung erschienen. Ein gesellschaftliches Ereignis. Eine große Beerdigung. So ganz anders als jene, die auf Chief's Island stattgefunden hatte. Damals hatten sie gewartet, bis Erich Staal auf Telefonanrufe und Fax-Nachrichten reagieren konnte. Der alte Jäger wollte Kurt Hartlaug persönlich die letzte Ehre erweisen – und er hatte Christa Baumann mitgebracht.

Daimler blickte auf ein Jahr des Sterbens zurück. Sein Vater, Frost und dessen Vater, Blacky, der Colonel…

Conchita nahm seine Hand und führte sie an ihren Bauch. »Sie tritt mich wieder«, sagte sie leise.

Daimler spürte, wie die pralle Wölbung unter seiner Handfläche sanft vibrierte. Seine Tochter war ein lebhaftes Wesen. Eine Wolke schob sich vor die Sonne, und ein Schatten legte sich auf die Ruhestätte. Einen Augenblick lang glaubte Daimler eine Kröte zu sehen. Das Tier hockte schleimig und fett mitten auf der Grabplatte. Hilfesuchend schaute er zum Sohn des Colonel.

Noch während Bobs Lächeln ihn traf und Conchita seine Hand fester drückte, kam die Sonne wieder durch. Und als sein Blick erneut über den Marmor wanderte, war der Stein makellos weiß wie frisch gefallener Schnee.